翟德芳 著

生于
1958

中华书局

图书在版编目(CIP)数据

生于 1958/翟德芳著. —北京:中华书局,2024.10. —
ISBN 978-7-101-16804-4

Ⅰ.I267

中国国家版本馆 CIP 数据核字第 2024N6H482 号

书　　名　生于 1958
著　　者　翟德芳
责任编辑　李若彬　刘冬雪
封面设计　毛　淳
责任印制　陈丽娜
出版发行　中华书局
　　　　　(北京市丰台区太平桥西里 38 号　100073)
　　　　　http://www.zhbc.com.cn
　　　　　E-mail:zhbc@zhbc.com.cn
印　　刷　大厂回族自治县彩虹印刷有限公司
版　　次　2024 年 10 月第 1 版
　　　　　2024 年 10 月第 1 次印刷
规　　格　开本/880×1230 毫米　1/32
　　　　　印张 10⅝　插页 2　字数 220 千字
国际书号　ISBN 978-7-101-16804-4
定　　价　48.00 元

谨以此书献给我的母亲

目　录

生于 1958

生于 1958

自我"考古"

　　1978 年，德芳考入吉林大学历史系考古学专业；这一年，我也考入吉林大学历史系历史学专业，我们成为同年级系友。当时拨乱反正，百废待兴，学校被其他单位占据的一些教室、宿舍正在陆续退还，一些仍在农村、工厂的老师正在落实政策，陆续"平反归队"，但教室和教师仍是"双紧"，同系不同专业、同专业不同年级的同学往往一起"上大课"，宿舍又是对门，上课下课，互串宿舍，整天低头不见抬头见，套用现在的流行语，就是"上铺的兄弟"吧。光阴荏苒，转眼近半个世纪就过去了。

　　大学毕业后，德芳没有从事考古工作，而是进入了图书出版业，从普通编辑做到香港中华书局总经理兼总编辑、生活·读书·新知三联书店党委书记兼总编辑，2019 年退休。无官一身轻，开始写微博，越写越勤越写越多，一发不可收。生于 1958，到 1978 年上大学跳出"农门"，整整二十周岁。这二十年人生"前史"的乡村生活，是他微博的主要内容。他的经历和故事，我从前当然也知道一些，但毕竟零星断续，不成"体统"，没有整体印象。微博系统推出，一篇又一篇，越读越感兴趣，只觉其少不嫌其多，只觉其短不嫌其长，多次劝他，越细越好，只因感到他的个人书写深具"历史意义"。

　　早在 1999 年，我发表了论文《"日常生活"的历史》，是自己历史研究十几年的心得与感悟。有人说传统史学就是一部帝王的家谱，当然是激愤之言，但也还是说明了传统史学的一个重要特点，即在史学中占统治地位的如果不是帝王将相，起码也是叱咤风云之辈，而对升斗小民的喜怒哀乐、衣食住行、生老病死则鲜有问津。偶有记述，亦因"王者欲知闾巷风俗"。不过，对这种琐细之事的记述却并不能享配"正史"的殊荣，只能被"不入流"地称为"稗史"。稗者，卑微也。卑微者的历史当然无足轻重，有帝王的"起居注"，芸芸众生的"日常生活"却少有记录。其实，这才是历史研究最重要的内容。"一将功成万骨枯"，青史留名、进入历史的只是"一将"，而那荒郊野岭的累累"万骨"只能无名无姓地任"草没了"，无法进入历史。在某种程度上说，没有形成"文本"，就没有进入"历史"。如果自己不写，就会任由"他者"替代书写，历史的替代书写实质是"他者"眼中、观念中的"历史"。只有许许多多普通人的个人历史书写，才能让芸芸众生的历史真正进入"历史"。这就是德芳自我书写个人史的"历史意义"。

更具体说，德芳的个人史写作，是"边缘"向"中心"的突破，是向"被命名"的挑战。"50 后"大多数城市青年都有"上山下乡"的"插队"经历，被命名为"知青一代"。但这种命名其实使人数多得多、根本没有资格当"知青"的另一群"50 后"，统统被"知青"代表了。在"上山下乡"的年代，"知青"特指到农村"插队"、到边疆"兵团"的城市青年，而广大农村青年，人数比城市青年多得多，无论是否上过中小学，都不算"知青"，他们的身份是"回乡青年"。"知青"与"回乡青年"能有多大区别？区别之大，不啻天壤之别。在这种称谓之下，包含的是过去的典章制度、事件人物、风土人情，历史信息丰富异常。所以一词之差，有时会让我们对一个历史事件，一个历史时代、时段的基本制度的理解产生偏差。"知青"与"回乡青年"，代表着在二十世纪五十年代初形成的城乡"二元分割"体制下两种截然不同的身份，反映了巨大的社会鸿沟。说白了，"回乡青年"就是农民，只因当时上过初、高中的农民少而又少，所以要用"回乡青年"来标志他们。他们的待遇，与农民并无二致。招工只招"知青"，与"回乡青年"基本无缘。"回乡青年"不仅在身份上居于劣势，而且话语权严重失落。四十年来，有关"知青"的小说、回忆、散文、研究、影视作品浩如烟海，而对"回乡青年"的记述则屈指可数。研究"知青"史时，方方面面都有大量史料可供征引，但在涉及"回乡青年"研究时，史料却少而又少，极度缺失。所幸还有小说家路遥，以自己厚重的作品为"回乡青年"争得进入历史的可怜也因此弥足珍贵的一席之地。"回乡青年"被"知青"代表，反映了城市中心化形成的权力结构。无论是教育、社会、家庭资源和背景，城市都占据绝大优势，同时还占据了"历史"的优势，这一代人的历史以"知青"来命名，广大"回乡青年"无可奈何地"被命名"，他们的历史被遮蔽。无论是否意识到，德芳的"自我考古"与路遥的小说创作一样，为失声者争取发声的权利，为"被命名者"争取自己的"命名权"，争取自己的"主体性"。

毕业后虽未从事考古工作，毕竟受了四年严格的考古学训练，德芳的个人历史写作自带考古报告的底蕴，简明扼要、清晰细致地描述了他生活的那个村落在那个年代的住房、农具、食物、衣着和出行方式；各种农活、各种副业的劳作方式；怎样记工分，如何分粮，乡村集市的变化，国家、集体和个人间的利益关系；淳朴又复杂的乡间邻里关系，"运动"对村民关系甚至小学同学关系的影响，"阶级成分"的巨大作用；基层政权的运作方式，尤其是中学毕业后当过大队团支部书记、民兵连指导员、民办教师，对此的感触认知远较一般社员为深；农民的喜怒哀乐、精神生活，个人的求知途径、苦闷和爱情向往……凡此种种，皆有详细描述，在此不必赘言。简言之，薄薄一册，重现了那个年代乡村的物质生活、人际网络、社会生活和精神生活。

1978 年考上大学，德芳跃过"龙门"跳出"农门"，从"农业粮"变成"商品粮"，个人身份发生本质性变化。这种变化，使他有可能以相对疏离、冷静的姿态专注于自己人生"前史"的回望与沉思，对自己前半生的"挖掘"如同考古报告般明晰。但自己又是自己的"考古对象"，对自己出生、成长、身在其中又血肉相连的"文化"进行"考古"，所以这一纸"报告"又是生动的、灵动的，生气满满，有血有肉，包含体温和情感，欢乐与悲伤、喜悦与愤怒跃然纸上。冷峻与情感，奇妙地融为一体。

德芳一辈子都是"为他人做嫁衣"，退休后终于为自己"做嫁衣"了。他第一次写书，选择了"边缘"与"个人"的立场，以平民的、普通人的视角娓娓而谈，细述了一个农家子、一个乡村家庭、一个小村落的历史。个人叙事与时代背景、社会背景和历史叙事在此紧相勾联、密切缠结，私人历史与社会、时代的"宏大历史"耦合共振、互补互证，为历史记忆、时代思考，甚至对人性的审视理解，提供了另一个不能忽视的维度和视角。

写在前面

　　这是一部特殊年代的私人生活史。说它是"私人的",意思是其中的经历具有某种不可复制性。比如,生于 1958 年的人,全国约有一千九百万,而出生于农村的,估计就只有其中的七成了。考虑偏远农村和当时的教育环境,与我情况类似的可能连一成都不到,再考虑我幼年丧父的艰难经历,恐怕就更少了。就我所知,我的经历在我的中学同学里就是独一份的。

　　至于说"特殊年代",我生于 1958 年,出生时就是"大跃进""吃食堂""大炼钢铁",之后就是国家的三年困难时期。1962 年,刚刚有所恢复,就来了 1963 年的"四清"运动。这个运动还没有什么结论时,1966 年,"史无前例的无产阶级文化大革命"爆发了。这个运动持续了整整十年,其中又包含了多个运动和变奏,直到 1976 年,粉碎"四人帮","文革"才算结束,但其余绪其实直到 1978 年"真理标准问题大讨论"、改革开放开始,才算真正寿终正寝。1978 年,我二十岁。

　　1978 年,十一届三中全会召开,改革开放大潮初起,到今天已经是四十六年过去了。今天人们了解中国当代历史,尤其是改革开放前那十几年的历史,接触得更多的是宏观式的描述,对于普通老百姓在那个"广泛触及灵魂"的运动中的遭际,注意得是很不够的,比如当时的农村究竟是一种什么状态,农民的心态如何，农村的运动是如何开展的，等等。其实，我这里是想说，对这些问题不了解，你就无法理解为什么上面运动那么激烈，而整个中国社会还能维持基本的运转。在这方面，我自己这个"小人物"在当时的所见所闻，或可以在一个小的方面，补足人们对于当时社会的认识。

如果从八岁上小学开始计算，我十八岁之前的少年时光都在各种运动的裹挟之中，一方面要接受政治运动的洗礼，另一方面又要在家里、生产队里、学校里参加各种劳动，以维持不至于冻馁的简单生活，其中之辛苦可想而知。在运动不断的生活环境里，学习文化知识、追求真理已经属于奢望，因为当时的风气就是知识越多越反动，是"宁要社会主义的草，不要资本主义的苗"，是"卑贱者最聪明，高贵者最愚蠢"。如果你在看一本发黄的书，可能就会有人指责你传播"封、资、修"流毒，所以，如果要读书，就要背着别人偷偷地看。我至今感到庆幸的是，在那个年代，也不知出于什么遗传，我的求知欲望始终旺盛，读书的渴望从来没有止息，也因此而读到了当时所能读到的所有图书。这些书荡涤了我的愚昧，启迪了我的灵智，强化了我的良知。

另一方面，我要感谢我的母亲。我四岁丧父，幼年和少年都在母亲的呵护下成长。在那些艰难的岁月，母亲宁可自己不吃，也要让我们吃饱；宁可自己穿破衣服，也要让我们穿得整整齐齐。她还想方设法，调剂家用，省吃俭用，让我们有一个相对安适的家境，这使我明白，即使社会上再风狂浪恶，一个温馨的家是最重要的。我最难以忘怀的是，在那些人情如纸薄的日子里，母亲始终乐于助人，并且时时教育我们，要与人为善，要多交朋友，要靠自己的努力建设好自己的家。在 1978 年高考时，母亲全然不惧自己一个人在农村生活，坚决地鼓励我参加高考，使我能够一心一意地复习考试，并取得好的成绩。有这样的母亲在我身后，再昏暗的日子也有了光明。

1978 年，我考上了大学。尽管离开了农村，但当年起早贪黑、风雨无阻地忙于农事的情景我一日不敢或忘。我时时提醒自己：你是一个农民的儿子，今天有了这么好的学习机会，一定要紧紧抓住，不负当日的那些千辛万苦。这种心态也激励我在工作岗位上勤奋努力，最终成为还算有点成绩的出版人。

我想说，人是需要有一点精神的，这精神就是应该努力向上。不管有多么苦多么累，只要你心中的这一点精神不昧，你就能坚持下来，有所成就。犹记我刚刚参加工作的时候，国内关于外国考古的资料十分缺乏，为了编好《中国大百科全书·考古学》中的外国考古部分，我每天下班后，都坐在办公桌前，就着昏黄的灯光，翻译日文的《世界考古学事典》中的词条，直到晚上十一二点。三四个月下来，我一共翻译了二十多万字，有力地帮助了考古学卷的编辑工作，自己却因用眼过度，双眼视力从大学毕业时的 1.5，直线下降到 0.4、0.6。即使如此，我心中仍是高兴的，因为自己终是奉献了有用的知识。

随着自己的逐渐成长与成熟，我也越来越清楚地认识到，当年的那种几乎无法言说的苦和累，对于我而言是一种宝贵的财富。固然，我当年不可能知道孟子的"天将降大任于是人也，必先苦其心志，劳其筋骨，饿其体肤，空乏其身，行拂乱其所为，所以动心忍性，曾益其所不能"那一段话，但是今天回首过去，会更加明白，苦日子是什么样的，今天的幸福是如何得来、应怎样珍惜。令人忧心的是，今天的青少年，甚至是四五十岁的人，都已经不大知道二十世纪七八十年代以前的中国社会，不了解那时的中国农村与农民的疾苦，不了解改革开放带来的巨大变化。这是很可怕的！如果一个民族连几十年前的历史都不了解，何谈继承，何谈光大？

年龄渐长，也越来越喜欢回顾。退休之后，有了更多的时间，更是经常想起那些并不太旧的旧事。尤其是近些年，有那么多洪亮的声音在宣称中国已经多么了不起，有多少人在夸富炫贵，更有人宣称如今的中国已经比美国还强大了。每当听到这样的声音，我的心里都会产生极大的反感：中国的农民吃上一口饱饭才几年啊，就这样膨胀了吗？也是在此时，我就有一个冲动，想把自己少年时代的生活写出来，让今天的人们知道，当年的日子是多么艰难，多么沉重。

我坚定地认为，如果没有1978年的改革开放，中国不可能有四十多年的飞跃发展。而今处于"百年未有之大变局"中，我们一方面要居安思危，坚持改革开放；另一方面，要更重视农村建设和农民教育。共和国的前三十年，正是由于农民的勤劳坚忍，才保证了国家的稳定，为国家的工业建设提供了基础，而今国家富强了，应该加大回馈农民的力度，让吃苦受累的那一代农民有一个比较幸福的晚年。

　　由于是四十多年后的回忆，当年刻骨铭心的经历，今天说起来难免不那么准确。我将尽量以一种平静的笔触来叙述，有些事情还要请别人帮我回忆，以力求符合当时的实际。

　　最后我想说的是，无论生活如何困苦，无论身体上的劳累如何严重，只要你的心里有一份追求，只要你还对未来抱有希望，你就会不断努力，去丰富自己，使自己变得强大，这样，你的茹苦岁月也会变得有味道。接下来，读者会在我这些"含辛茹苦"的文字里，看到爱，看到温馨，体会到快乐，体会到奋斗与努力。

一

我的家乡我的家

　　我出生与成长的地方，当时的行政设置是辽宁省丹东市东沟县小甸子公社三尖泡大队南房身小队。按现在的行政设置，东沟县已于1993年改为东港市，之下则应该是小甸子镇三尖泡村南房身组了。我这里要讲述的都是二十世纪八十年代以前的事情，为叙述方便，本书拟仍按当时建制称呼，庶几才算原汁原味。

　　我出生于1958年，这一年之前的情况当然不可能体会。1958年是重要的一年，是"总路线、大跃进、人民公社化"如火如荼的一年。我的记忆基本上开始于1962年，但那时的很多事情要追溯到1958年，所以在我早年的记忆里，"鼓足干劲，力争上游，多快好省地建设社会主义"的总路线耳熟能详，人民公社、吃食堂是大人们常提起的话题。大炼钢铁，东沟县似乎没有形成高潮，据说我们小甸子开采了铅矿，附近的黄土坎开采了锰矿，大孤山开采了铁矿，但都没有生产出合格品，很快就下马了。以下的叙述中，基本是人民公社化以后的现实，在这里需要先说明一下。

家乡小地理

　　当时的丹东市，下辖四个县，即东沟县、岫岩县、凤城县、宽甸县，但后来岫岩县被划归鞍山市，丹东就只有三个县了。三个县中，凤城和宽甸均处于千山山脉和辽东丘陵之中，唯有东沟县，一半是山地丘陵，但靠海的地区有一些小的平原，不仅农业发达，又有一点工业和渔业。东沟县原名安东县，1965年经国务院批准，改名为东沟县，以县政府所在地大东沟得名。大东沟是县城附近一条海潮冲刷形成的大潮沟，初名"太平沟"，后改名为大东沟。

　　说到安东的改名，其实还应该介绍一下相关的背景。这个"安东"，最早出现在唐朝。当时唐朝和新罗联军消灭了高句丽，之后设置了安东都护府，这个机构存在了近一百年，它的治所，也就是安东都护的办公地点，最初在朝鲜的平壤，后来迁到现在的辽宁辽阳一带。清朝光绪年间，清政府对东北的管制放松，在辽东设置了"安东县"；伪满洲国时期，在辽东成立"安东省"；1937年成立了安东市。中华人民共和国成立后，国务院在六十年代初要求在东北三省、云南、广东、广西进行地名核查，凡是有刺激越南、朝鲜这两国的所谓"大国沙文主义"倾向的地名都要改掉。1964年底，当时的内务部（相当于现在的民政部）下发《关于请对县市以上地名等审查提出更名意见的函》，要求审查全国县市以上地名以及与对外关系有关的重要的山名、河名，并提出更名意见。审查更改的名称范围包括："一、对邻邦含有大国沙文主义不友好的；二、带有大汉族主义歧视兄弟民族性质的；三、以敌伪人员名字命名的；四、用字生僻难认难写的；五、用外国文字或外国人名命名的。"按照上述意见，安东市和安东县都属于"对邻邦含有大国沙文主义不友好的"范畴，于是，1965年3月，安东市改名为丹东市，安东县改名为东沟县。

　　东沟县下辖二十几个公社，又有五四农场等三个国营农场，在当年算是比较富裕的地方。小甸子公社三尖泡大队，从这个名称，读者诸君可以大体估摸到其地理特点。所谓小甸子，是其境内当有一处不大的平地。东北话中，甸子的意思就是平坦的草地。而我们小甸子公社，南部也确实属于大洋河边的小块平原，其北部则属于连绵的丘陵地带，是辽东丘陵的余脉延伸。三尖泡，则得名于我家门前的一处水塘，辽东话把水塘称作水泡子。早期，起码在我记事前，这水塘的水面很是广大，占地有上千亩的样子，形状略呈三角形，周围的村庄因此得名，例如我的邻村就叫泡子沿。我们小队南房身，则是得名于水塘边的一小片低矮的山包。房身，辽东话中的意思是适合盖房子的土地。这小山包的南面是向阳的，很适合用来建房子，因此村民的房屋都建在山包之阳，故此得名。

当时的三尖泡大队，地域面积大概有方圆三四公里，其形状略同于一个圆形的荷包，南、西、北都是起伏不大的低矮丘陵，只有中部和东部是平地，东部荷包开口处有一河流横切而过，这就是辽东除鸭绿江之外的最大河流——大洋河。三尖泡大队的地域内有诸多的季节性山溪，都汇流到那名为三尖泡的水塘里，又从水塘里流出，汇入大队东面的大洋河。

大洋河之名，意为河水流量大。它流经岫岩、东沟两县，全长230公里。河水发源于岫岩县偏岭公社一棵树岭南侧，从北部一路流下来，成为我们小甸子公社与凤城县、东沟县龙王庙和黄土坎公社的界河，之后流入黄海。河水从我们大队的东部经过，灌溉着河边的数千亩稻田。小的时候，不知道天地之大，也没见过长江黄河，后来看电影《上甘岭》，卫生员唱的那首歌"一条大

图一　三尖泡大队概貌
这张照片是在大队最南端的杨岚子小山上拍摄的，收入画面的是大队东半部的土地，包括中间的小盆地和东部的荷包口部。右部中间的小村就是南房身。远处的青山就是凤城市的土地了。

河波浪宽，风吹稻花香两岸……"我觉得用来描述我的家乡，简直是太贴切了！说大洋河是我的母亲河，一点儿都不为过。

　　大洋河边的三尖泡大队，下面有十四个生产队。这十四个生产队以大队部所在的汪堡子生产队为中心，从正北方的前李堡子、后李堡子、党家油坊，逆时针方向，依次为梁家堡、衣家沟、刘家堡、王家屯、张家堡、郑家堡。到郑家堡，已经是荷包开口的南缘，与之相对，荷包开口北面，有四个生产队，却不是这样的名称，而分别以地形命名，为南房身、泡子沿、西岗、碰子山，可知这里居民的历史都不太久，是后来移民到此的。每个生产队都有一二十户人家，百十口人。这些生产队有些位于丘陵之上，稻田很少；有些靠近水塘，地势平坦，便是稻田和旱田兼有。相比之下，后者的收入更好一点，但在农事上要更辛苦一些。

　　有了这个概括介绍，读者对我的家乡的地理情况应该有了基本的把握，下面我就由此出发，概略介绍一下当时家乡的社会和生活的诸般基本情况。

人民公社集体经济

　　所谓集体经济，是一种劳动群众集体所有，实行共同劳动，在分配方式上以按劳分配为主体的社会主义经济组织。人民公社化运动时期，我国农村实行的是公社、大队、生产队三级所有的农村集体经济。集体经济模式最早是由马克思提出的，马克思认为集体所有制是区别于私有制的一种公有制形式。二十世纪五十年代中期，我国从苏联引入集体所有制的概念，在城市是合作社和公私合营，在农村，则通过初级社、高级社直到人民公社的形式，形成中国式的集体经济所有制。

　　中华人民共和国成立后，在 1951 年就开始了农业生产初级合作化的试点。1952 年，中央成立以邓子恢为部长的农村工作部，负责指导农村互助合作运动的发展。到 1955 年，全国的初级社已达到 67 万个。1956 年 6 月，中央又推动初级社向高级社转变，到当年年底，全国已经初步实现高级社化。初级社包含的农户一般是一二十户，大体相当于一个生产队，而高级社包含的农户已达到二百户上下，跟后来的一个大队差不多了。1958 年 3 月，中央又提出把小型的农业合作社合并为大社的意见。

我的家乡东沟县也和全国一样，在五十年代前期，实行初级社，1956 年，全县 800 多个初级社组成 161 个高级社，在此基础上，全县于 1958 年实现人民公社化。这一年的 9 月 10 日，小甸子人民公社成立。公社之下是十来个生产大队，各大队之下，是十个上下的生产队。按当时的说法，人民公社是中国式的社会主义社会的社会结构形式，是一种工农商学兵相结合的乡村基层单位，有"一大二公"的特点，"一大"是规模大，"二公"是公有化程度高，但实际上并不是这样。所谓的规模大，也就是相对初级社、高级社而言的，公社一级并没有什么大规模的产业；公有化程度高更是谈不上，当时的土地基本上还是归生产队一级使用管理，生产资料也主要在生产队，大队一级基本上没有产业，公社一级所有的粮库、供销社、邮电所之类，所有权实际上归县一级管理，跟公社关系不大。

二十世纪六七十年代的辽东农村，在计划经济体制下，尽管说的是"农林牧副渔全面发展"，但限于各种条件，农业几乎是唯一的产业，农民们每天面朝黑土背朝天，就是在忙乎着那一片或贫瘠或肥沃的土地。而所有的农事，除了 1970 年前后水田翻地和耙地开始使用拖拉机外，其他的全部是以人力或畜力，使用传统的农具如铁锹、镢头、镰刀、锄头等完成，那劳动强度很大，用东北话来说，就是"累死个人"。

当时的劳作方式是集体劳动，实行"各尽所能，按劳分配"。每个生产队都有生产队长，由他负责安排当年的农作和生产，每天给全队的劳动力派活；生产队里还有记工员，负责记录每天出工的人员，然后按其所做农活的种类和表现记工分。这记工分也很有讲究，其大概的规律是：设若这天的农活比较简单轻松，一个壮劳力做满一天为10分，那么妇女和老弱的就会相应地往下减少，为8分、6分不等；如果这天的农活强度大、要求高，一个壮劳力可能是20分，妇女和老弱也会相应地下减。其实，农村里的大姑娘和已婚青年妇女，干起活来并不弱于男人，有些生产队会同工同酬，而有些生产队就会给女人少计工分，这种情况经常会因女性劳动力的不满而引起争吵。

当年的粮食产量不高。七十年代以前，一般旱田亩产就是三四百斤，后来号召"农业学大寨"，提出提高粮食产量，要求"跨黄河，过长江，超千斤"，什么概念呢？就是亩产分别要达到黄河以南（五百斤）、长江以南（八百斤），再往上，要超过一千斤。经过几年努力，加上水稻种植面积扩大、玉米合理密植等因素，我们那个生产队的亩产应该是跨过了黄河，但有些生产队还达不到这个程度。今天的粮食产量应该是八百斤以上，千斤左右了吧？

人民公社的经济是"三级所有，队为基础"，生产队是最基本的经营核算单位。农民辛苦一年，年终算账，水旱田皆有的，收入就好一点，因为同样的出产，水稻的产值要比玉米高一些。有的生产队有一点副业，那就更好些，就看队长和队里的"能人"的经营能力。我们南房身生产队有三百多亩地，水旱田各半，加上有点制作木质图章的副业，年景好的话，收入尚可，有几年年终结算，每

10个工分可折一元上下，差的年头也有六七角钱。村里的一个壮劳力，一般一年可挣 3500—4000 工分，如果年终按一元折算的话，扣去一家四口的口粮款，年终还可分到一百元上下的现金分红；如果家中的劳动力多而人口并不多，年终就可以多分一点现金。但只有旱田的生产队就不行了，我们大队的衣家沟生产队，有一年 10 个工分只折算五分钱。如此算来，辛苦一年，一个壮年劳动力即使挣4000 工分，也只有二百元，一家人的口粮钱都无法保证。当时一包火柴（十盒）的价格是两角钱，这个生产队的劳动力得干三四天活儿，才能买到一包火柴，可见当时穷到什么程度！

回想当年，生产队、生产大队、公社这三级组织的固定资产其实都少得可怜！当时，基本的农具如镰刀、锄头之类都是农户自己的，六十年代的时候，生产队一级的固定资产，一般只有队部的几间草房子、化肥种子、几副犁杖，再就是十几头牛、一辆铁木轮子的牛车；到七十年代，条件好一点的生产队会有几匹骡马，会有一辆胶皮轱辘的马车。大队这个层次，则一般是有个大队部、两间房子，然后就是铁匠炉、米面加工厂，后期有的大队会添置一台手扶拖拉机。那铁匠炉主要的作用，是给骡马钉马掌，因为骡马拉车、拉犁，马蹄之下都有一圈铁掌，这铁掌过几个月就磨坏了，就要卸下旧的，换一副新的。米面加工厂其实也是 1970 年以后才开始有的，主要是为各农家加工稻米、磨玉米粉。公社一级的资产会多一点，但也不过是房子多几间，然后有农机站、一台拖拉机，如此而已。

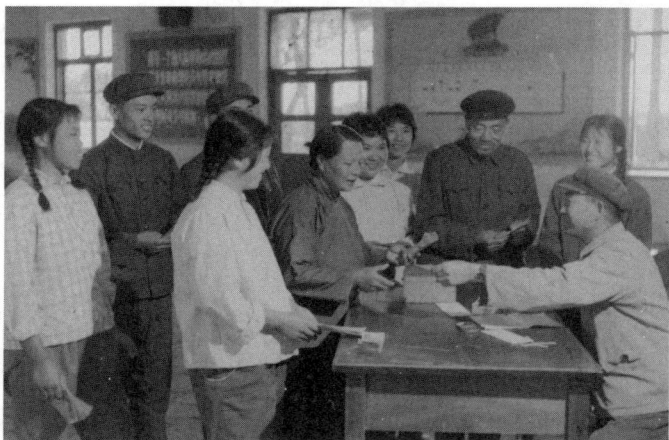

图二　生产队里年终算账的场面（栾春彦摄）
年终分红。劳作一年，能分到一点钱的人固然高兴，但更多的人
此时可能一分钱也拿不到。

乡村政治

人民公社化之后，一直到二十世纪八十年代初实行分田包干
责任制以前，农村的组织体系都是绝对的政社合一制，也就是在社
会一体化的基础上，将国家权力和社会权力高度统一的基层政权形
式。公社行使乡镇政权职权，相当于今天的镇。公社所在地设有中
学、农机站、邮电所、粮库等。公社领导先是书记、副书记，后来
是革委会主任、副主任，其他有武装部长、文书等，为全脱产。公

社之下为大队，相当于村，领导包括书记（后来是革委会主任）、大队长、妇女主任、会计、民兵连长。这一级的干部基本为上级任命，应该是不脱产或半脱产，实际上是脱产的。大队之下为生产队，相当于今天的组，领导为生产队长，还有妇女队长、民兵排长、贫协主任。其中起主要作用的是生产队长，其他的只是名义上的。这一级的干部主要为社员选举，也有大队里任命的。

生产队长是义务性的，不脱产，但有点权。他要合理安排生产，调配人力，需要有一定的领导能力，我所在的生产队，有的人连干好多年的队长。有的时候，队长因为和社员发生矛盾，半路撂挑子不干了，这样就只好召开社员大会，选举新的队长。由于互相之间矛盾太大，有的人有本事，又不肯干这个，所以有时候连续开几个晚上的会也选不出来，就只好由大队指派。

各个生产队里的劳动力是男女老少都有，有六七十岁仍旧需要下地干活的老汉，也有不能或不肯上学的十几岁的少男少女。这也挺考验队长的智商的，因为他既要体现出公正无私，又要照顾太老和太小的人员。不过，人，都不可能无私，所以经常有给亲属或关系好的人安排轻快活儿却不少拿工分的现象，也有出工不出力、偷奸耍滑却仍拿到整劳力工分的，人民公社时期，集体劳动效率低下，其原因盖出于此。

二十世纪六七十年代有一个好处，就是很少开会。大队干部到公社开会，一年也就那么几次，而大队召开生产队长会一个月都没有一次，大队有什么事情、布置什么工作，基本上是通过有线广播喊几嗓子；生产队里就更不必开会了，有什么事情，集体劳动时念叨一下就解决问题了。真正需要全体成年社员开会、耗时费力的，就是选生产队长了。

虽说按规定大队干部不脱产，但其实没几个大队干部真正执行，他们基本上是坐在大队部里办公的，所以在老实守规矩的农民眼里，大队干部就是官。他们衣着干净，说话也带着教训人的味道。我十几岁时，大队书记是一位姓许的人，戴着眼镜，很文静，但讲起话来一套一套的，往往一到晚上，就在广播喇叭里说起来没完，后来犯了"生活错误"，下台了。在农村，公社领导就是大干部，一般在村里是不大能见到的。我们有个同学的父亲是公社副书记，我们看那书记都得仰望着，那同学自己也感觉很好。下面生产队里如果有什么事情，需要公社书记或武装部长出面解决，那肯定就是出了不得了的事情了。公社所在地是全公社的人注目的中心，便有许多人想方设法，希望能进入那个地方，哪怕是当个学徒工、打杂送水，出到外面，那腰板都直了几分。

过去，县一级是基层的政权单位。民国的时候，县以下无官。新中国成立后，有了人民公社。公社的意义，主要在于把县级以上领导的指示贯彻到大队这一级之下，直到每一个农民。一个最典型的实例，就是"农业学大寨"。大寨是继学雷锋、学大庆之后的又一个号召全国学习的典型。1964年，毛泽东主席亲自肯定了大寨的典型意义，大寨精神被概括为"政治挂帅、思想领先的原则；自力更生、艰苦奋斗的精神；爱国家、爱集体的共产主义风格"这样几句话。

我家那里也学大寨。省里组织省市县乡四级干部去大寨学

生于 1958

习考察，这里的乡，就是公社。公社领导去了一趟大寨，回来就
开公社、大队、生产队三级干部会议，号召大搞农田基本建设，
旱田改水田，坡地修梯田，洼地修台田。这方面都是公社提出工
程项目，比如修水库、修河堤、围塘造田，之后由各生产大队出
动劳动力，组成一支支队伍开上工地。工地上红旗招展，人挑
车推，开山挖土，大兴土木，很是一派热火朝天。这样干下来，

图三　农业学大寨（栾春彦摄）
"农业学大寨"是伟大领袖的号召。当时凡是这样的场合，工地上都是红旗招
展，旁边立着"农业学大寨"的标语牌，以彰显其政治意义。

14

土地有增加，亩产有提高，但农民却仍是吃不饱，收入仍是无增加。学大寨一直学到二十世纪八十年代初，实行分田包干责任制后，才不再提起了。

"成分"种种

在我出生、长大的二十世纪六七十年代，是"阶级斗争要年年讲、月月讲、天天讲"的时代，是大讲"灭资兴无"，也就是消灭资产阶级、振兴无产阶级的时代。在这样的政治环境中长大，就需要知道什么是阶级，在农村要依靠什么人、团结什么人、打击什么人。而要弄清这些，就要了解关于"成分"的种种问题。

这里就介绍一下什么是成分。新中国成立后，城市里实行的是依靠工人阶级、团结小资产阶级、打击大资产阶级的政策，而农村必定是依靠穷人、打击大地主。但农村情况比较复杂，所以从1950年开始，就明确要将农村人口按阶级成分划分。这一年的6月30日起，将农村的人户划分成"地主、富农、中农、贫农、雇农"五个层次，中农又分"上中农、中农和下中农"。所谓地主，是指占有土地，自己不劳动或只有附带的劳动，而靠剥削为生的人，剥削的主要方式是地租。所谓富农，一般指占有土地和比较优良的生产工具及活动资本，自己参加劳动，但经常以剥削为主要生活来源的人，其剥削的主要方式是剥削雇佣劳动（请长工）。所谓中农，是指占有或租有土地，自己有相当的工具，生活来源全靠自己劳动，一般不剥削人的农户。中农当中，有的对别人有轻微的剥削，有的要受别人剥削，这也是其中又有三个层次的划分的标准。所谓贫农，是基本不占有土地、只有不完全的农具、一般需要租地来耕作、受人剥削的农户。贫农要出卖小部分劳动力，中农一般不出卖劳动力，这是区分贫农和中农的标准。农村里没有工人，但有一个雇农的划分。所谓雇农，就是无土地无农具，全年靠给地主富农扛活儿维持生活，是农村中受剥削压迫最重的，即所谓"上无片瓦，下无立锥之地"，鲁迅小说中的阿Q就是比较典型的代表。在这个划分中，农户家里有没有自己的土地和大牲畜，是成分高低的关键。有自己的土地，并且雇人耕作，就很容易被归入地主的行列；家里有一头牛或一辆破牛车，那就是妥妥的富农。在农村，基本政策是依靠贫雇农，团结中农，打击地主富农。农村的"黑五类"，即所谓"地富反坏右"，地主富农是排在前面的。当时的电影或小说中，农村的反面人物基本上是地主和富农。

上述各成分的确定，是依据 1950 年前后的生活状况而定的，所以有很多人的成分定得令人哭笑不得。比如，有的地主本来家里土地很多，家产也富有，但在新中国成立前夕出了败家之子，或抽大烟，或挥霍无度，把家产都败光了，地也都卖了，到新中国成立时已经是赤贫之身，所以定成分只好给他定贫农；而有人一生勤俭持家，辛辛苦苦劳动，到新中国成立前好容易买了几亩地或一头牛，觉得可以自己过一下安生日子了，这样的人基本上都会被定为富农。当然，政策是如此，实际执行中，同相关工作人员的关系、亲疏远近，也都会影响成分的高低。

由于东北解放较早，尤其是辽东地区，土地改革在 1947 年前后就已经开始，划定农民成分的工作在 1948 年已经基本完成。到我懂事的时候，我们那个生产大队，在我的记忆中，就没有什么大户人家，不仅没有富商大贾，就是地主，也没有像刘文彩那样的大地主，全大队也就只有一户小地主，其余的，也就三五家富农而已，占绝大部分的是贫农、下中农，上中农都不多，当然雇农也少。我们生产队二十来户人家，基本上都是下中农和贫农，也就是说，在新中国成立前他们基本上都是被剥削者，或者自己有一点土地，或者完全没有土地，新中国成立后才有了自己的土地和农具，人民公社化之后，土地和大牲畜都归生产队了，大家便都成为一样的社员。

在东北农村，新中国成立后确实是穷人当家作主，实现了居者有其屋、耕者有其田，尽管房屋是破旧的草房，土地也归了集体。以前的地主富农被剥夺了土地，但仍留给他们必要的生活资料，靠自己劳动生活。我们邻村的一家地主，六十年代中叶，户主已经死掉了，他的小老婆带着女儿生活，住在低矮的两间草房子里，但还是有菜地和自留地的。在社会生活中，地主富农处处受打击歧视，家中的后代也受到影响。当年，贫下中农的孩子找对象，首先要看对方家庭的成分高不高，成分高了，长得再好也不敢要。地主富农的儿子年龄大了也娶不上媳妇，女儿也不好找婆家，没有办法，只好在成分高的家庭内部通婚，或降格以求，与家庭条件和长相都不大合意的人家通婚。

　　话是这样说，其实在我长大、上学的日子里，贫下中农的孩子和那些地主富农的孩子之间并没有一道不可逾越的鸿沟，也许是都还太小，阶级意识不够强吧。我小学的同班同学里，就有一个富农的孩子，还有一个国民党宪兵（所谓"历史反革命"）的孩子，当时他们的父亲都已经死去，我们一起上课玩耍，总体上没有歧视，尽管小孩子打架时，会骂他们"富农崽子""宪兵崽子"，但闹过后还是一样相处。那宪兵的儿子学习很好，和我还是不错的朋友，如果不是五年级时就辍学回家种地了，后来高考说不定也会考取个什么学校。有个地主的女儿高我一个年级，因为学习好，长得也漂亮，在学校里人缘很好，后来在 1977 年高考时考上了卫生学校。

　　划分成分这事儿，我上大学时还一直实行着，直到改革开放以后，1979 年 1 月 29 日，中共中央作出《关于地主、富农分子摘帽问题和地、富子女成分问题的决定》，地主富农才被摘掉帽子，给予人民公社社员的待遇；地主富农家庭出身的子女，也一律视为社员，不再出现"地主富农家庭出身"的称谓。从此，地主、富农、中农、贫农这些"成分"在我国逐渐消失。这项改革可是善莫大焉啊！全国的地富子女何止几百万，加上"右派"子女，就是把数百万的对立者变成国家建设的一分子了。

贫困的乡土

　　如今回忆当时的民生，一个最深刻的印象，就是贫穷。当时贫穷到什么程度呢？在二十世纪六十年代中期，我们那个生产队近二十户人家，除了一家，因为户主是当地供销社的经理，家庭条件比较好以外，其他人家都是很穷的。当年是把自行车、手表、缝纫机作为家庭奢侈品的。以此为标准，六十年代所有的人家都没有自行车、手表、缝纫机，个别人家有个座钟；到七十年代，有自行车的人家不到四分之一，手表和缝纫机就更少了，收音机几乎没有。当时有一句话，最生动地体现了穷的程度，就是"一分钱也要掰成两半花"。我印象极深刻的，是母亲告诉我过年的时候，一角钱怎么花才最上算。用母亲的话说，就是"放炮不如点蜡，点蜡不如挂画"，意思是，有一角钱，过年买鞭炮，不如买蜡烛，因为比起听一个响，蜡烛照明的时间长；而买蜡烛又不如买年画，因为年画可以挂在墙上一年。依据母训，我在儿童时期真的基本没有买过鞭炮，倒是买过年画，开始时买过《西厢记》《抢新郎》，后来年画也被破了"四旧"，开始还有《洪湖赤卫队》，后来就只有样板戏，如《红灯记》《沙家浜》《智取威虎山》的剧照当年画了。

讲生活离不开衣食住行。当年这些生活要素都是在最低水平上维持的。先说行，我们那个大队在八十年代之前不通公共汽车，绝大多数人一生甚至都没离开过所在的大队。次说住，当时几乎所有的人家住的都是三间草房，有的因为是两家合住，则只有一间半，四间房子的人家就是富户了，瓦房根本没有。再说食，在最困难的"三年自然灾害"时期，当地人称为"二两粮时期"，所有的人都挨饿；以后的十几年好一些，很多人家也还是粮食不够吃，平时吃不饱。因为自己家的饭尚且无法管饱，就没有可能吃外面的饭了，因为没钱。当年我们那个公社连个小吃部都没有，周围几十公里，只有孤山镇才有几个小饭馆，我第一次吃到外面的东西，就是 1976 年在孤山的小馆里吃的，记得吃的是五角钱一个的大米面甜饼，当时觉得好吃得不得了！最后说衣，当年几乎所有的人都是破衣烂衫，所谓"新三年，旧三年，缝缝补补又三年"，棉衣也是年复一年不换，大人穿破了给孩子，大的孩子穿小了给小的孩子。春节的时候，能给孩子添置一件新衣服的人家其实很少。

　　提到穿衣，其实还可以多说几句。在二十世纪五六十年代，农村人的衣服，用的大都是一种蓝色或黑色的平纹布，母亲常把它叫成"蓝司令布"。我常常纳闷，这个东西怎么能成为"司令"？后来看小说，里面有"蓝士林布"，我才明白，这个才是那种蓝色细布的正确叫法。这种布当时最便宜，所以穿的人多，而能买得起斜纹布的就少，至于呢绒之类，全村人都没有能穿得起的。后来，七十年代初吧，的确良出现了。这种正式名称叫作涤纶的化纤产品因为价格不贵，不用布票，又不用熨烫，易洗易干，名字又很好听，所以很是风靡。这种布料更有一个好处，就是结实，所以大家很快就都穿上了。这种的确良也是平纹纺织的，后来更晚一点又出现了斜纹的涤卡，就贵了一点，穿的人就少了。我自己，由于一直捡哥哥姐姐的旧衣服穿，真正穿上为我做的的确良，还是上大学前，母亲为我买的几尺草绿色的的确良做成的制服上衣。至于涤卡，就更晚了，那还是我上了大学一年后，去看望丹东的四叔，四婶她老人家为我缝制的一套制服。当年的物质生活如此，家庭的精神生活和文化生活就更谈不上了。

尽管国家在六十年代已经提倡计划生育，但基本上没有人执行，一些农民家里猛生孩子，因为多生一个孩子就可以多领一份口粮，多领一份各种票证。出于这种心态，邻村的一个家庭，七年间竟生了八个孩子！而当时一般的家庭也都有三五个孩子。由于孩子小，无法干活挣工分，男孩子吃得又多，这样的人家就极为贫困，粮食更不够吃。对他们而言，衣不蔽体、食不果腹是恰当的描述，很多人家，住着一间半或三间土坯墙、稻草苫顶的房子，大人小孩，不管男女，都睡在一铺火炕之上，很多人家连个装衣服的箱柜也没有。这样的人家里，女孩子还会穿得稍微像样一点，十来岁的男孩子基本上三季是光着身子的，冬天也就是一件空壳棉袄棉裤，流下来的鼻涕就冻在鼻孔下面。有的人家粮食不够吃，往往秋天分到的口粮，开春时就吃完了，就要向别人借。这样人家的孩子，有的专在吃饭时到别人家去玩，他们看向人家饭桌的眼神，即使我今天回忆起来，心中仍是酸酸的。这样的家庭一般也不鼓励孩子读书，所以他们的子女，在小学四五年级时，甚至更早就辍学回家了。

因为穷，所以有不少人就往外地跑。当时，我们家那儿经常会有乞丐，不过这些乞丐一般是关内来的，而我们当地人则会往黑龙江跑，称为"去北大荒"，或者"去边外"。当时我不明白这"边外"是啥意思，后来上了大学，学习东北史，才明白是"柳条边以外"的意思。所谓柳条边，是清代西起长城、东到船厂（今吉林市）、北自威远堡（今辽宁开原境内）、南到凤凰山（今辽宁凤城市）修筑的长达两千里的土堤和壕沟，堤上满植柳树，故名，其目的是阻止汉人进入东北。后来"边外"就用于称呼吉林北部、黑龙江地区了。由于当时黑龙江地多人少，能够吃得饱，因此不少人在当地无法生活下去，就跑到黑龙江去了。

　　贫困的生活对于小学生的影响也是明显的。不像如今，孩子是父母的掌上明珠，当时农村的孩子基本上就等同于散养的牛羊，除了一天三顿饭，其他的时间根本没人管。上学了，也只是把孩子交给学校而已，那些不爱学习的孩子，一个破书包里除了课本没有什么别的东西，我好一点，也就是多了作业本和练习本。那作业本，除了刚上学时学写字，用的是田字格本以外，基本上都是用白纸裁成 32 开大小，再用纸绳装订起来的。一到三年级用铅笔，到了四年级要用钢笔，我用的也是蘸水钢笔，就是只有一个笔尖，插在笔管里使用，这种笔要么写不出字，要么掉出一滴墨水弄脏了本子，是真不好用。最烦的是，写几个字就要蘸一下墨水，小孩子动作大，经常打翻墨水瓶，溅得满身墨水，回家就要挨大人一顿骂。不过如我这样，有专门的笔管算是好的，有的孩子就是把笔尖直接插在一节高粱秸或木棍里，就是笔了。使用圆珠笔时，最穷的或最能对付的孩子，就只有一个圆珠笔芯，外面卷几层纸，能握住，就是圆珠笔了。用这样的笔写出的字，哪怕是小学四五年级的学生，仍是没法观看。我上小学时，根本不知道有铅笔盒一说，所有的笔、橡皮、铅笔刀之类就是直接装在书包里，既脏，又容易丢，到了小学高年级，看到有从城里下放来的人家的孩子，有漂亮的铁皮铅笔盒，那个羡慕之心，就别提了。

供销社和集市

计划经济体制下的农村，物资匮乏，经济困难是普遍的，别说万元户，家中存有千元就已经是稀见的富翁了。条件好的生产队，一个人家年终能分到百元，便要用来支撑未来一年的全家之用，还得没病没灾。实际上，不少生产队往往连续多年都没有年终分红，这样，一家人的零花钱就需要靠卖粮食或年猪来解决，在这个时候，"鸡屁股银行"就起着很重要的作用。当时的人家里养鸡，主要目的并不是用来吃鸡肉或吃鸡蛋，许多人家没有钟表，要靠公鸡打鸣报时，而母鸡的主要作用就是下蛋卖钱，补贴家用，只有养到老得不能下蛋才会杀了吃肉。

当时邻居之间如果向人借钱，一般都是借五角或一元，借十元的一定是有大用项！因为所有的人家里都没钱，所以一切都以勤俭为原则。衣服鞋帽都是补丁摞补丁，家用的器物、工具能自己制作的都是自己做，自己做不了的便会换工解决，大型工程，比如盖房子、砌院墙等，都是邻里互相帮工完成。

因农村里的人大都生活困难，商品经济便不发达。当时一般每个大队都有供销社，负责销售化肥、农药和日常生活资料，如盐、酱油、醋、烟酒、糖、毛巾、肥皂、布匹等，购入农村土特产和废旧物资。供销社里的商品很少，都陈列在橱窗里，许看不许动，想买什么，要由售货员拿给你。而今孩子们司空见惯的各种零食，当时根本没有，就是最普通的水果糖，也只有过年时才可能有货。并且除了酱油、醋、散装白酒、盐等生活必需品外，几乎所有的东西都需要票证才能购买，如布票、粮票、棉花票、糖票等等。这些票证都是按人头发放的，印象中，当时每人每年发布票是十二尺，就是成年人做一身单衣的程度，糖票是每户一斤，棉花票是每人一斤。至于粮票，由于我们是农村，只是发给每人一两斤，买饼干点心时使用。当时发的还是地方粮票，要到外省，就必须去兑换全国

图四　二十世纪六十年代的大队供销社外貌（栾春彦摄）
这种供销社几乎每个大队都有，规模也都差不多，其主要功能是收购农副产品、供应日常必需品，但除了盐酱油醋以外，几乎所有的东西都要凭票才可购买。

24

图五　1966 年的五斤全国粮票
当时的全国粮票有半斤、一斤、三斤、五斤等几种，可以全国
通用，可凭此票购买粮食用品。

粮票，我上大学时，母亲就给我换了二三十斤全国粮票。当时，自行车、缝纫机、手表被称为"三大件"，这三大件加上收音机，又被称为"三转一提"，是必须要用专门的票证才可购买的，有时即使你有票证也难能买到。

因为农民可以杀年猪解决全年的食用油料问题，还可以自己种植大豆、苏子来压榨豆油和苏子油，所以农村没有肉票和油票。据说当时城市也吃不上肉。辽宁省的城市，最艰难时每人每月仅三两肉，以致当时辽宁省的革委会主任、后来的省委书记陈锡联被戏称为"陈三两"。由于没钱买布做衣服，不少孩子多的家庭便会把多余的布票拿来换粮食，因为能吃上饭始终最重要。

金钱缺乏，物资缺乏，农民们能够直接食用、使用的东西，比如家庭手工制品、禽畜、水果、蔬菜等，基本上是能省就节省下来，然后拿到集市上交易，换来零花钱后，再购买家里最需要而自己又无法制作的东西。但有些东西是国家统购统销的，集市

25

无法交易，这样的东西就会卖给供销社，比如猪毛、猪皮、废塑料布、公鸡翎毛之类。据说猪毛用于制作工业上用的刷子，猪皮用于制革，而公鸡翎毛则用于手工制作鸡毛掸子。回收废塑料布则是用于再生产，所以当时的小孩子会到处收集废塑料布去卖钱。我读四年级时，一次卖废塑料布得钱 1.05 元，当时这算很高的收入了。有了这么一笔财富，该用于何处呢？我犹豫了很久，最后买了一把我眼馋了多时都舍不得买的多用不锈钢小刀，这把小刀也成为我难得的用来在同学中炫耀的奢侈品。我的赶集经历以后还会讲到，这里就是介绍个概况。

文化生活

我的老家三尖泡在辽东的偏远农村，距离县城七八十公里。二十世纪六十年代，基本没有文化生活，东北二人转我家那儿不大流行，踩高跷和扭大秧歌也没有发展起来，农民们晚饭后基本上就是睡觉，所以当时生育率高不是没有原因的。

"文革"潮来，起初是红卫兵大破"四旧"。所谓的"四旧"，是指旧思想、旧文化、旧风俗、旧习惯。但我们那个公社多为近一两百年的关内移民，没有什么世家大族，没有深宅大院、祠堂建筑，更没有古董字画、红木家具，所以破起来无处着力。革命小将没啥好破的，除了推倒打碎几个山神庙，就是督促各家烧掉自己的宗谱完事。

伴随着"破四旧"，便是"立四新"。立四新的内容之一就是新改地名，是要表明革命的意志，比如在 1966 年 9 月，我们小甸子公社就改名为胜利人民公社，附近的黑沟公社则改名为向阳人民公社。新式的文化，踩高跷、说双簧这样的形式昙花一现，但进行表演的主要是中小学生，主要被用来丑化"走资派"和"五类分子"。但凡成块的白色墙面都被刷上了各种革命口号和毛主席语录。我们公社的几个大队也有了文艺宣传队，其中风头最劲的，是三道林子大队的文艺宣传队。似乎那里的人文艺细胞特别发达，能拉会唱，宣传队的节目形式全新，比如枪杆诗、对口词、诗朗诵、快板、表演唱等，讲究有战斗力，节奏快，动作单调，火药味浓。尤其是枪杆诗，都是"枪，革命的枪，战斗的枪"之类，吐字简直就如同机关枪一样，一个节目，还没等你听清多少，他已经表演完了。小学生除了"早请示晚汇报"，集体跳"忠字舞"、唱"忠字歌"外，也排节目，用来宣传忠于领袖，推进运动。我在小学四五年级的时候，上面解禁了一批革命历史歌曲，如《毕业歌》《大路歌》《到敌人后方去》等，学校也组织了宣传队，还把我吸收进宣传队里，但我没有那个天分，上了舞台，跳《大刀进行曲》，怎么也找不到那个感觉，只好退了出来。

及至八个样板戏出来，已经是"文革"比较后期了。"革命样板戏"这个称呼被叫响，始于 1967 年 5 月至 6 月。当时，江青扶植的舞台艺术作品会集北京，在六大剧场反复上演。《人民日报》等称其为"革命样板戏"或"八个革命样板戏"，并列出名单为"京剧《红灯记》《智取威虎山》《沙家浜》《海港》《奇袭白虎

图六　农民宣传队的地头演唱会（栾春彦摄）

农民宣传队是当时的新生事物，他们不仅在各大队巡回演出，也会到田间地头给农民表演，节目都比较短小精悍，突出战斗精神。这张照片的演员的手势也是要表现一往无前的战斗精神。

团》、芭蕾舞剧《红色娘子军》《白毛女》、交响音乐《沙家浜》"。到 1973 年，革命样板戏已发展为包括京剧《龙江颂》《平原作战》《杜鹃山》在内的十几种。这些样板戏多拍成电影，故此在辽东农村也可看到。样板戏是由江青主抓出来的，主要表现高大全的无产阶级革命英雄形象。当时看样板戏，一个突出的感觉就是，那里没有一个完整的家庭，女性没有丈夫，男人没有妻子。《沙家浜》的阿庆嫂有丈夫，却是"跑单帮去了"，也没露面。样板戏，艺术是精湛的，但缺少了人的情味。即使如此，农村的人，尤其是我们这些十几岁的少年，仍是看得如痴如醉，毕竟当时能看到的电影太少了！而且，舞台上的人物，柯湘、李铁梅、阿庆嫂、江水英、吴清华等，比之生活中的灰头土脸和单调衣装，是那么地漂亮！样板戏的唱段是每天广播里反复播放的，听得多了，自然就会唱了。那年月，除了语录歌、大批判歌，没有什么好听的歌曲，所以，唱样板戏是我这样的半大孩子的业余爱好。当时我可以唱出李玉和、杨子荣、郭建光等人的大段唱段，因为年纪小，高音也能唱上去。甚至后来的江水英、柯湘的唱段，也能唱上几首。晚上饭后无事，就对着家门前的空地，嚎上半天，也不觉得累。

样板戏出来，地方上学习得挺快。有印象的是大约在1971年—1972年，我公社三道林子大队的小学，就自行排演了全本的京剧《沙家浜》，到本公社各大队去演出。比照电影，小学生们的演出还蛮像那么一回事儿的，就是武打动作不行，翻不出那么多的跟头。即便如此，台下的人仍是大张着嘴，看得有滋有味。记得有一次，县里的剧团到我们北面的黑沟公社演出京剧《红灯记》，演出时间是晚上，听说演员中的李铁梅特别漂亮，我们一群半大小子，就摸黑往返几十里山路去看，看完回家，已经是半夜时分了。

电影，"文革"初期放映的大都是纪录片，毛主席会见外宾、接见红卫兵之类，林彪事件后，才开始解禁《地道战》等老片子。放映队一个大队一个大队轮着放，大约每隔一个来月会到

生于 1958

我们这个大队放一次，这个时候就是孩子们的节日。电影队轮到我们大队时，大队里要派车到上一家去把发电机、电影机、架杆等拉过来，然后会在广播里通知，说是今天晚上有什么什么电影。下午天还没黑，放映员就会在小学操场上支起银幕的架杆，之后在两根杆子中间挂上白色的幕布。每逢放电影，各家各户都是扶老携幼，除了留一个年老的人看家，其他的人基本上倾巢出动。银幕正面站不下，背面还有一大群人，因为一样有画面有声音，看得都是如痴如醉。当年的那些故事片，如《地道战》《地雷战》《渡江侦察记》《南征北战》《铁道卫士》《跟踪追击》《奇袭》等，每一部估计我们都看了十来遍，其中的对话几乎都可以背下来，而其中的鬼子、汉奸和女特务的名字，往往会成为某个大家都不喜欢的人的外号。农村人没有见过世面，看到电影里的人喝咖啡、啤酒，美国鬼子吃香肠，都是大感迷惑，不知那是个什么味道。

那年月，农村的文化生活极端缺乏，所以如有电影和演出，人们便是追出十里八村，也要去看。看电影是半大男孩子的节日，他们基本上都是早早地来到场地，打闹半天，而在放映员换胶片的时候，又全是他们大喊大叫、呼兄唤弟的声音。我在这个时候，则会看着放映员有条不紊地换上一卷胶片，心中充满羡慕之情，觉得这是一个多么有意思的差事啊！

外国电影也值得一说。1971 年"九一三事件"后，文化上的坚冰渐有消融，开始放映一些国外的电影，当然，放的都是"同志加兄弟"的国家，如阿尔巴尼亚、朝鲜、越南、罗马尼亚的作品，也有苏联五十年代以前的个别作品。当时有一个段子概括了这些国家电影的特点："苏联电影老是一套，阿尔巴尼亚电影莫名其妙，越南电影飞机大炮，朝鲜电影又哭又笑，罗马尼亚电影又搂又抱。"东北农村，这些国家的电影不可能全看到，但也看了一些。1973年前后，印象中最早看到的是朝鲜的《卖花姑娘》《鲜花盛开的村庄》《金姬和银姬的命运》《看不见的战线》，后来有阿尔巴尼亚的《宁死不屈》《第八个是铜像》，越南的《琛姑娘的森林》等。朝鲜电影中，《鲜花盛开的村庄》里"能挣600工分"的胖姑娘，很长时间内都是大家议论最多的话题，而《卖花姑娘》《金姬和银姬的命运》对苦难和悲惨的极致渲染，令几乎所有妇女观众哭成泪人，尤其是

图七 《卖花姑娘》海报
这部据说由金正日导演的电影在当年赚足了中国人民的眼泪。我至今能哼出影片中的插曲的旋律。

前者，据说是由金日成编剧、金正日导演的，可称影响巨大。最有意思的是苏联电影《列宁在十月》《列宁在1918》。因为前者有跳舞露大腿、后者有拥抱接吻的镜头，所以放映员放到这里的时候，都要把放映机捂住，但有时捂得不严或不及时，下面的半大小子们便是一阵鼓噪，因为是夜晚，不知姑娘们是什么表情。

因为没有任何文化设施，包括书店以及文化室之类，农村里的文化享受除了电影，最日常的要算广播。七十年代，除了中央人民广播电台以外，还有省市的广播电台，县以下则是广播站，比如我们东沟县的人收听的就是东沟县人民广播站。下面各公社和大队也有自己的广播站，每天早晨，大队里的广播先开始，接着是公社里和县里的广播，最后是转播中央人民广播电台的节目。中央电台雷打不动的是早晨六点半的"新闻和报纸摘要节目"和晚上七点半的"各地人民广播电台联播节目"，其他的还有"对农村广播""文艺节目""听众点播节目"等，前两个是新闻综合性节目，后面的大多是文艺节目；县、公社、大队的广播站也经常播文艺节目。这些文艺节目除了"样板戏"以外，也有曲艺和音乐，比如相声《坦赞铁路》《海燕》、单弦联唱《王国福》、京东大鼓《送女上大学》、快板书《奇袭白虎团》等。一般的农民是不大听这些的，但我很爱听，尤其是没有书可看的时候，就在饭前饭后，坐在广播喇叭下面，竖起耳朵，听那些节目。由于听得太多，很多词儿我至今还记得，比如《送女上大学》开头的"火红的太阳刚出山，朝霞映红了半边天，大路上走来了人两个，一个是老汉一个青年……"；《王国福》里的"王国福家住在大白楼，身居长工屋，放眼全球……";《奇袭白虎团》里的"1953 年，美帝的和谈阴谋被戳穿，它要疯狂北窜霸占全朝鲜。这是七月中旬的一个夜晚，阴云笼罩安平山……"，所谓"耳熟能详"，用在这里最贴切了！广播里有时也有好听的音乐，比如笛子和小提琴曲《苗岭的早晨》、小提琴曲《金色的炉台》。当时我这个农村孩子根本不知道小提琴是什么样子的，但那旋律是久久难忘，心中琢磨：这乐器是个什么模样，能演奏出如此美妙的声音？

医疗卫生与土方治病

　　总的说来，在我离开家乡上大学之前，当地的医疗卫生状况是很落后的。除了全县规模的防治传染病、疫苗发放和注射，严重一点的病基本上是无法在当地治疗的。二十世纪六十年代，我们那个公社有一座小小的卫生院，但其实也治不了什么大病。我们大队有一间卫生所，设一名卫生员。我小的时候，那位卫生员是个男的，似乎有一点医学知识，后来他去了黑龙江，换成一个女的。七十年代又提倡"赤脚医生"，也就是发一点药品，抹一点红药水了。因为科学的医疗太落后，所以就给民间的游医、靠验方治病的中医留下了市场，早期甚至拜佛求神问狐仙，私底下都不少见。

　　医疗条件不好，当时大家的卫生观念也很差。就说喝水吧，在我小的时候，乡亲们几乎所有的人都是不喝开水的，渴了，水缸里舀一瓢凉水，咕嘟咕嘟喝下去就是了，在干活的时候，就喝井水或者河水。树上的水果、地里的黄瓜茄子，摘下一个，用手摩挲几下就吃进去了。家庭卫生，很多人家里真是不讲究，剩饭剩菜就晾在那里，任凭苍蝇起落，孩子们想吃了，拿起来就吃。我也是农村长大的，但看了那些人家的状况，是绝不肯吃他们家的东西的。因为穷，因为缺钱，所以当时什么东西都不肯丢弃，比如瘟死的鸡鸭、病死的牲畜都是被吃掉了。当时每家都要杀年猪，由于卫生条件不好，杀的年猪往往会有"米猪"，就是猪肉里寄生着猪绦虫的卵，这种肉按理说是应该销毁的，或者至少要彻底煮熟，但其实不少人家并没有这样的处理。

反映农村卫生情况最直观的地方，就是厕所。当时的农家基本上是用石头垒起一圈围墙，或是用玉米秸子挡出一个空间，内部就是一个土坑，好一点的土坑上加一个木棍组合起来的盖子，苍蝇麇集，下雨天则漫出坑外，遍地横流。集体的厕所也很差，我上小学时，那厕所就是一圈半人高的石墙，里面是一个大坑，好天气尽管臭气熏天，但还凑合着能用，下雨天就麻烦了，坑沿本就不宽，再加上堆满排泄物，被雨水一泡，真是无立脚之地，小孩子弄得不好，很容易滑到坑里，发生危险，至于蝇蛆什么的就更别提了。我用上人的排泄处同粪尿池分开的厕所，还是在上了中学以后。

这样的卫生条件，人们便容易生病。而由于没钱看病、无处看病，农民生了病，一般是用土方、偏方治病。我小时候经常生病，母亲给我治病，往往是拔火罐。也用偏方，比如外伤疖疮时，一般是用草药水洗或者贴膏药；头疼脑热时，基本上是拔火罐。农村人那时不知道什么病毒之类的，意识中只有上火或者受凉，这时候拔火罐都是首选疗法，据说火罐可以去火，也可以驱寒。但我那时使用的火罐，可不是今天的这种，而是罐头瓶子！当年的水果罐头大体是一斤装的玻璃瓶子，里面的水果吃掉了，瓶子就用来拔罐治病。这种瓶子边缘很薄，口又比较大，拔罐时，是用点着火的纸片来排除罐内气体的，弄不好就会把周围的皮肤烤出一串燎泡。当时还有很多的偏方，比如治小儿肚子痛时，会用一小块硫磺，碾碎后放到鸡蛋里，再把鸡蛋烤熟给小儿吃，或者用苏子油煎鸡蛋吃。也许是偏方管用，也许是病本就不重，这样吃下来，似乎病也没了。

还有一种治病方式，是"揪"。这是一种与刮痧相近的理疗方式，每当我有个头疼脑热的，或是嗓子不舒服，母亲就会说："上火了！我给你揪一揪，出出火吧？"就会用食指和中指蘸上水，在我的脖子前后，纵向揪出几条紫色的印子。你还别说，也许是痛苦转移的作用吧，揪完了，就会舒服很多。

不光我家如此，其他人家也大多了解这种治病的方式，有的邻居自己不会拔火罐，就会专门跑到我家，让母亲给他拔几个。一些人经常头痛，便用装雪花膏的小瓶子在前额和太阳穴的部位拔罐。一起下地干活的时候，常会发现有的人前额上有黑紫的罐子印，或是脖子上有一道一道的紫色印子，那都是有病自行治疗的痕迹。

在一些家庭里，是不大懂上面这些办法的，有了病就只好硬扛。当时的人很少去公社医院，县医院甚至沈阳的医院就更谈不上了。印象中，早年亲戚熟人里生病去医院，只有一次，就是我的舅舅得了骨癌，到过沈阳的医院治病，那是因为他在供销社工作，算是"公家人"。这样的硬扛，一般头疼脑热的也就扛过去了，但大病往往就因此而耽误了治疗。我父亲的病就是一个例子。

1959年—1961年的"三年困难时期"过去后，转过年来就是一个丰收年。1961年秋天，我父亲担任护青员，巡视看守未上场的庄稼，防止被人偷盗。他很是尽职，晚上也不回家，就露宿在野外。东北的深秋是很冷的，我父亲受了风寒，加上劳累上火，庄稼上场不久，他便病倒了。开始是嗓子痛，他觉得不是问题，就找了本大队的一位老中医给他开药，经过多日仍是迁延不愈，且有加重趋势。母亲劝他去医院，他却固执地只信任那位中医，而那位中医也信誓旦旦，说能治好。最后卧床半年，转为喉咙溃烂、穿孔，形成败血症，这时什么医院都是回天无力了。我今天回想起来，父亲的去世，除了有些迷信那位中医外，更多的还是相信自己能扛过去，以免花钱，加重家里的负担，所以耽误了。

同样的状况差一点在母亲身上重演。母亲的病是胃溃疡，这种常见病没有什么特效药，所以母亲只能硬扛着，每天忍着胃痛，操持家务，做饭洗衣。我经常看到，实在痛得受不了，她便舀一勺小苏打，用开水冲了喝下去，以缓解一下。这样坚持了一段日子，最后喝小苏打根本不管用了，我们都哀求她一定要去大医院看看。拗不过全家人的要求，母亲最后去了我们的邻县岫岩县的医院，因为我的大姨住在那里，她的女儿可以帮忙找到好一点的医生。医生检查之后，认为必须马上手术。在亲戚的帮助下，我们好容易才凑齐了手术费，我那年只有十来岁，和大姐陪着母亲去了岫岩医院。手术很顺利，母亲的胃部被切去四分之三。主刀医生告诉我们，病人再晚送医一个月，就会胃穿孔，命就没了。因为这次成功的手术，母亲一直活到九十四岁。

　　农村缺乏医疗知识和健康常识，也给农村孩子的发育前景涂上了暗影。比如，中耳炎是儿童时期的多发疾病，然而许多农村孩子的中耳炎根本没有引起大人的注意，多被当成所谓的"耳底子"，不闻不问，最后发展到鼓膜穿孔，直至失聪。我的一侧耳朵就是如此。在五六岁时，我的左耳发生了中耳炎，长期没有治疗，最后穿孔化脓。找大队的卫生员看病，他先是用生理盐水灌洗，但不可能根本治疗，后来用一些中草药末灌进耳道，脓是不往外流了，但耳朵里面的炎症根本没有消失，并且由于耳道充满异物，又在里面生成了脂溢瘤，导致左耳听力逐渐丧失。我的这一侧病耳，是直到 2015 年，在同仁医院做了手术，才彻底解决了问题，但也同时彻底聋掉了；与此同时，由于右耳长期处于过劳状态，听力也是每况愈下，最终也是在 2022 年中基本听不见了。

婚姻与家庭

　　我出生的时候，虽说已经是二十世纪下半叶，政治口号喊得很响，但那时农村的家庭生活总体上还是比较原始和传统的，婚姻和家庭形式与传统的农民相比没有很大变化。

　　首先说婚姻。当时自由恋爱很少见，婚姻主要还是靠媒人介绍，所谓"父母之命，媒妁之言"。即使在本大队的不同生产队之间，男女方互相结亲，也仍然是由媒人介绍的。记忆中我所在的生产队属于男女自由恋爱结婚的只有一对，而这一对还都是有过在外地闯荡一番的经历的。总体上，是以前根本互不认识，由保媒者提起、父母同意而结婚的占绝对多数。

结婚的过程比较简单，基本上就是双方经媒人介绍，女方到男家相亲，双方满意后，就是确定结婚日期，到了这个日子双方就结婚，传统的纳采、问名、纳吉、亲迎等所谓的"六礼"被大大省略了。其中的原因，固然有"破四旧"的影响，更多的还是由于当地是移民社会，闯关东的人群总体文化水平不高，把传统的仪式大大简化了。彩礼方面也似乎并不出格，基本上，女方还是在意男方的人品、长相以及家庭的整体情况，靠结婚时要一大笔钱、再过自己的小日子的还比较少见。我们那个生产队在周围的十里八村口碑还不错，经济整体上还算过得去，因此一些家里比较贫困的小伙子也都成了家，如果家里有人在外面做工，或长辈是干部，或本人有不错的职业，或相貌堂堂，找对象就会更容易一些。

由于当时的经济状况都不大富裕，婚礼的主家不想花费，亲戚朋友也出不起份子钱，所以婚礼很少大操大办，结婚之日就是男女双方的至亲坐到一起吃顿饭也就是了。我在二十岁前，基本上没有参加过本村人家的结婚仪式，没有吃过结婚的酒席，就足可证明这一点。

当时的家庭还是比较传统的形式，就是一个家庭里有一个年长、辈分高的大家长，家长在家庭中有至高无上的权力，为一家之主，全家人的生活安排、收入的分配、外部事务往来、子女的婚姻，都由他主持。家长的配偶则称为内当家的，是一家的主妇。如果这一家有三个儿子，并且都结婚了，也仍会留在大家庭中生活，某个家庭几世同堂，就更被人所称道。当然，在这种情况下，父子、婆媳和兄弟姊娌都要有很好的智慧和相处技巧才行。实际上有不少家庭因为相处得不好，而发生各种矛盾，这些矛盾最后无法调解，只好分家。但分家另过，在自己和外人看来，都不是很光彩的事，因此都比较低调，自家人悄悄地分开了事。也有打得不可开交，惊动各方面人士、各种亲戚长辈出面协调分家的事儿，这种分家的相关各方，此后的相处基本上就同普通邻居一样了。

按照中国的传统道德，赡养老人是对后代的基本要求。从我那个生产队以及周围各村的现实看，这方面总体还可以。在赡养老人方面，传统上，长子要尽更多的义务，即使分家另过，当需要赡养老人的时候，一般都是由长子赡养，其他的儿子尽相应的义务。我们队里有一家姓徐的，老父亲年纪很大，他有三个儿子，却一直由二儿子赡养，尽管这个儿子家里很穷。当然也有不同的情况，由幼子甚至女儿赡养的也有。比较恶劣的情况当然也有。附近村里一位老人，生了好几个儿子女儿，但他们各自成家之后，都不肯赡养老人，弄得老两口晚年十分凄凉。

妇女与青年

之所以要介绍这个内容，是因为在二十世纪六七十年代，东北农村还是一个父权加夫权占统治地位的社会。尽管有新中国成立后的教育，甚至有"文革"中的"破四旧，立四新"，在我小时候的村子里，还是男人说了算，一家之中还是只有父亲说话管用，结了婚的妇女主要还是从事家务。在这样的社会中，妇女和青年的情况如何呢？

先说妇女。在我那个年纪，与我年龄不相上下的女孩子其实不少，尤其是一些家庭，为了生儿子，结果生了一大串女孩，所以在生产队里，青年妇女是很大的一部分劳动力。尽管如此，妇女的地位并不高，她们干农活和小伙子一样，但报酬却可能要低于男劳力。在劳动分工上，大田劳作时，每人都是一样的，比如耪地时，是每人一垄、齐头并进的；水田方面，妇女就更累了，比如，插秧基本是姑娘们的事儿，而水田除草也主要靠妇女，男人们则是从事平整土地，或者干一些干手干脚的活儿。冬天运土肥上山时，挑着担子的基本是妇女少年，而男人则是赶车的或是跟车装卸车的，那劳动强度可是差了许多。有些女孩子不能忍受，所以常有为工分吵嘴的情况。

在社会分工方面，那个时代没有出去打工一说，妇女，尤其是青年妇女，基本上除了担任生产队妇女队长外，没有什么其他出路。在生产队里，当队长的，基本上是四五十岁的壮年男人，无他，因为他们在农事方面经验更多。在我们那个公社，公社和大队一级的主官，比如书记、革委会主任、大队长之类，也没有女性，各大队倒是有一个妇女主任，但基本上就是一个摆设而已。七十年代中期后，全国"农业学大寨"，大寨那边的"铁姑娘队"倒是也有宣传，但起码在我那个公社，就没有成立过这样的组织。

在家庭生活方面，妇女的地位也不能说高。早期女孩子很少读书读到高中，基本上读到五年级前后就都辍学了；家里的女儿出嫁后，就是别人家的人了，在娘家基本上不大可能有继承财产的权利。今天人们看反映东北农村生活的电影或电视剧，见到吃饭时女人不能上桌子，有人觉得很吃惊，其实在我小时候，东北就是那样的。平时家里自己人吃饭，一般上桌子的是家里的长辈和父兄，家庭主妇和女儿以及小孩子往往是在外面的灶台上随便吃一口完事。节日的时候会好一些，因为是团圆饭，所以一家老小会挤在一起吃一顿饭。家里来了客人，当然只能是长辈和家长才能陪着客人在桌子上吃饭，家里的女性是没有份儿的。但我家不大一样，由于父亲去世得早，家里是母亲做主，所以我们家每顿饭都是一家人围坐在一起吃的，来了客人，桌子实在坐不开，除了作为家长的母亲之外，男客就由我们兄弟作陪，女客就由姐姐作陪，这样方便聊天。

我后来想，之所以有这种状况，除了习俗以外，跟东北的火炕和饭桌也有关系。东北，或者在我们的辽东农村，住家基本都是一明两暗的三间房子，明间是做饭的灶台，两侧的暗间住人，要烧火炕，吃饭时在炕上放一张小方桌，那桌子基本上也就能围坐四五个人，如此则能坐到桌子旁吃饭的人也就有限了。南方则不同，除了观念和习俗的不同之外，他们是在地面上放八仙桌子，这样能上桌的人自然就多了。时代发展到今天，可能又有不同，因为小家庭多了，一家人，只有两夫妻和一个孩子，那肯定是一张桌子吃饭了！

与女孩子比起来，男孩子就要好得多了。在老辈人的眼里，男孩子才是家里的希望，因此无论如何也要生儿子，如果一家没有儿子，就会被认为是断了香火。在那些生了若干个女儿之后才有儿子的人家，那儿子简直就是全家人的宝贝，可以说是吃喝不愁，但这样的孩子似乎后来发展得都一般。

尽管说青年是希望，我们在学校里，也被教育是"早晨八九点钟的太阳"，但其实在农村里，读了一点书和没读过什么书的孩子，长大后其境遇都差不多，就是只能在广阔天地里务农。农村的青年就是在父辈的领导下，一天到晚与天奋斗、与地奋斗。

农村当然也有青年的组织，这就是民兵。前面我说过，人民公社是工农商学兵一体的组织，这个"兵"就是民兵。在"全民皆兵"的年代，每个县都设有武装部，公社里也设武装部，是县武装部的派出机构，武装部长是正经的干部。在公社之下，每个大队就是一个民兵连，每个生产队是一个民兵排，大队里有民兵连长指导员，基本上是兼职；生产队设民兵排长，算是小队里的"官儿"，不过这"官儿"没有什么权力，顶多在每年的民兵训练时起一点作用。

民兵其实也分两种，一种是基干民兵，由十八岁到三十来岁的男女青年组成；另一种是普通民兵，就是老弱病残了。根据国家要求，每年的农闲时节，民兵要接受训练，受训的也只是基干民兵。所谓农闲时节，大体是夏天水稻除草之后，小学生放了暑假，就把各生产队的基干民兵集中到大队，训练几天。训练的内容主要是列队、走步、刺杀之类。我们那里，既非边海防地区，又非城镇地区，所以民兵没有枪支，训练时每人一杆红缨枪而已。有的时候，公社武装部会不知从哪里调来几支步枪，开始时是很老的汉阳造，后来有半自动步枪，但都没有子弹，即使如此，也令这些青年人喜欢得了不得。因为没有射击的训练，所以也就没有打靶，所谓的训练，也就是大家在操场上喊喊口号、走走队列，但由于民兵训练比较轻松，又是有工分的，所以青年们十分热衷。

图八　民兵训练的场面（栾春彦摄）
当年的民兵训练，由于没有真正的枪械，基干民兵都是手持红缨枪，最基本的训练项目是走步、队列和刺杀。

当时名义上还有共青团，但实际上没有什么活动。我上初中二年级的时候，倒是被学校列为发展对象，但填写了志愿书，就被那个大队的团总支书记给忘了，志愿书一直躺在他的抽屉里，直到升入高中前都没有入成，最后还是在高中时才加入了共青团。中学毕业后，回到家里，过了半年，被大队里任命为团总支书记，却没有任何档案，也没有上下级工作安排，因为还同时任命我为民兵连指导员，倒是在那一年的民兵训练时露了一下脸。

儿童与乡村游戏

二十世纪七十年代以前，计划生育的国策还没有大力提倡，更没有严厉执行，所以各家各户的生育率都很高，一个家庭里，夫妇两个生两三个孩子是寻常事，有的家庭一定要生儿子，但又生不出，所以往往会有许多女儿。我的一个姓鞠的邻居就是一连生了六个女儿，最后有了儿子才算打住。所以在六十年代前半，我的同龄人数量颇多，每个村子里都有一群一群的小孩子。

然而由于农村经济落后，贫困家庭很多，生了孩子都不可能有很好的养育和教育。就以穿衣而言，很多四五岁的孩子穿不上衣服，春天刚暖和一点，已经是全身赤裸，直到秋风飒飒，仍是不着寸缕。一个家庭扯上几尺布，做一件衣服，都是先尽着大一点的孩子穿，大孩子穿小了，再给小的孩子穿。鞋帽也是大体如此。我自己在十几岁之前，基本没有穿过新衣服，都是姐姐和哥哥穿过的衣服，母亲浆洗缝补修改后由我继续穿，不过干净、合身而已。

教育就更是问题。当时很少有适龄儿童及时上小学的，有的孩子是十几岁才上小学，有的则根本就上不起学，更多的是上了几天学，或者自己没兴趣，或者家长觉得上学没用，就旷课甚至退学。这种情况在女孩子身上更严重一点。就以我所在的生产队为例，与我同龄的、加上高低五岁的儿童少年，女孩子基本上没有读到七年级（也就是初中二年级）的；男孩子读完初中的不到50%，读完高中的不到20%。所以有时我会暗自庆幸，如果我当年为生活所迫，半途辍学，其结局真是难以设想！

好在那个年代社会安全，小孩子没有学上，还有广阔的田野让他们嬉闹玩乐。当时如果家里有男性家长或壮年男女劳动力，儿童是不干什么农活的，因此十四五岁以下的孩子基本就是玩。他们所玩的游戏，高级一点的，有滚铁环、弹玻璃珠等，但这种游戏限于家境好的孩子，一般的农家没有这些奇巧玩意儿，小孩子或者是用铁丝围成铁环滚着玩，或者是以黄土抟成圆球，晒干或用火烧过，来充当玻璃珠，哪个孩子有个玻璃珠就是宝贝，而如果玻璃珠里面有花纹，就更是只肯让别人看看，根本不舍得放在地上弹。当时最常玩的游戏是在田野里或各家各户的房屋之间玩藏猫猫或打枪。后者是从电影里学来的，小孩子们分成两队，用柳枝扎起草帽，用蒿子秆制成"手枪"，藏在草丛里，隐蔽自己，捕捉对方，看到对方的身影，便口中喊道："砰——打死你了！"对方就只好退出游戏。

当时的另一种游戏是打拍。这游戏大地方似乎叫"拍元宝",是用一张或两张纸叠成一面光滑、一面对角折叠的纸拍,即所谓元宝。这游戏一般是两三个人玩,以拍翻对方的元宝为赢,赢家获得那元宝,输家拿出新的元宝继续拍。这游戏玩起来有瘾,小孩子往往会把课本拆了,用来叠元宝。为了增加元宝的重量,不至于轻易被人拍翻,有的孩子会到处寻找厚纸,甚至会在纸片中夹入铁片之类。我当年也曾玩过这游戏,但家里的废纸太少,所以往往手中的几个元宝输得精光,便无力再战。

我们那里通电之后,小孩子还会玩一种叫作"摸电"的游戏。这是一种多人游戏,尤其适合冬天在平坦的场所玩。其玩法是先选出两个队长,由他们轮流选择自己的队员。所有人分成势均力敌的两队,各占一个方位作为基地,之后每队轮流派出一个队员,追逐对方,追上后拍对方身体一下,那人就被"电死",就不能动了。被"电死"的一方可以派人去解救,而另一方要出人阻止,阻止不成功,令解救者接触到被"电死"者,被"电死"者便复活,可以回到大本营,继续出击,直到其中一方全部被"电死"。这游戏玩起来十分热闹,尤其是在节日期间,男男女女的孩子们在收获之后的菜地里你追我赶,跑得满身大汗,真是不亦乐乎!

当时文雅一些的游戏是下棋和打扑克。下棋当然不是围棋和象棋,高级一点的是陆战棋,普遍的是当地的一种叫作"五福"的棋。下这棋是两个人,棋盘是在泥地上画出来的,纵横各五行,双方各五子,以五子最先到达对方底线为胜。打扑克就是简单的"升级"和"跑得快"，后者我们那里叫"打娘娘"，因为最后被留下的人要给最先出完牌的人进贡。

　　那时打扑克有一个最大的困难，就是买不到扑克。"文革"当中扑克也被当作"封资修"的表现而被破掉了，所有的人都买不到，这时谁的家里有一副扑克就成了大家聚集的地方，哪怕这扑克牌已经残破到不成样子。记得我家在1964年前后，在供销社工作的舅舅给了我们一副扑克牌，是攀登珠峰主题的。在那之前，中国登山队的王富洲、贡布等人于1960年5月25日成功地从北坡登顶珠穆朗玛峰，所以后来几年这一直是个热点话题，扑克厂家也设计了相关题材的扑克牌。1966年以后，扑克牌已成绝响，我们家的这副就成了宝贝，母亲只在春节时才拿出来，让我们摸几把过过瘾，过了年马上就收起来了。就这样，这副扑克牌我们一直玩了四五年，最后，扑克牌掉了角、起了毛，都舍不得扔掉。那时小孩子多啊！很多人玩不到这样的扑克牌，为了解决这困难，有人便自制扑克，就是把两三张厚纸用浆糊粘起来，再裁成扑克牌的模样，在一面画上或印上数字和图标。所谓的"印"，其实是用萝卜刻出图标，再涂上红黑墨水而成。这样的自制扑克，五十四张放在一起，厚度超过真正的扑克牌三倍还不止，尽管如此，孩子们玩得仍是起劲。

　　不过这些游戏也真的是"孩子们的游戏"，我在八九岁时还玩过这些游戏，但之后或是觉得太无聊，不如看书，或是由于家里家外要干活，就很少参与其中了。真正在学校里接触到的游戏或者应该称作"运动"的，是滑冰和篮球。但那种滑冰，哪有现时的漂亮的冰鞋啊！我三四年级的滑冰，使用的是冰板，就是在一块同鞋底差不多大小的木板上纵向嵌上两根铁丝，然后前后钉上带子，绑在鞋底上，就可以在冰上滑行了。我看到现在这样的真正的冰鞋，还是上六年级之后。当时是一位丹东师范学校毕业的体育老师穿着这样的冰鞋教我们滑冰。看他穿着冰鞋在冰上飞速滑行的身影，我们真是羡慕极了，但那样的冰鞋在乡下根本没有卖的，就是有我们也买不起。篮球也只有体育课时才让学生打几下，课余时间是碰不到的，因为全校只有一个，要省着用。

环境小沧桑

前面我介绍过我们公社和大队的所处环境。因为被大洋河半边环绕，而我的那个村子又紧靠着水塘，所以可称是鱼米之乡。在我幼年的时候，大洋河水平时静静地流淌，水很清澈，浅的时候可以赤脚蹚水过河，深的地方过河时坐在船上，也会看到水底的细沙。大洋河对岸，就是凤城县的群山，如果是雨后，就会看到山色空蒙的景象。我们一群小孩子，经常会结伴跑到河边，坐在河岸上，看那河水闪着波光流向远方。因为当时太小，没有出过大队的地界，不知道这河水再往下流几十公里，就汇入大海了。

但是夏天下大雨的时候，河水就会暴涨，平时几十米宽的河道，一下子变成四五百米宽，河水翻滚着、咆哮着，发出轰轰的巨响，令人心悸。有一年，我在丹东的叔叔，从我家出发，打算到河对岸看望在凤城县下乡插队的女儿，平时可以蹚过去的河道，遇上洪水，对面不见人，只好望洋兴叹。这洪水如果过大，再加上海潮的作用，就会形成灾害。我们这边还好，我们公社靠近大洋河下游的几个大队就经常受灾。为了防止洪水溢出河道，由县里统筹，大洋河沿岸各公社举全社之力，发动群众修建河堤。这河堤夹河而立，高有四五米，底宽一二十米，顶宽三四米，长有三十多公里。巨大的工程，没有使用机械，全是人工，

图九　1973年大洋河防洪堤工程场面（栾春彦摄）
这项工程由1973年一直持续到第二年。上图是整个工地的全景，右图是修筑堤坝的农民的劳动场景。当时基本没有大型机械，全部土方都是人力车推肩挑完成。

是成千上万人推车和肩挑土方建成的。这条河堤建成后，倒是有效地拦阻了一般洪水的肆虐，但是碰上百年一遇的大水，还是不能解决问题。

我家门前的俗称三尖泡的水塘，在我刚记事的时候，水面有好几百亩，加上周围的湿地，达到一千多亩。冬天枯水期是一片平展的冰面，到了夏天，就是一片很大的水面，经常有野鸭、大雁飞来歇脚，甚至有天鹅过来觅食。水里的鱼虾很丰富。我至今记忆犹新的是，我六七岁的时候，家里来人，觉得要有一点新鲜菜，我们就会拿着筛玉米面的罗，跑到水塘边上，向水草根部一抄，端起来，罗的里面就有几十条活蹦乱跳的小虾，捞那么几次，就可以够一个菜了。夏秋时候，我和哥哥经常在水塘里"竭泽而渔"，就是在水浅处，筑起一道矮坝，隔开一片水面，之后用水桶排干坝里面的水，就可以捡鱼了。好的时候，一片百十平方米的地方，可以捉到十几斤鱼，有的鱼个头还挺大。大人们则可在冬日凿开坚冰，用水桶排干一片水域，然后捞出水里的鱼。

然而好景不长。六十年代前期，三尖泡大队在"四清"工作队的督促下，也试图改天换地，在本大队西部的小山底下，也就是我前面所说的荷包底部修了一个水库，又纵贯东西，修了一条渠道，连通大洋河与这新修的水库。其初衷，是要把大洋河的水引到水库里，再浇灌周围的地势略高的田地，但修成后，却没有足够的电力来提水入库，因而那水库就整年库底朝天，无水可蓄；而那条渠道等于是在三尖泡大队土地的胸膛上竖着剖开一刀，许多年后仍是难看地躺在那里，不能发挥作用。最关键的是，由于这条渠道是从水塘的中间水浅处穿过去的，破坏了水塘的生态，塘水无法流出，一半的山溪无法流入，导致水塘淤积逐年加重。这种状况倒是为周围的各生产队围塘造田提供了方便，所以那些年，周围的几个生产队的水田面积不断增加，而水塘的水面逐年萎缩。

这还不是最惨的。应该是在1974年前后，我们那个大队的大队长的哥哥、一个原来在公社医院当书记的人退休回家。他声称要造福家乡，提出要用这水塘养鱼。大队里当然答应了！他们发动人力，在水塘边筑起一圈围堰，在围堰内投放鱼苗。养鱼池修成了好几年，周围的人只看到那老人每天在养鱼池周围巡查，也没见到鱼是什么样子。这工程最坏的影响，是彻底破坏了水塘周围的生态环境，外面的溪水流不进，塘里的水流不出，最后逐年干涸。我在三十年后回家乡时，往日水草繁茂的水塘已经全无踪影，周围的农民正在从早已干涸的塘底取土，作为积肥的材料。而后听说这水塘又被人灌满水，承包养鱼，但水面越发小了。

在那些贫困的年代，农民们饿怕了，只有想方设法地增加耕地面积，以求多打一点粮食。这边围塘造田，那边就是开山造田。我们南房身生产队，就得名于村民房屋后面的一座小山包。这小山包相对高度只有十几二十米高，坡度平缓，北坡是农田，南坡原本是果园，果园周围是成排的树木。但后来果园疏于管理，渐渐荒废，果树因而被砍掉，土地被逐步开垦成农田。山包顶部和周围的沟坎上的树木也日渐被砍伐掉，农田的地头田边的草地也被一步步开发，树木青草越来越少，裸露的土地越来越多，固水功能越来越差，水土流失也越发严重，耕地外缘便形成

图十　三尖泡水塘今景

因为各种原因，当年千亩水面的三尖泡，而今只有几十亩的面积了。围堰上杂草丛生，没有了当年的湿地和广大的水面，养鱼者也不见踪影。

年复一年加深的冲沟。

　　原来我家的房屋周围都是大片的湿地，我上小学时，还能和小伙伴们在草地上玩藏猫猫、捉特务等游戏，在经年长流的小溪里捉螃蟹，到中学毕业时，这些地貌已经基本不见了。人改造自然、改造环境的能力确实可怕！

乡亲们

　　尽管离开家乡已经四十多年了，然而今天回想起来，当时的老邻居们那淳朴憨厚的面容仍时时在眼前晃动。人，走到哪里都不能忘本，是乡亲们的帮助和关爱使我逐步成长，在这当中，哪怕是一些不那么愉快的经历，今天回忆起来，也都有了别样的韵味。

当时凡是一个生产队里的住户，都是相处几十年的老邻居，排起街坊辈来，都是亲戚，相互的称呼，不是三叔二舅，就是哥哥姐姐，一般不大会有大的矛盾。不过也有同一个队里的人长期积怨的，这样双方时不时地就会发生争吵，有时这争吵会演变成两家人的厮打，但很少演变成使用工具的斗殴。有人会作势抄起铁锹、镰刀之类，但很快就会被大家拉住，他也会就势罢手，因为大家都明白，打得太过分了，两家人就真成了仇敌，所以生产队里的矛盾一般都会在本队里得到化解，很少会闹到大队一级。

正因为大家相互之间没有什么大仇大怨，相处得比较融洽，邻居之间互通有无、你我帮忙都是很常见的。在我懂事起，邻居来我家借一点粮食或五角一元钱的事常有，粮食很多时候就不用还了，钱什么时候有了才还，也没个期限。那个时候，一家人有个大事小情，队里有一技之长的人都会来帮忙。比如盖房子，那时也没有施工队，都是本村的人丈量好了，之后砌墙的砌墙，砍房架（立柱和房梁、檩条）的砍房架，到上梁那天，全村的人都会来，七手八脚搞定，也不要报酬，主人家只请大家吃一餐午饭就可以了。我们家里的三间草房，每一年开春之前都要换掉屋顶上去年苫盖的稻草，这时只要选定日子，准备好稻草，请几个技术好的人来，有个半天的时间就能干完，我们也就请大家吃一顿饭完事。

那个时候，大家都不富裕，全村都是这样的草房子，所以互相帮忙是很自然的事儿。当年，我的上一代人，也就是四五十岁、五六十岁的老农，基本上都是文盲，生活中没有那么多的算计，对人也宽厚和气，我在生产队里，经常受他们的帮助，比如给我磨镰刀、教我如何运动锄把才省力之类。老农们干队里的活儿一般都不偷懒，年轻人就要差一些，他们玩心重，又会对队长有意见，所以在集体劳动中时有出工不出力的情况。

平时在家里，我能跟邻居们学习的，主要是农事，但也不尽然。我们队里有一个名叫徐金良的农民，我叫他金良二哥，他在伪满洲国时期读过国中（中学），算是邻居中少有的文化人。他看我爱读书，觉得我是个有一点上进心的孩子，会经常跟我聊天，有时还会介绍一本书给我读，《纲鉴易知录》就是他介绍给我的，可惜当时没有很好地读完。他当年学过日语，跟我说："我教你日语吧。"我对这个挺有兴趣，他就在休息的时候，给我讲日语的五十音图あいうえお之类，我跟着念，也觉得蛮有意思的，但毕竟农活太累，也没有坚持下来。后来上大学，我们考古专业开的外语课是日语，我就高兴地说："日语好啊！我学过。"其实我哪里学过，也就是听人读了几遍五十音图而已。

正由于没有什么大户人家，我们那里也没有什么宗族文化，村里的大姓和小姓也关系和谐。我们生产队姓徐的最多，有七八户人家，其他姓翟的、姓王的、姓刘的、姓宋的都只三两家而已，但选队长时，除六十年代早期外，主要的还是小姓的人，先是姓翟的，我的一个远房本家哥哥；后来是姓王的，我家隔壁的邻居，他们都各自当了好多年的队长。姓徐的几家，由于出自两三个家族，相互的关系反而不够和谐。具体到我家来说，除了我父亲去世时，那个队长对我家有所刁难外，整体上我家在队里处得算好，尤其是我的母亲持家有道，又愿意助人，所以家里有什么事情，来帮忙的人很多。我最感恩的，是在我患上流行性脑膜炎病危时，邻居们二话没说，扎起担架，跑了十几里地，把我送进附近公社的医院，救了我的一条命。在我考上大学后，又是邻居们多方帮助，才使我的母亲在六十多岁时，一个人平安地在老屋生活了两年多。

我1978年考上大学后，第二年哥哥便大学毕业，分配到东沟县的孤山镇中学教书，转过年在镇里安了家，就把母亲接了出来，以后我放假就不再回三尖泡老家。大学毕业后，分配到北京，回家的时候就更少了，心中常常想念老家的乡亲们，但后来我哥哥又调到县城工作，离老家就更远了，过年时探亲几天，匆匆往返，这个回家的愿望更不好实现了。好容易，在1998年的时候，我攒了一批书，准备捐献给家乡的小学，但开车回家的时候，又因为载重过大，路上的石头刮破了机油箱的底壳，无法行动，只好请家乡来车把书拉了回去，我又没有回成。后来，直到我从香港回内地，在三联书店工作，才有机会在2015年回了一次老家，然而，这时许多老人已经不在了，那心情真是说不尽的惆怅！

我的家世

我可知的祖辈都是穷人，本没有"家世"之说，但为人不可

生于 1958

忘本，我还是想把我这一支的家史略微描述一下。

翟姓，在历史上属于小姓，相传是黄帝轩辕氏的后代，以国名为氏。春秋时期的翟国在今陕西耀州、富平一带，后被晋国灭亡。后来晋国分裂为韩、赵、魏三国，战国时，这三国均亡于秦。在长期的战乱中，翟国人都是以原国名为姓，逃奔迁徙于各地。两汉之际，翟姓之人已经向南进入河南、四川、江苏，历史上的名人有翟方进、翟公等。隋唐时期，翟姓兴盛于北方，河南一带的翟姓尤为兴盛，出名的是农民起义领导者翟让。到了宋代，翟姓已经分布到北至北京、南到广东的广大的中国地域。清代乾隆年间，河北、山东、河南等地的翟姓开始有越过山海关迁居东北的。不过，东北三省作为清王朝的"龙兴之地"，初期迁入人口是受到朝廷限制的，直到鸦片战争后，尤其是 1860 年中俄《北京条约》签署后，清廷感到东北人口太少，正式开放东北边禁，东北地区才有大量的关内人口移居。

我们这一支的翟姓之人，大概就是在这前后从山东来到东北的。因为没有文字记载，我的这个看法乃是来自推测。清明时节上坟时，我观察到，我家的祖坟位于一片山坡之上，坟墓的排列，从我父亲的这一代往上，还有四代。最早的坟墓应该就是我们这一支迁来东北之后的始祖。如果以 20 年为一代的话，我父亲逝世于 1962 年，那么他之上的四代，大体就在 1860 年—1870 年前后。而推测我的祖辈是从山东移来，一方面是由于山东的翟姓之人甚多，另外一方面，是我们那里的口音和山东半岛几乎完全一致。在我们周围的几个村，姓翟的除了我家外，还有几家人，

56

其辈分也同我家大体相同，却没有葬埋在同一个祖坟，也没有明显的亲属关系。我猜测，闯关东的时候，他们大概是来自同一个家族，但已经属于不同的分支，到了东北以后就各过各的日子，不再发生关系了。

由于"文革"之中烧掉了族谱，我对于高曾祖辈的辈分排序完全不清楚，只知道我的祖辈是同字辈，我的父辈是福字辈，我的这一代是德字辈，我的下一代是昌字辈。不过实际上，我这一辈还按辈分起名字，我的下一代已经没有人遵循这个了。

尽管从墓地可以看出我家这一支迁居辽东已经有五六代，但穷人的坟头没有立碑，高祖、曾祖的名字我也不知道，只知道祖父的名字叫翟同福，但其事迹是一片混沌，大概就是务农一辈子吧。到我父亲这一代，可以稍稍清楚些。我父亲这一代有兄弟五人，大哥早年就更往北闯，从辽东老家跑到黑龙江去了，与家人再无联系，名字也无人记得。我父亲行二，名福禄。三弟名福圆，也是早年离家，到吉林省白城市工作，与家人父母没有联系。四弟名福久，早年离家到丹东当了学徒，后来公私合营，也变成公家人了。他倒是与乡下的家人一直有联系，后来因为身体不好，早早退休。我上大学后，放假时来往丹东，还经常去看看他。五弟名福海，住在我们那个公社另一个大队。我这五叔是他们那一代唯一有点文化的，读了几年书之后，回家当了小学教师，然而在1957年被打成"右派"，失去了教书的资格，直到"文革"结束后才平反，恢复待遇。

我父亲没有读过书，大概是在解放战争早期，他参加了解放军，曾经参加过解放锦州的战役，但是在这以后就回家务农了。其实这些事情老人也没有给我们讲过，即使讲过，因为我那时太小，也记不住。之所以我会知道，是我在稍大一些的时候，在父亲的工具箱里发现了两枚纪念章，一枚是解放锦州纪念章，一枚是辽沈战役纪念章。估计我父亲和当时的许多人一样，打完了辽沈战役，认为解放了东北家乡，就可以回家种地，"老婆孩子热炕头"了。也许正因为如此，他也没留下个资格证书，没有一个退伍军人的待遇。

父亲没有文化，他不仅是种地把式，还会一些木匠活，这是我从他留下来的全套木工工具推测的。他曾在离家几十里地的石灰窑干过活，我手中保存的唯一一张父亲的照片，就是同石灰窑工友的合照，照片上父亲的衣服双肩都打着补丁。照相在当年是一件大事，父亲都没有一件体面一点的衣服，可见他在生活中是十分节俭的，另一方面也反映出当年的确是十分贫困。

父亲是个极认真的人，惟其做事认真，队里才会让他去负责看守秋天的庄稼，甚至为此送了命。因为父亲是一个地道的农民，所以他不认为读书有什么用，也不准备让他的儿子读多少书。我的哥哥在六七岁的时候，就被他逼得每天去放猪，稍不如意，就是狠打一顿，所以母亲经常对我们兄弟说，你们也算有福，要是你爸爸活着，你们真还未必能读这么多的书！

关于父亲的去世，当地还有一个传说。父亲去世后，邻居在我家的祖坟相应的位置为其开圹，也就是开挖放棺木的墓坑。挖到放入棺材合适的深度时，在墓圹脚底部位的正中处，发现了两个并排存在的坚硬的圆球，其位置正对着死者的两个脚心。开圹的人们很

图十一　父亲的照片
这是父亲在黄土坎石灰窑工作时同工友的合影，坐在右边、衣服双肩上打着补丁的就是我的父亲。

是犹疑，不知这是个什么东西，会有什么吉凶。他们议论了半天，不得要领，最后决定还是把那两个圆球放回原处，我父亲的棺木运到后，就那样葬了进去。事后邻居们有各种议论，比较一致的观点是，那圆球是管着后代的。具体的吉凶，一种说法是，那两个圆球是石蛋溜溜球，预兆其子孙不会成器；另一说则认为那圆球是地气，预示着子孙会有出息。此事颇为奇妙，家乡人传说了很久，我近年回乡，还有人向我提及这个传说，故记在这里。

　　介绍了我家乡的环境和我的家世家庭，读者诸君就会知晓，我

生于 1958

是在一个什么样的环境里出生长大的。我的童年基本上是欢乐的。尽管父亲早逝，但那时我还是个三四岁的幼童，不大懂得什么忧伤和悲痛，并且由于母亲把我们呵护得很周全，所以我也没有感到失去父爱有多么了不得。后来我也没有受到邻居们"地气"或"石蛋溜溜球"议论的影响，在农村的青山绿水间过得很快活。确实，那时的天是蓝的，蔬菜是新鲜的，也没有拐卖小孩子的，在我上小学之前，母亲白天下地干活，哥哥姐姐们上学，家里都不会锁门，我同一批差不多大的小孩子在野地里、草丛间，欢乐打闹，快乐无比。在这样的环境中，我一天天长大了。

二

成长与求学

我在前言里说过，我出生于 1958 年，四岁的时候父亲就去世了。在母亲的全力呵护之下，我的成长还算顺利，但也有两次几乎夭折。我是 1966 年秋季入小学的，从那天起，我的小学和中学生涯基本上就是全部处于"运动"的影响之中了。和一般的农村孩子不同，我的"运动生涯"呈现三部曲的形式，这三部曲的主题分别是外围观望、身不由己、全情投入。要说明的是，我的这个"观望"是因为在运动初期，我的年纪还太小，没资格参加运动，而不是当时所谓的"逍遥派"的那种观望。

两次险死还生

迄今为止，在我的六十几年的生命中，曾有过三次与死神擦身而过的经历。除了大学四年级寒假期间，被卡车撞到、险些送命以外，另两次都发生在童年时期，所以很值得记在这里。

一次是我两岁的时候。当时是 1959 年，正是人民公社吃食堂的时候，我因为出麻疹（当地人叫出疹子）出不来而险些死去。那时大队一级还没有卫生所，我出麻疹出不来，憋得全身发红，只有进气没有出气。那时母亲正在食堂为社员们做饭，我生了病，母亲就只好在家照顾我。病越来越重，母亲抱着我，眼看着好好的孩子一步步地没有了气息，以为我就是死去了。当地的习俗，没成年的孩子死亡算夭折，是不能进家族墓地的，只能在山上用谷草烧化。母亲把我抱到山上，准备烧化，可是她坐在准备好的谷草旁边，心中是一千个舍不得、一万个舍不得，就是不肯点这一把火。她伤心地抱着我，一边拍打一边哭，旁边的人劝她她也不听，抱着我不肯撒手。这样拍了半天，她偶然低头一看，发现我似乎有了呼吸，再一看，真的有气儿了！母亲大喜过望，喊道："孩子活过来啦！"是的，我就这样又活了过来！原来，我当时是因为麻疹不出来，休克了，并没有真的死去，家人以及邻居没有医务常识，便以为我死了。等到了山上，被凉风一吹，加上母亲的不断拍打，那没能出来的疹子受到刺激，竟然出来了，我也就有了呼吸。母亲见我活了过来，立刻抱着我跑回了家，甚至把新做的准备与我一起烧化的小棉袄都扔在山上。说实话，如果当时母亲大人稍微"舍得"一点儿，点着了柴草，这个世界也就没有我这个人了。

还有一次更加惊险。我十二岁的那年夏天，突然头痛欲裂，加上发烧头晕。开始时家里觉得是感冒，也不当一回事，过了两天，高烧不退，便请了大队卫生员过来看看。他检查了一下，说问题不大，就是感冒，话里话外还有"这孩子太娇弱，有些装病"的意思。听他这么说，家里人也就不管我了。然而又过了两天，高烧仍然不退，并且已经烧得有些发昏了。这时再请那卫生员过来看，他才觉得大事不妙，说他也不知这是什么病，建议还是去医院。这时已经是初夏时的下午五六点钟了，母亲找来几个身强力壮的邻居，用门板扎了一副担架，连夜把我送到了附近的黑沟公社医院。医院中一位姓车的大夫打眼一看就说，这孩子是流行性乙型脑膜炎，需要立刻打吊针（输液）。医生还责怪说："你们家里人早干什么去了？再晚半天，这孩子的命就没了！"回想当时，我被放上担架时还有意识，躺在上面，看着倒退的树梢，觉得这担架挺好玩的，不过路上我已经陷入昏迷，怎么到医院、如何治疗完全不知道，整个过程都是母亲后来告诉我的。在医院，我连续打了两天的吊瓶，又住了四五天院，算是活了过来，并且没有落下什么后遗症。出院的时候，我是和母亲走回家的。当时年纪还小，对于险死还生没有什么感觉，但病愈出院，仍是高兴的。尽管身体还虚着，但是我和母亲心情都好，路上看到山路弯弯，树木葱郁，更是高兴得什么似的。今天回想起来，也是多亏了那位车大夫！据说他是"文革"中因为成分不好，从沈阳的医学院被下放到这里的。如果没有他，今天我的墓木已拱了吧？

两次险死还生，使我倍觉生命的珍贵。尽管我当时还小，对这两次的生死体验，尤其是第一次，并不觉得多么深切，但母亲多次给我讲那两次险些死去的经过，告诉我其中的惊险，还是使我对此深有戒惧，也因此更觉得活下来不容易，要好好地活成个人样！

儿童眼里的运动

上学之前，我最早的记忆片段，不少就来自当年的政治运动。"四清"运动开始时，我只有五六岁。"四清"展开，我们生产队也进驻了"四清"工作队。工作队的队员身穿军大衣，下到生产队来清查"四不清"干部。所谓"四清"，在农村的任务是

"清工分、清账目、清仓库和清财物"，这几个方面有问题的农村干部，就被称为"四不清"干部，要被处理。工作队员们晚上组织开会，白天集体清查，到各家轮流吃饭，其威风凛凛的身影我至今难忘。不过这运动在辽东农村似乎并没有很深入，到 1966 年上半年就已经结束了。就当时的记忆，我们那个大队也没"揪出"几个"四不清"干部，不过，我们生产队的队长是在这一年被撤掉的，具体是因为什么不清我就不知道了。

作为"四清"运动的一环，农村还开展忆苦思甜活动。当时辽宁省主要宣传一个名叫吕传良的人。据说这吕传良是大连市人，很小的时候就受苦，给地主放猪放牛，被万恶的地主毒打，落下残疾，三四十岁的人，还只有不到三尺高。当时有一组图画，讲这吕传良的受苦经历，其中的一张画着吕传良佝偻着身体躺在那儿的场面，我至今还有印象。当时有一首《不忘阶级苦》的歌曲，就是讲吕传良的，其歌词"天上布满星，月牙亮晶晶，生产队里开大会，受苦把冤伸。万恶的旧社会，穷人的血泪仇，地主鞭子、地主鞭子抽得我鲜血流……"我至今都记得，那歌曲感伤的旋律至今还能哼出。但对这吕传良的宣传，时间不长就无声无息了，究其原因，据说他的受苦经历是假的，有关部门当时急于找个典型，没有认真核查，算是受了骗。我当时还只有七八岁，可是这样的经历已深深地刻在了记忆里。

"四清"后，我们那里通了电，有了广播喇叭，从而可以直接听到中央的声音。"文革"开始，我印象最深刻的是广播里传来的《炮打司令部》大字报的内容。那是毛主席的手笔，播音员的声音高亢、激越。1966 年 6 月，运动初起，就听说孤山的古庙建筑群被居民和学生砸了。之后毛主席接见红卫兵，红卫兵大串联，但辽东的乡下都没有什么影响，我见到的串联，只是小甸子中学的中学生们举着红旗，到下面各大队走了一圈而已。至于黄海边的辽东农民，日未出而作，日已落未息，他们对政治没那么关心，自己该干什么还干什么。

　　1966 年—1967 年的"批判走资本主义道路当权派"运动，大城市令人眼花缭乱，县城里红卫兵贴出"砸烂东沟县委"的大字报，有县委领导自杀，县委书记张全义被打倒，但到了我们那个大队，也就是个尾巴或余波。武斗、夺权，在东沟县，县城一级还有，但再往下就斗不起来了，因为都是老乡亲、熟人。但其他地方武斗很厉害。东沟县旁边的岫岩县武斗很凶，其中一派叫"八三一"。这一派得名于 1966 年 8 月 31 日毛主席在天安门城楼上第二次接见红卫兵，他们很能打，对立的一派打不过他们。传到我们那儿，就凶恶得不得了了，农村妇女晚上吓唬小孩子，都说"八三一来了"。

　　1968 年，《毛泽东选集》在全国发行，我们家也有一套，这套书后来成了我的重要阅读图书。接下来开展的"三忠于"（忠于毛主席、忠于毛泽东思想、忠于毛主席的革命路线）活动，家家挂毛主席像，饭前背诵毛主席语录，唱语录歌，跳"忠字舞"，按照上面的要求，我们在家里也做了几天的"早请示晚汇报"，也唱语录歌，学校里也跳了几天"忠字舞"，然而农村里"传达最新指示不过夜"，也就是"最新指示"广播出来后，开始时是大人们夜里起来，到外面敲锣打鼓走几步，后来就没有什么行动了。我对运动真正有认识，是 1968 年东沟县的县委书记张全义被全县游街。张全义是抗战时期参加革命的老干部，六十年代任安东县县委书记，安东县改名东沟县，还是周总理亲自同他商量决定的，后来他就担任东沟县的县委书记。当时他已经四五十岁了，被挂上"走资派"的大牌子，站在卡车上，走遍全县，接受批斗。游斗他的卡车来到我们那个大队时，大人小孩都接到通知，前去围观，他在卡车上低着头、汗流满面的样子，令十岁的我长久不忘。

之后便是"清理阶级队伍"，我这时第一次看见打人。我们大队基本上都是新移民，贫农以外，以中农、下中农为多，找不到如关内那样的典型的大地主、反革命，即使有几个地主富农，本人也早死了，主事的人没办法，只好把一个富农的儿子、一个地主的小老婆、一个伪满时做过伪职的人当作阶级敌人的代表，弄到台上，开他们的批判会。批判会有人主持，但没喊几句口号就打上了。打人的工具是木棍。我那时只有十来岁，个子还小，夹在人缝里，听到台上那几个人的惨叫，感到十分害怕，就赶忙跑回家了。后来听说那个富农的儿子怕挨打，在后背的衣服里面夹了一张狗皮，结果被发现了，带来的惩罚是更凶狠的一顿棍棒。我的一个小学同学是这富农的小儿子，因为他的哥哥顶在前面，挨了打，他就没有受什么罪，顶多小孩子打闹，喊他一声"富农崽子"。

轰轰烈烈的"文革"夺权，到公社一级就没什么声响了，大队一级的领导则象征性地增加了一个铁杆贫农，担任贫协主席。1968 年 6 月，东沟县就成立了革命委员会，之后农村各社队也成立了"三结合"（军人、造反派、老干部）的革命委员会和革命领导小组，我们大队里还是原来的书记掌权，只不过名称变成了"革委会主任"。"大联合"之后，城市里往革委会、学校里派军宣队、工宣队，以保证团结，不搞派性。我们读书的小学也派来了贫宣队。那是一个认不得几个字的老农民，当年打人的时候十分凶狠，如今眼珠子瞪起来仍十分吓人。

图十二　贫宣队员为学生讲课（栾春彦摄）

"贫宣队"是"贫下中农毛泽东思想宣传队"的简称。1968年毛泽东发出指示，农村学校应由贫下中农管理，随后各地便选派"苦大仇深"的贫下中农进驻学校，并担任领导，后逐渐撤离。

生于1958

　　城市里是"罢课闹革命"，农村则基本上没有停课。运动初期，我就读的小学校分校一直坚持上课，更没有揪斗老师的事儿。我上小学二三年级时，班级里有几个孩子特别调皮，对老师特别不尊敬。其中有三个姓张的孩子，是堂兄弟，老大上学晚，比我们大几岁，膀大腰圆的，十几岁的孩子，长得像小伙子一样；老二大我两岁，满脸恶相，什么样子呢？我后来看《三国演义》，其中有个词叫"鹰视狼顾"，感觉就是形容这老二的；老三瘦瘦小小，被称为"小狼食"，一边受他两个哥哥的欺负，一边还调皮捣蛋。这三兄弟专门跟老师作对，老师是女的，也管不了他们。不过，这个纯粹是他们的个人行为，跟运动没啥关系。

　　当时尽管批"师道尊严"，但有威望的老师的话，学生还是听的。我读小学时，甚至直到初中二年级，课本也还是有，也不收费用。小学四五年级后一般比较少考试，但是经常要"学农"，就是下去帮生产队干农活。四五年级的小学生，每年水稻除草时，都要去各生产队做若干天的农活，浩浩荡荡的，其实帮不了什么忙。生产队也乐于请这些学生来，尽管一些学生不真心干活，但毕竟都是农民的孩子，让他们在田里除草，还是有用的，并且不费什么成本，充其量每人发几块劣质饼干，安慰一下了事。

　　当时经历的一件事很值得记在这里。那是1969年秋，我参加的一场"抓特务"的活动。这事儿的背景是，1969年初，中苏关系紧张，3月2日，发生了珍宝岛自卫反击战。4月，中国共产党第九次全国代表大会召开，林彪成为唯一的接班人。当时，"深挖洞、广积粮、不称霸"是全国人民最熟悉的口号，因为北面同苏联关系紧张，东南蒋介石集团也声称要反攻大陆，所以备战是第一要务。到了9月、10月，就更紧张了，我们那里也经常听说附近哪里有美蒋特务打信号弹、哪里的稻田里发现了国民党反动派的传单。形势这样紧张，我们公社也动员了起来，大队里组织民兵在本大队的范围内拉网巡查。我那时还是小学四年级学生，我们小学生也组成一个个小队，扛着红缨枪，在各个生产队的庄稼地边寻找美蒋特务和传单。因为人多势众，我也没感到害怕。我的红缨枪其实就是个铁质的矛头，装上一个木棍，矛头的銎里面塞上一缕染上红色的苘麻而已。但有了这个"武器"，似乎就有了底气，我们不仅在本大队附近巡逻，还把附近山上的不知什么年代开凿的山洞也都查了一通，当然是什么也没有发现。那时，我也就是十来岁的小孩子，上山下水的，也不觉得累，反而觉得正在从事一项重大的斗争。

在这里，有必要补记一下当时的学制。当时小学是读五年，初中读两年，高中也是两年。但这中间辽宁省的学制有个改变，我在小学时，先是由秋季入学改为春季入学，后来又改回秋季入学。这样，我的小学，名义上是读了五年，其实用了六年。当时小学也附设初中班，被称为"戴帽"，所以我们就一直在小学里读上去了，初中一年级又称为六年级，还是在三尖泡小学，七年级则是到附近的汪家隈子大队的戴帽小学读的。高中只读两年，应该是高一、高二，我们则直接叫成八年级、九年级。

那个时期，不断有人被定罪。除了一段时间因为夺权而停止运作外，专政机关始终利剑高悬。"无产阶级专政"是当时一贯的提法。作为专政工具的"公检法"，"文革"前，检察院和法院已经沦落，公安一家独大。"文革"初起，红卫兵造反、大串联、夺权，公安也已不起作用了。然而"大联合""一片红"以后，总是要有机构维持社会秩序的。由于只有公安这一块，所以公安局是既负责抓，又负责判。当时是捕得快，判得快，时不时地就会有打着红叉的判处犯人的布告贴出来，落款都是"××公安局"。印象中，当年的罪名，出现最多的是现行反革命、投机倒把、流氓强奸。所谓的现行反革命，就是什么写反标的、偷听敌台的、攻击"中央文革"的等等，有不少人被判了死刑；而投机倒把，是经济犯罪，主要是异地运输、买卖粮食之类，这一类的罪行一般不会判得很重。

除专门的专政机构之外，当时还有"群专队伍"，在公安部门外，对传统的"黑五类"，即地（地主）、富（富农）、反（反革命，包括现行反革命和历史反革命）、坏（坏分子）、右（右派分子）进行专政，有一批人专门干这个。被专政的人，包括他们的子女，日子当然不可能好过。我上三年级时，我们大队张家堡生产队有一个高我四个年级、当时上七年级的男孩子，不知在哪里写了"刘少奇万岁"几个字，也不知被什么人举报，立刻被抓走了，定为"现行反革命"，被判了刑，不记得当时判了多少年，反正我 1978 年离开农村上大学时，这人还没有出狱。

"反标"惊魂

我上小学的时候，为了照顾小孩子就近上学，一至三年级是在我家附近泡子沿生产队的一户人家的房屋里读的，十几个孩子，由一个女老师教。那位名叫张秀凤的女教师刚刚高中毕业，来教我们这一群孩子，每天从南边的张家堡生产队赶过来教学，我至今记得她当时的青春面容。但这位女老师个人生活不幸福，后来嫁给一个姓孙的复员军人，这人脾气很坏，总打她，所以后来两人离了婚。

作为教室的屋子是主人家的西屋，面积很小，挤挤巴巴地放了三排桌子，一、二两个年级，后来是三个年级都在这里上课。直到1970年上四年级时，我们才转到大队部旁边的正式的小学校，即三尖泡小学。由于我学习成绩好，上学以后，每年都是"三好学生"，从四年级到六年级，一直都是班长，五年级时还是整个小学的"红小兵"营长，当时如果有几道杠的标志的话，我应该是四道杠吧？

我们三尖泡小学同全国一样，也在学校成立"红小兵"组织，但因为没有那么多的学生，所以只成立了红小兵营，我在五六年级的时候，既是我们班级的红小兵排长，又是全校的红小兵营长。城市的红小兵组织活动可能比较多样，我们这里其实没有什么活动，更没有搞什么批斗，我的这个"职务"纯粹是个摆设。不过，1971年，这个身份帮助我在其他同学之前知道了一个大事件，就是林彪出逃的"九一三事件"。

生于 1958

　　农村闭塞，林彪叛逃这事儿，事情发生在 9 月 13 日，相关文件 11 月才传达到大队一级，传达时也让我去听了。当时天气已很冷，我听完直发傻：刚开完党的九大，刚确定的接班人，怎么会这样？我们每天祝愿身体健康的副统帅，怎么会反对毛主席？当然，对于我这个十几岁的小孩子来说，文件说什么我信什么，觉得林彪要投苏修，真是十恶不赦！还是毛主席英明伟大，又战胜了一个反党集团。我心里认定，出了这个事情，我更要忠于毛主席，把"文化大革命"进行到底。当时我不可能想到，转过年来，就出了个我自己被陷害"写反标"的事件。这事件虽是有惊无险，却也吓得我够呛，更进一步坚定了我的进步之心、革命之志。

　　事件发生在 1972 年春，我正读小学五年级第二学期。当时的教室很小，课桌前后间距也很小。坐我前排的是个女生，她扎了个小辫子，辫梢甩在后面，总是垂落在我的课本上。我提醒了她几次，都没有什么用，因此在一个练习本的背面写了"她是一个狡猾的家伙"几个字，给同桌看，大家相顾一笑，之后也没当成个事情。然而没过几天，老师把我喊去教师办公室，严肃地要我交代写了什么反动标语。我大吃一惊，当然说绝无此事。这时老师摊开我的本子，只见那本子上面，我写的"她是一个狡猾的家伙"一行字两旁，分别被人用钢笔加上了"毛主席""毛泽东思想"几个字。这就等于我咒骂伟大领袖啊！我虽然又惊又怕，但因为这几个字确实不是我写的，我也没有慌乱失措，而是力陈非我字迹。后来校长和老师把我所有的本子都收了去，一本正经地

图十三　今天的三尖泡小学的校门

我就读和任教时的三尖泡小学如今早已旧貌变新颜，当年的草屋不见了踪影，原址上新建起漂亮的瓦房，周围建起围墙，大门也挺气派，今天的孩子们幸福了！

对照笔迹。经反复检查之后，认定后加之字确实不是我的字迹，何况我写的是女字旁的"她"，不可能是指伟大领袖，这样我才逃过一劫。当时也没有查出那两行字是谁写的，也许是老师也不想把事情闹得太大吧。我至今后怕的是，当时的小学生，陷害别人，也有如此"革命"的手段！而当年的老师们，碰到这样一眼便可看穿的事情，却如此重视，兴师动众地查笔迹、做鉴定，真令人哭笑不得。

生于 1958

　　1970 年—1972 年，风云变幻，中国在美苏两霸间周旋图存。大的形势我们当然无法完全理解，但看到的是美国总统尼克松访华，两国签署《上海公报》，说只有一个中国；不久之后，日本首相田中角荣访华，中日建交，数十年宿敌握手言欢，大喝茅台。此时真觉得形势一派大好，我们马上可以解放台湾了！而由于林彪的倒台，毛泽东允许邓小平复出，主抓教育和科技，各方面开始宽松。与教育最有关系的是，开始批判"读书无用论"，提出要抓教学质量。在此转变下，我却跌了一个不大不小的跟头。

　　1972 年秋，我进入六年级，就算初一了。这时数学开始学习有理数、无理数之类，又开始上物理课。学习的东西难度提高了，我却未加重视，做题考试仍像以前那样，一挥而就，也不认真检查，就交了卷，结果在一次小考中，数学只得了 48 分。由于我历来考试都是满分，这次竟然不及格，就被学校抓住，作为不重视学习的典型了。教数学的老师叫翟淑茹，是汪堡子生产队的人，街坊辈里算是和我一个辈分，我要叫她姐姐的。我没有考好，她把我狠狠地训斥了一通，然而这还没完，第二天课间操的时候，主持课间操的张宝魁老师当着全校同学讲："有人从来成绩很好，然而这次考试却只考了 48 分，这是什么原因？我们请一个同学在全体同学面前来回答一下。"之后把我叫到前面，让我回答。被抓典型，我是羞愧无地，先回答是粗心马虎，张老师认为不够深刻，我只好再拔高，回答是"不虚心，骄傲"，这才过关。受此教训，我以后再不敢轻视数学，却没有想到，48 分并不是我今生最低的数学成绩，我后来还会有新低的数学考试成绩出来！

短暂的"号手"生涯

随着林彪集团的倒台，学校里面各项工作也开始走向恢复，一个最有标志性的事情，就是公社范围内各小学集中召开的运动会。运动会的入场式是各学校师生风貌的比拼，因此大家都很重视。我们三尖泡小学过去一直比较贫穷，首届运动会，入场的时候就是小学生们排队走过去，也没有什么仪式感。看到人家学校红旗招展、鼓乐齐奏，学生服装整齐，我们的师生都很羡慕，回来之后学校也决定要花一点钱，加强这方面的建设。在我五年级第二个学期的时候，学校购买了一套大小鼓，同时又买了六把铜号，要建立鼓乐队，因为我是"好学生"，所以发给我一把铜号，要我学习演奏。

当时铜号还真是稀罕玩意儿！我们那批小孩子，是在电影里认识军号的，看到影片里司号员吹响冲锋号，战士们冲出战壕、奋勇冲锋的场面，就觉得当个号手真的是太牛了！而今我自己手里也有了一把铜号，那心情，简直激动得不得了！

当然，心里想的是一回事，真正做起来是另一回事。当时整个学校就没有人会吹这个，学习吹奏完全要靠自己摸索。我捧着铜号，运足了气，却根本吹不响；心里不服气，更使劲地吹，却仍是吹不响。这可咋办呢？我心里十分着急。后来别人告诉我，我的邻村，郑家堡生产队有一个姓郑的大叔，早年就是军队里的司号员，他一定会吹这个。我听人这么说，立刻拿着铜号去找这位大叔。这位姓郑的大叔确实当过解放军的司号员，见我来

生于1958

请教，他拿过铜号，试了试音准，立刻吹出冲锋号、起床号的旋
律。他已经二十多年没有摸过军号了，但吹出的号声仍然嘹亮、
悠远。郑大叔告诉我，这种学校的铜号和军队的军号差不多，学
习的时候，先要学会吹响，然后要保持长气，最后再学习音调高
低、练习乐曲。他教我闭合嘴唇两侧，使呼气全部进入号嘴，先
求吹响。我按着他的教导，总算可以吹响了，但那声音比牛叫好
听不了多少。郑大叔鼓励我说，能吹响就好，以后坚持练习，一
定会吹出曲调。他说，吹号不能怕吃苦，一定要勤学苦练。他让
我看他的嘴唇，他的下嘴唇左边明显要多出一点。他说，这就是
吹号吹的！总在这里用力，嘴唇也厚了一点，这么多年都消不
下去。

有了郑大叔的指点，以后我就开始了自己的苦练，每天放了
学，干完了家里的杂活，就抱起铜号，呜呜咽咽地吹了起来，从
开始的牛叫一样，逐渐有了音量高低，最后初步可以吹出一两段
简单号曲。

鼓乐队组建不久，就是当年的全公社小学运动会，校领导要
我们鼓乐队也上阵，但是我们这个乐队还都是新手，除了鼓手们
还可以敲出个点儿来，号手都还只能吹出几个音而已。我们向校
长反映，校长说没有关系，反正到时候场上会鼓乐喧天的，你们
亮个相，上去走几步就行，现场主要靠鼓手们发挥。我们一群小
孩子，也只好答应了。运动会那天倒真是！兄弟学校鼓乐齐鸣，
我们学校，队伍倒是整齐，鼓点也凑合，我们这些号手可就拉了
胯了，到我们吹奏时，大家只是把号放到嘴上，装模作样地吹一

阵子，实际没有乐声。我当时已经知道有滥竽充数这个成语，心里想，我们这就是一队南郭先生啊！

有了这次的羞辱，我们这些小号手们练习得更刻苦了！有一阵子，因为练习得太频繁，导致上焦火大，我的嘴唇布满了燎泡。但功夫不负苦心人，经过大半年的学习，我们每个人都可以吹奏出三四支号曲，大家鼓足了劲儿，准备在下一次运动会上好好表现一番。

时间过得快，转眼又是秋季运动会的时间了，这时已经是六年级的下学期。尽管我的满嘴燎泡还没有好，但心中还是很兴奋的，因为终于可以为学校一显身手了！运动会这天，我穿着母亲为我准备的白衬衫、蓝裤子，和同学一起，翻过一座大山，穿过一片水田，走了十几里地，来到公社中学的操场，准备入场。就在这个时候，我突然发现，我那铜号的号嘴子不见了！这可是急死人了，关键时候掉链子！我问周围的同学，人家都说没看见。六神无主之际，老师提醒我，是不是路上掉了？我想只能是这么回事了，趁着大会还没开始，我赶忙冲出去，沿着来的路一路寻找。还真是天佑我也！往回找了不到二里地，我就看到，那个号嘴子正直立着插在道旁的稻田里呢！

捡起号嘴子，我赶紧往回跑。赶到会场，运动会入场式已经开始了，但我们学校还没入场。见我找到了号嘴子，老师也很高兴，赶快让我进了鼓乐队的行列，准备入场。到我们入场的时候，我沮丧地发现，由于刚才着急，我嘴上的结了痂的水泡又破了，根本不敢用力吹奏乐曲。但此刻已经没有办法了！我只好跟

着队伍，人家吹奏，我也装模作样地演奏。好在入场式上，鼓乐
齐鸣，别人也听不出哪个学校好一点，在操场上转了一圈，就完
事了。我心里自己笑自己，去年我们整个乐队都是南郭先生，今
天自己可是又做了一回南郭先生啊！

　　过了六年级，升入七年级的时候，由于我们三尖泡小学没有
七年级，大家就分头到周围的学校就学，我则到了旁边的汪家隈
子学校，这样自然也就没法再吹号了。我的心中十分愧疚：学校
这么重视我，给我吹号的机会，却由于我自己的原因，没有做出
成绩。不过当时学校内外热点很多，很快我就不关心这个了。

七年级的壮劳力

　　1973 年秋季，我升入七年级。按小甸子公社的统一安排，我
就读的三尖泡小学不设七年级，我们学校的学生要读七年级，就
要分别到周围的红旗沟学校、牌楼学校、汪家隈子学校去就读。
这样一折腾，有一些人就不继续读了，我们小队就有好几个学生
辍学。而我是要继续读的，因为我家到汪家隈子学校比较近，就
转到这个学校，继续我的七年级。

　　新学期开学，我十五岁，步行大约两公里路，来到这汪家隈
子初中，却发现教室是新建的，连排的教室，中间是个门洞，两
边各有四五间房屋，兀立在山前的缓坡之上，前面狭窄的平地之
前就是深深的水沟，后面则是一坡绿油油的庄稼，根本没有学生

活动的空间。当时我心里想：这是什么学校啊？还不如我们原来呢，那里起码有一个操场。不过想归想，也没有办法，学生嘛，有个教室就行了，反正也没有什么课外活动。然而开学仪式上，校长宣布，要由我们大家用自己的双手建设新的校园。至此，同学们也就明白了，以后干活的事儿肯定少不了了！果然，开学两周后，学校就布置下来了，七年级学生，每周几为劳动时间、需要带何种工具，等等。好在我们都是农家的孩子，干活出力是家常便饭，既然学校安排了，我们只有执行。这样，开始是每周一个下午，后来是两三个下午，我们就投入了建设校园的劳动。

七年级，我还是担任班长。其实在这个班级里，人家汪家限子大队的学生更多，很优秀的学生如梁永威、张春华、王家平等都适合当班长。我们来自三尖泡大队的学生只有几个人，我被任命为班长，大概是由于七年级的班主任是张宝魁老师——就是之前把我叫到全校学生面前，问我为什么只考了 48 分的那位老师——他也是从三尖泡学校转过来的，对我比较了解吧。但其实这个班长也是有名无实，班级里也没有什么学习和活动要我去管的，剩下来的就是组织同学们劳动、搬山填沟了。

劳动的基本内容，是从教室后面的坡脚挖起，以水平面向山坡上面掘进，挖出的土石运到教室前面，填平水沟，起筑操场。我们七年级有四十多个同学，老师预先布置好谁拿镐头、谁拿铁锹、谁挑担、谁推车，吃过中午饭后，便从家里带上各色工具，下午就开干。这样的劳动持续了好几个月，直到入冬才基本完成。同学们肩挑车推，硬是在教室后面，开辟出两个篮球场大的空地，那个土方量，以长五十米、宽四十米、深一米计，就有两千多立方米。挖出的土石，在教室前面填沟造地，建成了长宽各四五十米的操场。第二年春季，学校又组织学生修整教室前后开辟出来的平地，拉来沙土，修起篮球场，但等到运来篮球架子，已经快要放暑假，我们马上就要结束七年级的学业，到公社中学上高中了。

在这样的劳动气氛中，我们尽管还有文化课，但也就是走形式罢了。七年级，我们整年都没有做什么课堂测验和考试，这不仅是劳动多的原因，也与当时的社会政治气氛有关。

1973 年下半年到 1974 年，"批林批孔"和四届人大占据了主位。这一时期就是各种批：批林批孔、批儒家、批周公、批宰相、批回潮、批"走后门"、批《三上桃峰》、批《园丁之歌》，署名梁效、罗思鼎、高路、石一歌等的宏文，每过两天，"两报一刊"便发表一篇。

上头是惊天波澜，学校是劳动没个完，我在这时倒是趁"批林批孔"之机，学习了不少儒家和法家的思想，知道了不少历史人物，除了孔子之外，还有荀子、孟子、韩非、商鞅、李斯、吕后、晁错、董仲舒、武则天、二程、王阳明、王安石等。我们在小学和初中时都没有学习过历史，这次为了批判，发了很多孔子的、法家的、儒家的材料，说是用于批判，其实成了我学习知识的材料。至今难忘当时对照着学习材料上的译文，一字一句地读《盐铁论》的情景。当年的另一个收获，是知道了还有"走后门"一说。我们这些农村孩子，根本不知道公社以外甚至校园以外的事情，这次报纸和广播大批"走后门"，我们才知道，原来大人物们可以这样为自己做事啊！近时不少人认为"文革"及以前没有腐败，其实不然，"走后门"即为腐败的表现。

成为"运动员"

踩着"批林批孔"运动的鼓点，我在 1974 年秋由初二升到高一，读书的地点是公社所在地的小甸子中学。当时小甸子中学是辽宁省"教育革命"、贯彻毛主席"五七指示"的先进单位。在此之前，中共第十届全国代表大会召开的时候，东沟县委副书记高臣禄被选为大会代表，出席了十大。这位高臣禄是被省委书记看重的青年干部，而他又是小甸子公社出去的，因此小甸子中学成为省委书记抓的"点"也就可以理解了。我们入学时，小甸子中学极左的"教育革命"正开展得如火如荼，其最高潮的部分就让我们赶上了。

关于"五七指示"，这里要稍微多说几句。1966 年 5 月，林彪给毛主席寄来一份报告，内容是关于军队搞好农副业生产的。毛主席对此报告作了批示，批示中由军队搞生产，联想到办一种"大学校"的问题，认为这种"大学校"各行各业都要办，学校里可以学政治、学军事、学文化，又能从事生产，从而形成一个体系。批示中说，军队要能从事群众运动，又要随时参加批判资产阶级的文化革命斗争，以军为主，"军学、军农、军工、军民这几项都可以兼起来"，工人、农民都是如此，谈到学校，批示中说：

生于 1958

"学生也是这样，以学为主，兼学别样，即不但学文，也要学工、学农、学军，也要批判资产阶级。学制要缩短，教育要革命，资产阶级知识分子统治我们学校的现象，再也不能继续下去了。"这个"最高指示"在发出的当时，就向全国公布了，但"文革"前期，全国都在忙夺权，其内容来不及落实，后来，到了六十年代末七十年代初，走"五七"道路已经成为一种时髦，全国到处都有贴"五七"标签的单位，如"五七干校""五七工厂"等，而教育战线的"教育革命"，贯彻"五七指示"更是成为首要的任务。

所谓"教育革命"，在我们中学，就是"教育同生产劳动相结合"，就是"农民需要什么，我们就学什么"。在这个宗旨指导之下，我们入学后，正经课本没学几天，就被分成政文、农电、卫生、财会等专业班，号称是要为农村培养宣传报道、财务、农业机电、赤脚医生等人才。分班的时候，因为报农电班的人太多，还分为农电一和农电二两个班。之所以如此，是因为当时的农村，能开个拖拉机，已经是人上之人了，所以同学们趋之若鹜也可以理解。各专业班都有两个班主任，由他们自己编写教材，负责授课。后来没过几天，公社所在地团山子大队的学生又被单独划分为一个班，名为前进班。这个班的宗旨没有明说，大概目的是要培养农村干部吧。

我因为比较喜欢语文，就报了政文班。这个班的目的是为农村培养新闻报道员以及文化骨干，所以课程安排上，数理化全部砍去，只上新闻写作、马克思主义哲学和政治经济学基础知识等课程，然后就是劳动课。两年里，我们都实行"开门办学"，以

84

"批判资本主义"和各种劳动为主要教学内容。课堂上，老师按着讲义，讲《矛盾论》《实践论》，讲什么是主要矛盾和次要矛盾、什么是内因外因等等，我们就往笔记本上记，没有课堂提问，也没有考试。后来我考上大学，课堂上老师讲专业课内容，大家闷着头做笔记，有时我心里发笑，想这种学习方式我中学就经过啦！

1975 年春，社会上"批判资产阶级法权""挖资本主义土围子"愈演愈烈。我们学校闻风而动，5 月就抽调了我和其他两个同学，参加公社里组织的"批判资本主义工作队"，到下面的生产队，和农民同吃同住同劳动，开展批判资本主义的活动。当时我是班级里的劳动委员，另一位名叫鞠兆喜，是班长，还有一位叫孙成波，是班级团支部的宣传委员。我们在各自派驻的生产队足足住了两个多月，每天轮流在各个农户家吃饭，白天下地，晚上开会，学习"无产阶级专政条件下继续革命的理论"，号召"打资本主义的土围子"，要求农民割资本主义尾巴，也就是不许赶集、不许买卖家里的农副产品。

五六月份，正是春耕插秧季节，农村很忙，我们这些工作组员，主要是晚上辅导农民学习，读张春桥、姚文元的文章。由于我是高中生，由我主持，读完报后，还要求大家谈认识。我的一个叫孙德龙的同班同学也住在这村，他爸爸还是个党员。讨论时大家都不说话，我就只好请同学父亲带头。按道理，我应该称他叔叔，但又觉得不能放下工作队员的身份，便说道："老孙同志请你谈谈。"大叔当时敷衍了几句，回家后却向我同学抱怨，说你那同学不礼貌，竟当众叫我老孙！这事确实怪我礼数不周，后来向同学解释了半天。

工作队员当了快三个月，直到快放暑假才回校。其间除了称呼引起不愉快，再无对不起当地农民的事。因为我是农民的儿子，知道农民有多艰难，割尾巴？那无疑是在断他们的命脉！但不管怎么说，在这样的时刻，我已经成为一个运动中的"运动员"了，这运动员还很积极。当时与我同在一个生产队的工作队员还有两个人，他们都是从社会上抽出来的，都是党员。按说他们更有经验，应该积极组织农民学习批判，其实不然，这两人得空就跑到家里，忙自己的去了，只有我每天扎在生产队里，和社员同吃住、同劳动、同开会。后来我才想清楚，人家成年人明白，这所谓的运动就是折腾人，他们的这个表现，大概算是消极抵抗吧？

不过我们的这个"工作队员"当得也挺神秘，出发的时候，没有人给我们布置任务，也没有开个会什么的，就只有黄凤炎老师个别通知我们，告诉我们各自去哪个生产队就完了，我是自己去的，找到在地的工作队员，跟人家住在一起，就算是工作队员了。结束时，也没有个欢迎程序，没人让我们介绍下去的情况、交流体会，搞得我们自己也有点儿摸不着头脑。我曾经同鞠兆喜私底下议论过，也不得要领。后来我想，可能是学校想把我们班作为试点，看看学生下乡搞运动的效果，而我们几个人则是更早一点儿的"实验品"，大概学校觉得效果不太理想。我们回校后就同大家一起继续上课劳动，也没觉得落下了课程，因为当时本就不讲什么文化知识。但是作为个人的独特经历，这个参加工作队的过程我是印象深刻，再也不会忘记的。

1975年是暗潮涌动的一年。即使是一个偏远农村的中学生，我也可以感觉到上面有两个声音，一个是"抓革命，促生产"，一个是批批批、打倒打倒。但那都是隐在后面的，我印象深刻的是社会上的两个事情，一是评《水浒》，一是《决裂》上映。我隐约地觉得，前者是文学政治化，后者是艺术图解政治。

评《水浒》，社会上声势很大，报上文章很多，我们学校倒是没什么反应，反而令我知道，原来《水浒》另有版本。我过去读的《水浒》都是七十一回本，到忠义堂排座次就结束了，这次知道竟然还有一百二十回本，还有打辽军、平田虎王庆、征方腊等很多故事，因此很想找到全本看看，但那年月，我的周围根本不可能找到，因此这愿望一直没能实现，真正读到一百二十回本的《水浒》，是参加工作以后的事儿了。

电影《决裂》以一个"共产主义劳动大学"为背景，号召同传统的所有制关系和传统观念实行最彻底的决裂，"共大"师生在同"党内的资产阶级代理人"的斗争中经风雨见世面，增长了才干。影片中的党委书记由郭振清扮演，坚持按部就班上课的教授孙子清由葛存壮扮演。其中葛存壮扮演的老教授非要讲"马尾巴的功能"的形象令小孩子开心不已；郭振清扮演的党委书记举着青年农民长满老茧的手，说"这就是资格"，义正辞严。然而，我这时已经不大相信这样的电影了，因为我接触到的高级一点的知识分子根本不是那样的！况且，在我生活的辽东农村，怎么可能与传统的所有制关系、传统观念决裂呢？并且如果就是看谁手上的老茧更厚，在农

图十四　电影《决裂》剧照
这部影片表现江西共产主义劳动大学与旧的传统观念彻底决裂，
农民上大学、改造大学的故事，影片中郭振清扮演的党委书记举
着青年农民长满老茧的手，义正辞严地说："这就是资格！"

村干活就可以了，还用得着上大学吗？

战荒山与拉河泥

　　我上高一（当地习惯称为八年级）的时候，恰逢"批林批孔"
进入高潮，加上反资本主义教育路线回潮，走"五七"道路、学
农更加经常化。由于我初中时未能加入共青团，所以高一就没有

当上班长和团支书之类的班干部。也许是看我有劳动的天赋，入高中时，老师安排我担任劳动委员，故两年里这方面的锻炼尤其效果明显。高中两年，我们参加的集体劳动数不胜数。这当中，既有以班级为单位的帮各大队挖水渠、修台田，也有小分队形式的到一个生产队生活一个月，与农民一同下地劳动，还有单人的被任命为工作队员，与蹲点生产队的农民同吃同住同劳动。这里要讲到的，就是全年级同学奋战一周，在荒山上修梯田、建果园的大规模劳动活动。

1975 年下半年，我读高二。这时江西共产主义劳动大学成为教育革命的典型，电影《决裂》中，代表革命派形象的校党委书记握着农村青年长满老茧的手大声宣布"这就是资格"的场面，告诉全国的教师学生，只有地道的农民才有资格上大学。我们那个中学本就是辽宁省教育革命的典型，是"试验田"，此时更不甘人后，宣布要向江西共大学习，深入推进教育革命。他们选了一个距公社中学十几里远的穷山村，决定在那里建分校。这个山村叫衣家沟，正是我们大队的那个最穷的生产队，我前面讲过，这个生产队有一年每 10 个工分只值五分钱。分校正式建设之前，全校师生要先治理校址后面的荒山，校长动员时，说是要在那山上建设果园。

学校有了决定，我们高二年级共五个班立刻闻风而动，在秋收前后，就投入了开垦荒山的劳动。学校只给各班划分出负责地块，我们班级自己要在山上具体规划，坡度较大的地方修梯田，平缓的地方平整地表，并挖出栽果树的树坑。我这个劳动委员，就要将全班按男女搭配，分成劳动组，并根据每天的工程进度，决定次日需要什么工具，比如要带多少镐头、多少铁锹等。

这样的劳动前后进行了一周，同学们每天从家里带饭，早晨赶十几里路来到工地，晚上快日落时才放工回家。大家挖高填低，找平土地，又把陡坡的地方修成梯田，再在上面挖出栽果树的坑。全年级的人几天奋战下来，真的是改变了一座荒山的面貌，打好了建设面积达数百亩的果园的底子。遗憾的是，等果园建起来，已经是几年后的事情，我们这些最早的建设者，连水果长什么样都没有见到，真是典型的"前人栽树，后人乘凉"啊！

这次劳动还有一事可记。我们在修梯田时，在山上挖出好几座石板墓。当时根本不懂，就那样平掉了。后来上大学，学考古，才知道那是青铜时代辽东地区独特的墓葬形式，很有学术价值。我后来几次兴起念头，打算回那山上看一看，都因为机缘不合而未能去成。这也是我的一大遗憾。

修好了梯田，挖好了树坑，但荒山实在贫瘠，直接栽上果树苗，成活率会很低。对此，校领导有办法！他们联系了大洋河边的红旗沟大队，为这果园准备了一大堆河中的淤泥。这些淤泥长期淤积在河湾，肥力十足，但人家只把淤泥堆在河边，将其运至果园是学校自己的事儿。这样，担子又落到学生们的肩上了。我们班主任决定，为了不耽误白天的教育革命，要用晚上的时间抢运这些河泥。

图十五　我们建设的果园现状

我们毕业后，果园经过进一步建设，栽上了板栗、桃、葡萄等果树，果园下方则建起了小甸子中学的分校。但时间不长，分校即被撤销，原址成为养鸡场，果园也被私人承包经营。我无法登上山顶，只好在山下拍一张照片。

　　我对这个事情印象特别深刻，是因为它与一个时间紧紧地联系在一起，那便是 1976 年 1 月 8 日，周总理逝世。这个消息，我们在 1 月 9 日的广播中都听到了，因为是学校，也看不到报纸。但说实在的，当时的社会是只认伟大领袖的，当时的报纸都为"四人帮"所把持，大部分青少年学生对周总理并不很了解，所以也就是觉得去世了一位领导人而已。第三天，《参考消息》登出了世界各国悼念周总理的文章，包括联合国为总理致哀的报道，我们的班主任之一、北师大物理系毕业的王正志老师在课堂上一边哭一边读这些文章，我们才有了更痛切的感受。我也知道，"文革"十年，周总理十分艰难，尤其是他在四届人大上做政府工作报告，照片看上去已是形销骨立，如今一朝去世，真的是令人悲痛，当时我们很多同学也都流了泪，觉得中国痛失栋梁。这样的情绪一直持续了两三天。在这前后，我们班集体出动，在大洋河的河滩上把已经冻在一起的淤泥刨松，以便日后运到山上的果园。同学们心情压抑，工地上鸦雀无声，而往常这种场合总是充满欢声笑语的。

运河泥的那天，我们预先安排好了工具和人员组合，要求大家尽可能借到小车，包括驴车和手推车。每辆车都安排了助手，以便装车和上下坡时助力。没有车的，就要带挑土的工具。从河岸到果园的山下，大概有四五里地远近，中间还要越过一个名叫杨岚子的小山。那小山倒不是很高，但坡度很陡，一上一下就有两三里地了。

1 月中旬的辽东，天还是很冷的，晚上尤其冷。同学们天黑时齐集于河边，有的赶着驴车，有的推着独轮车，更多的是挑着土篮子。那天晚上应该是农历十三四的样子，月亮升起得比较早，也很大，大家在月光下，肩挑车推，干得热火朝天。由于果园位于大洋河的北面，所以同学们负重的时候是顶风而行，返程的时候才轻松一些，有驴车的人还可以坐在车上。这样的远途运送，开始的时候并不很累，但一趟运下来，就不一样了。那么远的距离，往返一次就要一个来小时，而大家都是年轻人，到晚上九十点钟就又饿又累了。尤其是夜深时候又刮起了呼呼的北风，更增加了辛苦的程度，那个原来觉得并不甚高的山坡，此刻也觉得难以逾越。在这时，集体的力量就显示出来了，老师和班干部前后鼓励，同学们互相支持，竟然没有一个躺倒不干的。来来往往，这一个晚上，全班五十多人运了五六个来回，到完成任务的时候，已经是下半夜两三点钟了。

这次运河泥的劳动给我们留下了深刻的记忆。我常常会想起那一夜的辛苦，思考是什么力量鼓舞我们这么拼命地要完成任务，以至那些住得远的同学要在半夜一两点钟摸黑走夜路十来公里回到家中？但是没有答案。大概是年轻吧，觉得我们真的是在为教育革命贡献自己的力量。

阶级斗争小分队

1976 年有个多事之春。周总理去世的时候，追悼会上是邓小平致悼词，但之后"批邓、反击右倾翻案风"的运动势头却愈加凶猛。我后来听广播，知道周总理的追悼会毛主席没有出席，就更在心中犯思量。因为在新闻里看到过毛主席会见尼克松的场景，对老人家的身体很是担忧，我此刻不免想得更多。农村的孩子，对上面的政治斗争是看不清楚的，但看到《参考消息》上登载的外国政要、联合国对周恩来的痛悼，对比国内报纸广播对这类新闻的处理，再加上前两年的"批林批孔批周公"，即使是我这样一个偏远地方的中学生，也感觉到十分反常。当然，在当时的政治环境下，我也不能表示出什么，还要照常投入教育革命，还要照常照猫画虎地写"反击右倾翻案风"的大批判文章。

生于 1958

　　1976 年农历春节是 1 月 31 号。这年的 2 月有 29 天，属于闰年，农历新年又是龙年，所以村里的老人们都念叨着，这一年春脖子长，这年会有多少条龙治水、会不会大旱之类。3 月 1 日，高中的最后一个学期开学，之后没几天，就在 3 月 8 日，于吉林降下了极为罕见的陨石雨。据广播里说，陨石在离地面 19 公里左右的空中爆炸，三千多块碎石散落在永吉县境内，其中最大的陨石重 1770 千克，比美国 1948 年 2 月发现的"诺顿"陨石还要大，成为"世界陨石之最"。

　　出现了这样的天文现象，广播里和报纸上没有多大反响，但乡村中，农人们的议论就多了。我心里想，这陨石其实就是古时候所说的"大星陨落"。《三国演义》这本书我是看过几遍的，对诸葛亮病死五丈原那一段印象尤为深刻。《三国演义》里凡讲到重要将帅谋士死去，之前都以大星陨落为先兆，所以此刻我心中认为，这样的陨石雨是大凶之兆，主国家大人物去世。在村里，乡亲们的议论都觉得这个龙年不大稳便，可能会有灾害。但议论归议论，该种的地还是要种，该干的活还是要干。

　　在我们的学校里，新学期开始，抓运动、大批判还是热火朝天。而今已是高二年级的第二个学期，我们马上面临毕业，但学校又有新招数，说是要结合"反击右倾翻案风"，深入开展教育革命，又把我们这个班派了下去。其具体的行动方式，是将全班五十来人分成三个小分队，下到本公社的三个生产队，向贫下中农学习，一起劳动，一起批判资本主义。我们只能服从安排，各自带着铁锹，背上被褥，第二天便开赴目的地。

　　我所在的小分队是在 3 月底下到红旗沟大队于堡子生产队的。小分队里，我们班的女团支部书记王丽霞是队长，我是副队长。每个同学除了被褥之外，还带着粮食，主要是玉米面和小楂子，没有大米，是否各自带着咸菜不记得了。我们在目的地生产队实行的是军事化管理，找老乡借了房子，全分队十六七号人，分男女各居一屋。男屋七八个小伙子，人挤人，一铺炕解决问题。做饭也是自己负责，我们拟定了轮流做饭的值班表，两人一天，男女搭配。之所以要如此安排，是由于在当时的农村，男孩子基本是不做饭的，故此希望女生多发挥作用，但实际执行起来，女生也多不灵，贴饼子多有掉进粥锅里的，想必这些女同学在家里也是不做饭的。

　　当时正是春耕前后，小分队也没有什么蔬菜，生产队的老乡支援了我们一点冬贮大白菜，所以下饭菜就是熬白菜和咸菜。马上要春耕了，老乡都起得早，我们也是早早地就起了床，负责做饭的更要早起，为十几个人准备早饭。吃完早饭，我们便同生产队的社员一起下地，开始时是整修农田，还修了一段时间的水渠，后来又帮助队里播种。农活其实是很忙很累的，但这个是政治任务，加上同学们都是十七八岁的青年男女，头一次一起过集体生活，大家感觉到新鲜，所以也没觉得有多累。

　　尽管是所谓的阶级斗争小分队，但我们在生产队里也没召集农民开什么批判会。不过，下到生产队没有几天，就有一件大事发生了。4 月 7 日这天，学校传来消息，要我们收听广播，说有重要新闻。我们当晚聚在老乡家的广播喇叭下，一字不落地收听了

经毛主席同意发表的北京市委书记吴德在 4 月 5 日的广播讲话和
《人民日报》记者关于天安门事件的"现场报道"。听完后,我们
都傻了。

　　过了两天,报纸来了。我和团支书组织大家读报学习。由于
广播里已经介绍了事情的背景,并把邓小平称为天安门事件的总
后台,所以我个人此时对事件中对立双方的身份以及观点都比较
明白了。虽然只有报纸上的内容,并且是谴责批判的口气,但我
也可以推测天安门广场现场的激烈场面,"欲悲闻鬼叫,我哭豺
狼笑。洒泪祭雄杰,扬眉剑出鞘"的诗句让我心情激荡。当时大
多数同学不明白其中的意味,我就在会上把个人对于此事的想法
和分析说了。我告诉大家,所谓的"秀才们"是指张春桥和姚文
元,他们总是写文章批判这个批评那个。我又按自己的理解,和
大家说这场斗争的关键是要不要抓生产、要不要把经济搞上去。
我不明白的是,祭奠总理有什么错?怎么会演变成所谓的"暴
乱"?当时心里乱乱的,加上再有两个来月就要毕业回家了,更
是心里迷茫。我自己感到极为可惜的是,邓小平刚复出两年多,
这下又被打下去了,不过看处理决定中"保留党籍,以观后效"
的措辞,觉得未来怎么样也还说不定。

　　这时的农民本就对政治冷淡,经过十年折腾,他们更不愿跟
着广播起舞,当时又正值春耕大忙季节,农民才不会关心这些。
从主观上说,此时我们也没有心思动员人家,所以小分队只是内
部开会,没搞什么外部开会学习斗争。我感到后怕的是,当时我
的那些说张春桥、姚文元是秀才,赞同广场那些人的话没有被人

密报上去，不然的话，那罪过可不轻呢！

老师和同学们

　　天安门事件发生后没有很长时间，阶级斗争小分队就撤回学校了。再过两个月，我们就中学毕业了。对于我来说，两年的高中生活就这样匆匆地完结，心中很有一点不甘，回首两年经历，似乎除了运动和劳动，再也没有什么深刻的记忆了。今天回忆当时的景况，仍然是这两方面最为鲜明。除此之外，就是教育我们的老师了，也确实，当时学校的老师还是应该记上一笔的。

　　由于是分专业班，不学习数理化、史地生等基础课，所以教过我们的老师并不多，而今记忆中仍有印象的，只有区区几人而已。

　　首先是校长。校长应该是还兼着党支部书记，是本公社团山子大队人，戴眼镜，瘦瘦的，操一口辽东口音，很能说。我们上学时，小甸子中学成为全省典型，那么激进的办学目标和方向全出其谋划乎？不知道。反正今天看来是误人不浅。这位校长我在校时没有打过什么交道，毕业后也再没有见到，后来听别人讲，他对我的评价还挺高，因为我考上了重点大学。

　　其次是团总支书记。那时的团书记不授课，是专职的，他长得有点矮胖，小眼睛，大方脸，不大理人，也不太会笑，整天阴着脸，大家都有些怕。不过我在他的任内解决了加入团组织的问题，算是补上了人生的必要一步。

　　一般来说，负责文艺和体育的老师是同学生接触比较多的，
然而这些我都不擅长，所以同教文体的老师也隔膜，但负责文艺
的白以素老师予人的印象是鲜明的。她四十来岁，本来是在丹东
市文艺团体工作，后来被下放到我们这里当教师。白老师负责学
校的文艺宣传队，每天组织男女学生排练节目，其举手投足，艺
术范儿很足。在那个以蓝黑为基本色的社会里，她的着装、发式
都透着城市气，是宣传队男女孩子们的偶像。学校宣传队的成员
有一半以上是我们政文班的人，所以白老师在我们班人缘很好，
中学毕业四十多年后，住在丹东的同学还经常同她相聚，共话
旧事。

　　还有一位金老师，是我至今难忘的师长之一。这位老师名叫
金志仁，是满族。据说他在伪满时期当过警官，"文革"中受到冲
击，在学校里一直都很低调。他五十多岁，总是腰杆笔直，衣着
整洁，花白头发梳成一丝不苟的背头，戴副金丝眼镜，说话有条
不紊。我们刚上学时，他教农业基础课，第一堂课提问什么是间
作、套种、复种。我历来的习惯，是教科书发下来时，先浏览一
过，看书里说了些什么，这个问题我有印象，并且这几种种植方
式我在家里种地时都实践过，此刻老师提问，就举手回答了第一
个问题。不料后两个问题也没人举手，因此我就全回答了。我准
确的回答得到金老师的高度赞赏，说学生就应该这样学习云云。
然而我估计这个事对我的影响有点儿负面，因为接下来我就被任
命为劳动委员了。

　　影响我们最大的当然是男女两位班主任。这两位都是北师

大毕业，男的叫黄凤炎，女的叫王正志。黄老师是湖南人，人瘦小，操一口湖南普通话，北师大哲学系毕业；王老师是北京人，人高大，说一口京片子，北师大物理系毕业。他们二人是我到中学为止见过的最大的知识分子，均不大修边幅，且对比鲜明，是当地人很感新奇的一对儿。王老师教我们比较少，但聪明多才，且会拉手风琴。1977年，恢复高考第一年，她与两个哥哥同时考上研究生，事迹还上了《人民日报》。1982年我大学毕业，分配到北京，去她西单西斜街的家中看她，得知她已经考上美国的博士，不久后就去美国了。黄老师是对我的人生影响最大的几位老师之一。我们课堂上学习的马克思主义哲学、政治经济学、新闻写作等课程都是黄老师自己写出教案，自己授课。我们中学毕业后不久，他就被调到县教师培训班，1979年又考进中国社会科学院哲学研究所，成为专业研究人员。1980年，我们吉林大学考古专业78级学生发掘实习，实习地在张家口的蔚县，往返都经过北京，我去看望黄老师，他请我在前门烤鸭店吃北京烤鸭，这是我第一次吃到京城的美味。黄老师的事儿以后还会提到，这里就不多说了。

　　除了老师，今天回忆起来，我还是很想念当年的同班同学的，因为那么多的活动都是同学们合力完成，这当中形成的真的是鲜血和汗水凝成的友谊。我们政文班的同学也确实出色：当时学校篮球队主力成员中，我们班就占了一半，宣传队员则几乎占半壁江山，文体比赛、校运动会，我们班总是第一；在社会活动中我们班也总是走在前面，算是全校的门面，因此，我们班连续

生于 1958

两年被学校评为先进班级。

　　班级内部的空气也算是比较活泼的。我们班的人数有五十上下，男女同学大体各半，并且各有特点，有的能歌善舞，有的体育出色，有的学习占优，有的劳动优异。总的说来，靠近公路和公社所在地的同学比较开朗活泼，而住在偏僻一点的大队的同学则比较腼腆内向。因为都是少男少女，同学间也有早恋的传言，大家会私下交流谁和谁关系密切、谁和谁早有情愫等，不过，毕业以后，我们班也没有同班同学间结成夫妻的，可见当年大家还

图十六　政文班中学毕业照

这张照片拍摄于 1976 年 8 月 3 日。第二排就座者右一是黄凤炎老师，右五的女士为王正志老师，站立的男同学前排左六是我。

都是很纯洁的。

　　两年的学生生活很快过去，毕业两年后，高考恢复。1978年的高考，我们班就有两个人考上大学，除了我之外，鞠兆喜考上了辽宁大学哲学系；此后两年，又有两位同学考上大学，还有几个人在这前后陆续考上中专。不仅如此，我们班的同学，有的在学校时就应征入伍，成为优秀的战士；有的毕业后成为警察，至今仍在保卫着人民的生命财产安全；其他从事各种各样生计的人，都能为家人勤恳努力，没有辜负师长们的期望，这在几届学生中都是仅见的。即使今天，中学毕业已经四十多年，当年的同班同学仍经常聚会，共话当年的友谊，回忆共同的师长。

　　匆匆十年过去，我的学生生涯很快就结束了。这十年里，前六年还算是学了一点最基础的知识，但后三年，就真的没有学到什么了。尤其是所谓的高中两年，本应该是我们最重要的学习文化、形成知识底蕴和基本世界观的时期，但遗憾的是，我们一直都处在不断的运动和劳动之中。不错，我们那中学分了专业班，号称为农村培养了人才，但就我个人记忆，当时算得上文化课的，就是一点新闻写作、"五个W"，然后就是辩证唯物主义和历史唯物主义、实践先于认识、生产力和生产关系、经济基础和上层建筑、剩余价值等等，而这些内容都是意在说明，人民群众要革命，要改革生产关系，要在上层建筑领域对资产阶级全面专政，还是为政治服务的。在这样的日子里，我的心里不是没有迷茫，但是我最钦佩的班主任老师都在带领我们大搞"教育革命"，我的迷茫又有谁可以开解呢？并且在那个年代，大学不考了，以我家的背景也不可能被推荐上大学，所以有的时候又觉得在学校多做些体力活儿，为将来务农做好准备，也挺不错的。

　　就是在这样的心态之下，1976 年夏天，我们挥别老师，告别了校园，毕业了！我们这些农家子弟，中学毕业后唯一的去向就是回家务农，别无选择。回想起来，高中毕业前后的那几个月过得十分沉重。社会空气压抑、个人看不到前途、频繁发生的灾害、单调劳累的农活，足可压垮一个没什么心理承受力的年轻人。在这样的重压之下，幸亏我还有一个可以逃避的地方，那就是书本，只有在那里，我才可以获得一点安宁和安慰，也支撑着我度过了最艰难的一段时光。

三

那些繁重的农活啊！

　　2020 年高考之后，我看到一篇文章，是以 707 分考上北大的河北省枣强县农村小姑娘王心仪写的《感谢贫穷》，讲她在贫穷的生活中努力向上的经历。看后我很受触动，就想起了我这代人当年的贫穷和又苦又累的生活。

　　其实农家的孩子，生于二十世纪七八十年代后的，已经比我们那一代幸福多了！我们当时看不到未来的希望不说，从懂事起，就要帮家里干力所能及的农活。上学时学不到什么知识，放学回家，扔下书包，就要马上拿起农具、出力干活，除了过年以及雨雪天气，基本上是农具不离身，就是刮风下雨天不下地干活，在家里也有干不完的活，哪里有游戏和看书的时间啊！恢复高考后，农民知道知识的重要，上学念书的孩子回到家里，父母还要督促他们看书学习，哪里舍得让他们干农活？王心仪小姑娘所以为的"贫穷"，是在二十一世纪二十年代的背景下，同城市生活对比之下的农村生活，这种"贫穷"同传统意义上的贫穷远远不能同日而语。我觉得，"感谢贫穷"这样的说法应该慎重。贫穷并不必然令人奋进，因此也就没有什么好感谢的，在贫穷之中能够立志学习、并且努力坚持下来的精神才是真正可贵的。

　　古人讲，谁知盘中餐，粒粒皆辛苦。今天的人们或许根本不了解几十年前农民种田的辛苦是什么样的。在这一部分，我就介绍一些生产队里各季节的主要农活，包括从播种到收获的主要农事环节，以便使今天的孩子们知道他们的父祖辈是多么辛苦，也了解一下作为我这样一个有一点知识的青年人在当时农村里的苦与乐。

农事概说

　　生活在今天的人，哪怕是生活在农村的人，也很难了解二十世纪六七十年代的农民有多苦多累。为避免零碎介绍每种农活的杂乱，我在这里先简要地向大家介绍一下东北农村、主要是辽东农村一年之中的农事次序与大类，所谓提纲挈领是也。

　　俗话说的一年之计在于春，是从旱田春耕和水田育秧开始的。其实在此之前，农民就已经忙上了，包括冬天里的送肥下地和室内的水稻育种。我所在的生产队有三百多亩农地，大体水旱各半，因此农活是相互穿插，接踵而来，格外忙。所谓"谷雨种大田"，是指4月中下旬播种玉米，栽种土豆，水田育秧。育秧这边告一段落，就要回到旱田，忙着玉米除草，种植其他旱田作物，如大豆、高粱等杂粮。旱田忙完，就马上要水稻插秧了。插完秧，紧接着就是旱田除二遍草加间苗。放下锄头，跟着就是水田除草，6月下旬到7月，要连着除两三遍的稻田杂草。水稻长起来，旱田就该收土豆、玉米追肥了。到这个时候，大体是入伏之前。你可不要忘记，在当时，忙乎生产队里的田地之外，每一家都有自家的自留地和菜地，尽管没有水田，也要照旱田的形式忙一遍，春天种玉米，栽土豆，种各种春菜。到夏天，与生产队里不同的是，各家各户收了土豆，就该种秋菜了，所谓"头伏萝卜二伏菜"，专在热天出大力。

　　夏天还有一桩苦活儿，那就是剥麻沤麻。当时没有今天很普遍的尼龙绳，农事中所有的绳子都是麻绳。麻绳，不管粗的细的都容易腐烂，是每过两三年就要更换一轮的，所以一个生产队里，每年都要种上若干地亩的苘麻。苘麻的收获季节在夏季，收下来之后要泡在池塘的水里，沤十几天之后，再捞出来，把它的表皮剥下来，反复漂洗发白之后晒干，用来在冬天农闲时制成麻绳。沤过的麻臭气熏天，但农民也没有办法，捂着鼻子也要做好。剥去表皮的麻秆也不能扔，是住家引火的好材料。

地里的事情告一段落，生产队里每年都要在三伏天到入秋之前抓紧积肥，包括运土、割草，填到牲口圈里沤肥。好容易队里的活儿不多了，家里的菜地又要除草、追肥了。这样忙过几天，就是秋收来临，先是收割玉米、高粱、大豆，旱田粮食上场后便是水稻收割。场院上给全队各家分完玉米，接着就是水稻上场、脱粒、交公粮。这样一轮忙下来，就是元旦前后，一年已尽了。

我自己有一个认识，就是在二十世纪六七十年代成长、成年的人特别辛苦。为什么这么说呢？这一二十年都是集体经济，不光地里农活多，还正赶上"农业学大寨"，上级组织的修路、修水利工程、修梯田的事儿特别多。我的记忆里，那些年本县大的工程就有铁甲水库建设、罗圈背水库建设、大洋河拦洪坝建设，本公社则有唐隈子水库、小甸子水库建设，其他还有水库配套工程、修水渠、修路、清淤、抗灾等各种出工任务。一个生产队，壮劳动力就那么多，什么事儿都要他们顶上去，所以就觉得有干不完的活儿。我这个年纪，算是赶上个尾巴，但也参加了不少工程，其中的一个大工程，就是大洋河的防洪堤。当时是全靠人挑车推，在大洋河下游两岸筑起底宽一二十米、顶宽三四米、高四五米的拦洪大坝。赶上这个时候，不仅男人，妇女也要上阵。

我母亲那时已经五十多岁了，因为饭做得好，就要到工地上为村里的人做饭。说到吃饭，当时的人们似乎也很喜欢这样的工程，因为工地上的饭管饱。当时每家的粮食都不大够吃，在家里都不能放开肚皮吃，而工地上是要实实在在地出大力的，所以必须让人吃饱，难得地，还经常是大米饭，因此有人经常刷新吃饭纪录。我的邻村泡子沿生产队的一个小伙子，就曾经创造出"八大碗"的纪录，就是一顿饭吃了四大碗米饭、喝了四大碗汤，这纪录后来没有人打破。

图十七　罗圈背水库工地运输石料的情景（栾春彦摄）
罗圈背水库位于东沟县和岫岩县交界处，是辽东地区最大的水库，承担着为东沟县给水灌溉的任务。水库于1969年动工兴建，1972年建成。当时全县壮劳力差不多都参加过水库的修建，施工时没有大型机械，可以看出，运送石料全是人工完成的。

按理说，冬天粮食收完了，可以喘口气、休息一下了，却办不到，因为还要开展"农业学大寨"，搞农田基本建设、改良土壤，就是趁冰冻时，把河塘里的淤泥弄到山坡的地里去，以提高土壤的肥力。

我这里说的，都是县里、公社里安排的大型工程，以及生产队田里的整活、大活，还不包括打土坯、侍弄自留地、家庭养猪、积肥、修篱笆、砌墙等家里的杂活。你看，在这样的环境下生活的农民能不辛苦吗？更何况，在那个年代，很多人是吃不饱饭的，不是大忙时节，人们吃的基本上是"半干半稀"，干不了一会儿的农活就饿了，很难始终如一地干活出力。所以，后来读到梁漱溟先生所讲的"农民生活在九地之下"的议论，在要干这么多农活的意义上，我是十万分地赞同的。

水稻育秧

在辽东农村，春天的农活之始是水稻育秧，就是把稻种下到苗圃里，等它长成秧苗再去插秧。

水稻的春耕工作远远早于旱田。在辽东农村，水稻育秧在初春已经开始。水稻育秧，先要为稻种催芽。稻种催芽时，需要保持一定的温度。农村条件差，别说恒温室了，那时连塑料大棚都没有，故此，稻种要在3月上中旬就放在队部库房内几口装满温水的大缸里催芽。为了保证适当的温度，令稻种萌芽，要每天为大缸换温水，还要在屋内取暖。这个稻种催芽的事儿是个技术活，又有一定风险，温度不到位，水稻不萌芽；温度过高，稻种又可能腐烂。所以，在这个时候，生产队里就会指派一名技术员，专门负责这个事儿。

在大缸里泡个十几天，稻种就会有白白的胚芽破壳而出。这时候，就要把发芽的稻种移至室外的苗圃里，令其出苗长叶。育秧田要选择地势较高、平坦、含盐碱低、渗水适中、排灌方便的秧田地。在这样的田里筑起宽约一米、高约三十厘米的基台，这就是苗圃。因为水稻幼苗适宜在微酸性的土壤中生长，所以基台表面灌水抹平后，要先撒上一层草木灰。之后是播种，把已出芽的稻种均匀地撒在台面上，不能过稀，也不能过密，稀了不敷移栽，过密则秧苗无法健康生长。播种后要用平板将稻种抹入基台的稀泥内，以防其外露，无法扎根。这个程序做完后，还要在其上再盖上一薄层的泥炭末，作用是防冻保温。

辽东的 4 月，天气还是挺冷的，不仅有倒春寒，春天的风也很大，为了保证稻秧的扎根生长，基台上还要做足防风保温措施：把高高的紫穗槐弯成弓形，作为骨架，插在苗圃两侧，再以草绳将其一个个串连起来，以防侧倒，之后再在其上搭盖塑料薄膜，薄膜两侧要用泥土压实，再用草绳纵横固定。

苗圃育秧的时间是在 3 月尾 4 月初，那时地表化冻只有不到一尺厚。说起来很多人可能不信，在我十来岁的时候，觉得东北地区冷得厉害，冬天施工，冻土层一般都有二三尺的厚度。春天化冻，上面的土层化开了，下面还是冻土。早些时候，没有水

图十八　水稻育苗的苗圃

水稻育苗基本在 4 月下旬，天气还比较冷，这个农活要在泥水里完成，是比较受罪的。

靴，或者即使有，农民也大多买不起，干这些活儿，都是赤脚站在泥水里，那感觉，就同冬天光着脚站在冰面上一样，有不少人就是这样落下了关节炎。六十年代末期开始，大部分人家可以穿上长筒水靴了。因为水稻育秧最辛苦，故此，各家的第一双水靴一定是给这家参加育秧的男人的。

播种之后，这块苗圃就由技术员专门管理。他负责每天为秧苗透气、灌水、施肥，观察生长状况，到 5 月中旬，秧苗长出三叶一心时，便可移栽了。这便是插秧，是农村中最累人的一种农活。

育秧这活儿，我干得不多，放假赶上了，最多也就是给人打个下手，干点修整苗圃、覆盖塑料布之类的杂活。尽管如此，母亲也为我备了水靴，她说没成年的人不能受寒，所以要保护好。但即使穿着水靴，我仍可感觉到从靴底透过来的砭人的寒气，身上则要承受着呼呼的北风，故此，干活时常有浩叹："农民何时可以不受此苦？"而今时间过去四十余年，农民是早已不必再受此苦了！

春播忙

春播当然就是春天播种。人们常常说"不误农时"，其实主要就是说这个时节。误了农时，没有及时播下去种子，庄稼就不能很好生长，一年的收成就耽误了。所以，农村里对于春播是抓得最紧的，这段时间也是最忙的。

一般说来，育完秧，就该忙乎旱田了。春天栽种下地的作物很多，比如玉米、高粱、马铃薯、地瓜，还有稗子、糜子、苘麻、春白菜、小葱、大蒜等等，这里只说玉米播种。

春播之前一件必需的农事是捣粪，就是把冬天送进地里的农家肥捣成细碎的粉末，以便于土壤吸收。那些肥料每隔十来步堆成一丘，经冬天的冻结，化冻后就变得疏松，因此开春化冻后，农民先要下地，把这些肥料用镢头或二齿钩子彻底捣成细末，以备播种之用。

当时没有任何机械作业，播种全凭人畜之力。玉米播种的程序是，先把捣碎的农家肥均匀地撒进上一年耕种时形成的垄沟作为基肥，之后以犁杖破开垄台，覆盖于基肥之上，形成新的垄台。在此基础上，再以犁杖在原垄基础上覆一遍土，成为规整的土垄。与此同时，扶犁人在垄台踩出匀整的脚印。扶犁人的后面跟着两个人，其中一人将玉米种子点入脚印之中，另一人用脚推浮土，盖上种子并踩实，之后还要打一遍木磟子，以压实表土，保证墒情。

这个环节对扶犁人要求较高，他的步幅必须一致，这样才可保证长出的幼苗间距合适。故此，实际耕作中，起第一遍垄时，一般用马或骡子拉犁，速度很快；而起第二遍垄时，一般用牛拉犁，因为牛的速度慢，扶犁人便于控制步幅。

这个过程中对点种子的人要求也较高，每一穴的籽粒应该控制在三四粒，过少易出现断苗，过多则形成浪费。如果控制不好，撒多了的时候，做事认真的人经常要弯下腰去，把多余的种子再捡回来。

上面所述的点种和覆土的事儿基本都是老弱或妇女来做，而青壮年农民干的活儿是滤肥和扶犁。这里的滤，非过滤之意，而是把捣碎的农家肥均匀撒入垄沟内，作为作物的基肥。上面说了，起垄时基本是由马来拉犁的，速度很快，因此一副犁要四五个青年小伙子在前面滤肥。滤肥人一手持铁锹，一手紧握粪筐的提梁，在堆肥处把农家肥装进粪筐，之后边行走边将筐中的肥料撒入地垄。每个堆肥的距离大约在十四五步，所以滤肥的人要尽量把一筐肥料在这十四五步之内滤完，不能过多或过少。那地垄有的长三五百米，滤肥的人每人把住一条垄，从头开始，你追我赶，不等滤到地头，已经是浑身大汗。谷雨前后，辽东的天气是

乍暖还寒，早晨上班还要披着棉衣，干不了一会儿，里面的衣服
就被汗水湿透了。我在十五六岁的时候，已经像成年人一样，干
着滤肥的活儿了，一天下来，腰酸胳膊疼。还有一点，就是全身
是土。当时没有条件穿高靿的靴子，我们穿的都是矮靿的解放
鞋，一趟肥滤下来，那鞋里往往就是半鞋泥土。

　　春播时候，毕竟已经是春天，早晨六七点钟下地，到八九
点钟太阳出来一会儿之后，便是暖洋洋的了。我们这些滤粪的伙
伴们在早上一般都会拼命往前赶，到十点多钟的时候，就会多滤
出十来垄地，足够给犁杖跑一阵了。这时几个小伙子就会仰面躺
在春天的土地上休息一下，放松自己的同时，也感受着大地的生

图十九　旱田播种场面（栾春彦摄）
辽东的旱田播种大体在谷雨前后，4月下旬，天气还凉，劳作的人们都穿着厚
衣。图片中可见有滤肥的、扶犁杖的、点种的人。

机。此刻，闻着泥土的芳香，尽管疲劳，那心情也是快乐的。

夏耘勤

南朝时候的丘迟《与陈伯之书》中说到"暮春三月，江南草长，杂花生树，群莺乱飞"。那是江南的 4 月，在辽东农村，这话就要用来形容公历的 5 月。4 月播种的玉米，五一后嫩芽已经突出地面，长势好的，已经伸出两片叶子，但杂草长得比庄稼快，垄台上下，都是绿油油的苣荬菜、苦菜等杂草，有的甚至掩没了刚出一两片绿叶的玉米，故此，这时旱田除草是迫在眉睫的农事。

旱田除草，辽东土话叫耪地，就是用锄头把地表的野草锄掉，并同时为作物松土。耪地这农事是挺神奇的一件事儿，它不光是除草，更具防涝防旱的功能，即农民所说的"锄头底下有水也有火"。耪地的基本要求是翻动地表一两寸厚的表土，故此，天旱时可通过耪地，切断表土下水分蒸发的毛细管道，达到保持表土下湿润的作用；而天雨过多时，又可通过耪地，敲碎表土硬壳，疏松表层土壤，促进土中水分蒸发，利于作物生长。所以在我们那里，每年春夏时都要耪两三遍地，就是所谓的"勤"。

耪地时，是每人把住一垄地，一边用锄头除草松土，一边前行。其基本动作是一拉一推，就是先用锄头搋入地表，之后平拉近身，翻起表土，松动草根，然后以锄头背面向前平推，压碎翻起的表土，并使草根暴露出来，使之枯干死亡。

　　不要小看这一拉一推，其要领掌握不好，便是又累又达不到目的。耪地时，锄头前刃深入地表应在寸半到两寸之间，过深，等于同土地拔河，不到半天便会双臂酸痛；过浅，只是把杂草压倒，没有使之断根，第二天它们便又生长起来。所以，在生产队里，会有队长在大队人马后面检查质量，发现有锄得不到位的，就会大声提醒这人，要注意哪些方面的问题。

　　耪地还有两项事情要兼顾，一是间苗，二是除虫。间苗，就是去掉过多的玉米幼苗，每一穴只留两三棵健壮的幼苗，不让太多的幼苗争水争肥。在运动锄头时要注意观察，看到一处玉米幼苗蔫蔫的，其根部就可能是有害虫了。这季节对玉米幼苗危害最大的是蛴螬。这虫子是金龟子的幼虫，白色，向腹面弯曲着身体，专吃玉米的幼根，必须挖出来踩死。

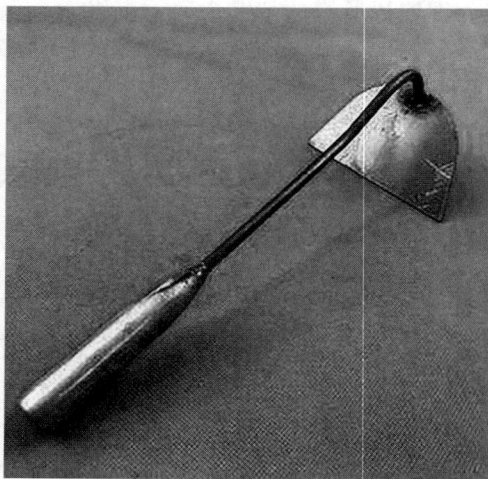

图二十　耪地的利器——锄头
而今的农家找不到当年的那种锄头，网络图片名为锄头的，实际上包含了镢头、镐头等。南方的锄头有挖地的功能，但北方的锄头就是耪地用的，用于刨地的是镢头和钉耙，用于刨开冻土的是镐头。这张图片近于北方的锄头。

　　耪地是项技术活儿。所谓"运用之妙，存乎一心"，有经验的农民只用手中的锄头，不必弯腰，就可剔除多余的幼苗，耪过的地垄又松又软，寸草难生。工具也挺关键。新锄头，或是锄把不合适，都会导致事倍功半。就我自己而言，耪地这活儿是在家里的自留地上早就熟悉的，所以十六岁就随同壮劳力们一起行动了，开始时间苗的技术还不过关，但渐渐地，也就运用自如了。耪地的时候，基本上都是集体作业，男女老少，大家一边耪一边唠着家长里短、各种趣事，都是有经验的干活儿好手，动作起来，双手有一种节律感，所以倒也不会感觉有多么累。

　　耪过的玉米地，会有马拉犁杖再度成垄。所有的土地耪过一遍后，最早耪过的地里杂草又会长出来，就要耪二遍地，这方面不能偷懒，老话说"人欺地一时，地欺人一年"，说的就是这个。耪二遍地的时候，就要确定每穴只留一棵玉米幼苗，这时眼力要到位，留下的必须是长得最苗壮的幼苗，因为只有这样的幼苗才会长得壮实，年终的丰收才有期待。

插秧累

　　终于要写插秧了！想到要写这个，我都不由得有些小兴奋，因为这农活给我留下的印象太深刻了！上一则写到的耪地那农活，不到一定的年龄，队里是不允许参加的。小孩子干这活儿，该锄掉的杂草还在那儿，却把玉米苗锄掉了，队里岂不是赔了工分又误农时？我参加大田耪地，是在十六岁，也就是初中二年级的时候，但插秧，却是在十来岁时就开始干了。

插秧的时间，是在 5 月下旬到 6 月上旬。我们生产队的稻田有一百五十亩上下，发动妇女、少年，二人一组，可以组起十几二十对，需要半个来月才可毕事。

插秧之前先要平整水田。大块的稻田，在上一年的秋天，就由拖拉机深翻过了，进入插秧季前，又由拖拉机粗耙过一遍，之后要用人力进行基本的找平，挖高填低。临近插秧时，要将每一块田充分灌水，水量以淹没田地表面为度，这时还要进行一次"水平"，防止某些田面过于低洼。水田表面不平，就会影响秧苗生长，高的地方会因缺水而板结，秧苗无法扎根；低洼的地方秧苗会漂浮起来，难以扎根。平整水田既要有体力，又要有眼力价儿，故此，都是男性劳动力的事儿。

由于男性壮劳力要平整水田，所以插秧的主力是二三十岁的妇女和十几岁的学生，两人一组，每人一垄，循环往复。我从三年级的时候起，就与另一个男孩子组成一组，每天能插多半亩到一亩地。插秧的人，手中都有一根一尺来长的木棍，用来确定行距；又有两根细绳，绳上每隔半尺距离便夹有一彩色布条，这是保证行直与确定秧苗间距的。插秧时，每穴秧苗的距离是二寸半，也就是每两个彩布条间要加插一穴。

插秧的秧苗，在七十年代以前，是从苗圃上把秧苗连根拔起，捆成一扎一扎的，由专人挑运到各处水田，甩入田内，插秧时每次要准确地拈出五六棵秧苗，插到泥土里。七十年代后，推行连土移栽，有专人在苗圃上以平板铁锹将秧苗连根带土铲下，运到田边，插秧的人在腰上拴根绳子，绳子后面拖着一块薄木板，在田头把秧苗装到木板上，插秧时要一手托着一片带土秧苗，另一只手一块块把秧苗掰下来，栽入水田里。一块秧苗用完，再从木板上拿起一块继续插。

辽东的5月下旬，田里泥水还是很凉的，尤其是早晨，光脚下水，冰凉刺骨。我们每人一行，到了地头，要重新打好准绳，装满秧苗，继续下一行。

插秧这活儿又苦又累，脚下烂泥陷至脚腕以上，早上水凉，中午日晒，必须一直弯着腰，还要保证每穴秧苗不多不少，更要保证秧苗的根部已插入泥土，否则被水一冲，就会漂浮起来，前功尽弃。如此一趟下来，腰背欲折，我们大喊腰痛，大人们就会哈哈笑道："小孩子哪有腰？抓紧插吧！"我们万般无奈，也只好继续弯腰插下去。

插秧活累，又是抢农时之急，所以报酬较高。这活儿都是包工，就是按劳取酬，每天每一组插多少亩地，都是现场丈量，记入工分册子，所以大家都很拼命。有的青年妇女，心灵手巧，插秧之时双手有如小鸡啄米，动作优美，插得又快，一个组合一天能插近两亩地。另外这里也有一点窍门，就是要争取插那些方正的地块，这样插秧时比较省事，丈量的时候也不吃亏。

这样的苦与累，我足足受了五六年，直到上了高中，才被允许进入壮劳力的阵营，不用每天弯腰撅屁股地插秧受罪，那个感觉，真叫一个爽啊！

生于 1958

插秧是姑娘们的活儿，很累，但她们也能苦中找乐儿。辽东的 5 月，鲜花盛开。我家房屋的旁边，不知从什么年月，便生长有几种鲜花：一丛芍药，一丛百合，一丛蔷薇。插秧的时节，这几种花儿都开了，芍药是高雅的紫色，百合是纯洁的白色，不过这两种花朵都太大；而紫红色的蔷薇娇美热烈，刚开放时花朵又小，插秧的大姑娘小媳妇们下地时都会过来掐上一朵，插在鬓边或发辫上，如此，在平整的水田里，嫩绿的秧苗与鲜艳的花朵相映成趣，她们自己觉得美，别人远远地看上去，也感到真漂亮，从而减轻了劳累的感觉。

水田除草

这水田除草，在辽东农村，土话叫作"薅粳苗"。其本来的意思，不是把水稻幼苗薅掉，而是除掉其中的杂草。辽东的土话也是蛮有意思的，比如"薅粳苗"和"拔苗"，外人很难区分其意义，当地人却明白，薅粳苗是水田除草，而拔苗是从苗圃上把秧苗拔下来，移栽到水田里，是不可能混淆的。

其实在插秧完毕之后，一大块农事是要回到旱田去的。要干的活儿很多，比如玉米二遍除草等等。在农人忙着收拾旱田时，十几天里，水稻的缓苗期已过，秧苗由黄转绿，开始生长，这时就要水田除草，同时又要清理秧苗根部，令其根须更发达，避免后期发生倒伏。水田之中，杂草比水稻长得更快。水生杂草无法

120

用锄头除去，因其生命力极强，浮在水上，几天后便可再次自行生根，继续猛长，对水稻生长影响极大，故此，水田除草，必须将其连根拔起，踩到泥土里或是扔到田埂之上，才可令其死亡。

水田除草是个细活儿。除草时，每人把住一垄，在泥水里弯腰弓背，双手要把每一穴秧苗都爬梳一遍，不仅要清理水田之中、秧苗周围的各种杂草，还要剔除长在秧苗中的杂草。有一种杂草，学名牛毛毡，当地土话叫兔子毛，像钢针一样，细细的，专爱长在秧苗根部；其他还有稗草、眼子草、水绵、慈姑、三棱草、水葫芦等等，浮在水面的、扎根土里的，一抓便是一大把。这些杂草，必须成团拧紧，踩入淤泥，或是甩到田埂上，不然很快又会复生。

水田除草是个良心活儿。因为在泥水里抓挠着前行，真抓和假抓，别人看不出来，效果却很不一样。有人装模作样，紧跟大队，在水面上紧着划拉，泥水浑浊，当时看不出什么，过一会儿，杂草便又立了起来。用老农的话说，就是糊弄鬼，最后是集体的农田受损失。

水田除草又是苦活儿。六七月份，天气炎热，骄阳烤着脊梁，汗如雨下。雨天就更受罪了！除非是瓢泼大雨，一般情况下，水田除草雨天都是不停工的。当时的人谁也买不起雨衣，即使买得起，这场合也不方便穿，所以每人身上只能披一块塑料布，从头上包起来，在颈部扎紧。雨下得太大，雨水会从脖颈下渗进去，加上脚下的水花，弄得人全身都是湿淋淋的，很不舒服。

还有一桩，就是水中的虫子。插秧时，稻田里还没有虫子，此时天气变热，水里蚂蟥、甲虫等等都出来了，不小心就会抓在手里，吓人一跳。最令人讨厌的是蚂蟥。水田除草，大家都是光着脚干活的，它不声不响地就会吸附在人的脚上吸血。人在水中没有一点感觉，等到了地头发现时，它已吸饱了血，身体鼓胀胀的。这时要弄下它，绝不可以用手拽，而要猛拍一掌，将它拍下去。要是把它扯断了，它的身体掉下来，吸盘却还钻在皮肉里，很是麻烦，要去医院取出才行。当时农民还有一个办法，就是用旱烟杆里的烟油熏它。把烟油抹在蚂蟥叮住的皮肤周围，不一会儿，它自己就掉下来了。

这个活儿当然也有惊喜，比如你可能不经意间就会摸到一只螃蟹。我曾经在一下午摸到两只螃蟹，尽管不大，但烤熟了，也可小解馋意。不过，随着后来农药和化肥日多，水田里的螃蟹就逐渐绝迹了。

打药与追肥

种植面积较少的经济作物，如红小豆、高粱、糜子等不论，属于大田作物的玉米、水稻，经过两次除草以后，便进入快速生长阶段。七八月份，日照充分，雨水丰沛，庄稼长得很快，晚上躺在玉米地里，甚至能听到玉米咔咔地向上拔节的声音。在这个时候，追施化肥和打农药以消除病虫害就是必不可少的了。

当时的旱田即使有病虫害也很少打农药，水稻生长期以及开

花秀穗期很容易遭受病虫害，就要打药。在辽东，水稻的主要病
害是稻瘟病，主要虫害是稻飞虱，所以要对症喷洒农药。二十世
纪七十年代前后，农药的品类不多，主要是六六六粉、敌敌畏、
马拉硫磷和乐果之类。喷农药，液体的要稀释后用喷雾器来喷
洒，粉状的如六六六粉就是直接用喷粉器来喷。喷农药的最佳时
间是早晨六七点钟，因为那时水稻的叶片上还有露水，可以吸附
农药，达到灭虫的目的。

　　我除了喷过一次六六六粉之外，基本上没喷过农药，其原因，
主要是这活儿得技术员来做，他了解哪个地块病虫害严重。当年喷
农药时没有任何防护措施，喷药的人连口罩都没有。我喷药那次，
当时就被熏得直要呕吐，至今想起来仍是很怵那些个味道。

　　喷药之外，还需施肥。水稻拔节期如果肥力跟不上，就容
易发生病害。水稻追肥倒是比较简单，把尿素、过磷酸钙之类的
化肥直接洒到田里就是了，只不过施肥之后，稻田里的水不能放
出来，因为那会使肥料流失。与之比较，玉米的追肥就要辛苦很
多。这个时候，玉米已经长到齐胸多高，有的甚至高过人头，玉
米叶子上满布锯齿样的小刺。追施化肥时，要求把化肥放在每一
棵玉米的根部，为防止化肥挥发流失，还要当时立即覆土盖上。
这样，施肥的人就必须弯腰拱背，穿行在玉米地里。三伏天中，
骄阳似火，我们这些半大小子们多是光着脊梁，因此，每个人的
胳膊上、身上都被玉米叶子划得火辣辣的，加上汗水流淌刺激，
那滋味真是难以言说。还有一桩，当时玉米所追施的化肥，基本
上都是碳酸氢铵。这种化肥会发出一股强烈的氢铵的气味，不仅

生于 1958

辣眼睛，还刺激得人难以呼吸。施肥的时候，要一手拎着二三十
斤重的化肥袋子，另一手从中抓出化肥，均匀地放在玉米根部，
再抬起一脚，推起浮土掩盖好，那受罪的程度，你想象去吧！

　　到了这个季节，尽管农活既苦且累，但看着绿油油的庄稼苗
壮成长，心情还是很愉快的。一年辛苦，此时已过去接近三分之
二，下来就等待秋收了。农民，辛辛苦苦大半年，不就是奔着这
个嘛！那些年，在农村里也看不到别的美好的事物，似我这样的
十几岁少年，所能想到的，和别的农人也没什么不同。

秋收之乐

　　秋天是收获的季节，是农民最为欢欣的时候。秋收，水稻收
割与旱田收割大为不同。所谓大田秋收，指的主要是旱田，其中
大宗的是玉米，也有大豆等经济作物。

　　在辽东，玉米收割大体在十一前已经完成，前后有那么几
天就基本上场完毕。在我们那个生产队，玉米是除水稻外种植面
积最大的农作物，占了旱田的 80% 以上。收割玉米，都是集中
劳动力，一鼓作气完成。一个生产队，男男女女，有二三十个壮
劳力，一字排开，齐头并进。这样的阵势，半天就可以收割一片
坡地。

　　这当中也有说道。辽东的收玉米，是先将玉米秸从根部附近
砍下来，堆成一铺一铺的，之后再把玉米棒子掰下来，用大车运

至场院,由妇女剥去苞叶,再分给大家作为口粮;玉米秸则待干透之后捆起来,分给各家,作为烧火做饭的燃料。收割玉米时,是三人一组,每人三垄地。一人在前,称为开趟,打下每一铺玉米的基础;其后左右各一人,称为复趟,把割下的玉米秸放在开趟者打底的铺上。由于都是右手持镰刀,放倒的玉米秸都是根在右、梢在左,这样左手的复趟者就要累一些。我当时十六七岁,收割玉米时,基本上都受到照顾,被安排在右边,这样,砍下来的玉米秸直接放倒即可,不必提起来转个角度再放下。

收玉米,总的来说不算太辛苦,但也不大容易,比如早晨时玉米和杂草都满布露水,过不了一会儿,鞋和裤脚便都湿透了,秋露冰人,那感觉很不舒服。另外,收割玉米,是左手握玉米秸,右手持镰刀,那一棵棵高两米左右、带着玉米棒子的玉米秸还带着水汽,其实颇有些重量,为了跟上速度,你又不能割一棵放下一棵,总要割上两三棵才放下。我这样的中学生,平时锻炼不够,一趟割下来,胳膊就又酸又疼了。

比起收割玉米,收大豆要更苦一点。大豆的全身满布豆荚,那豆荚很是尖利,而其根部的茎秆又颇为坚硬,很像灌木,故此,割大豆时,左手必须紧握上部的豆棵,右手用力,才割得下来,这样左手就免不了被豆荚扎伤。当时家境好一点的,或家里有人在外做工的,就会戴上一副手心那面涂有一层橡胶的线手套,以保护手掌,我家没这个条件,收割大豆时,就只好在紧握与扎伤之间寻找一种平衡了。

不过秋收毕竟是往家里收粮食,那心情是不一样的,即使苦一点累一点，也能忍受。尤其是收大豆，工间休息时，小伙子们会收拢一些干枯的玉米秸，点着火，然后把刚割下来的带着青绿色的大豆连秸秆放上去烧。秋日里，大火熊熊，烤的人十分舒服。火灭了，大豆也烤熟了。之后从灰烬中寻找烤熟了的黄豆吃，那享受也是一年难遇的。每逢此时，大姑娘小伙子们都会吃得满脸黑花，大家互相取笑着，令接下来的劳动也显得似乎不那么劳累了。

收地瓜（白薯，或南方所说的红苕）的事儿也值得一说。地瓜是可以生吃的，所以收地瓜的场面很壮观，除了大人，也有很多孩子到场，大人用镢头把地瓜从土里刨出来，孩子们就每人拿一个篮子，把地瓜抹去泥土，按大小分装，再运到地头的大堆里。因为很多人家的粮食不够吃，所以在这时，一些孩子把刚从土里刨出来的地瓜，几把擦去表皮上的泥土，就吭哧吭哧大口吃起来了，这样晚上回家就可以少吃一点儿饭了。

收完了旱田，就要收割水稻了。十一前后，水稻已经无限接近成熟，远近望去，稻田都是一片金黄，所以，收完旱田，水稻抢收就是当务之急了。

人民公社体制下，收割水稻的场面是蛮壮观的。一个生产队，男男女女，壮劳力总有二三十个，这时便要一字排开，舞动镰刀，齐心向前。水稻收割的规矩一般是每人八行，人的两脚八字形站在中间的三行内，从右向左，依次割来，每一刀割下十墩上下。收割时，先用右手刀将水稻拢起来，左手握住，刀便移至根部，一刀割下。前面几行，手还可以握住割下的稻子，到后面

图二十一　秋天的稻田

这样的稻田已经基本成熟，再有几天就可以开镰收割了。不过今天的水稻收割大概也开始使用机器了吧？

三行，就要依托站立的水稻，收割时以镰刀拢住。这样脚步基本不动，一轮下来便是半捆，之后向前一步，再一轮下来，便是一捆之量。

收割之时，没有人说话，只听得唰唰的刀声，在金黄的稻田里，仿如一艘艘小船，犁开黄色的稻浪，留下黑色的土地。尤其是如果有一个身手麻利的快手，迅速冲到大队人马的前头，就更像一艘劈波斩浪的快艇，在一片金黄中留下清晰的轨迹。我们生产队，有个名叫王振文的复员军人，他战争时期受过伤，走路一瘸一拐的，但割稻子是把好手，每到这时，总是他冲在最前面，而像我这样的新手，基本上都是靠后的。

收割水稻，最考验技术的是打腰（yào）。水稻打捆是就地取材，用于打捆的，就是刚割下的稻子，称作"腰"。具体做法是，先割下两三墩水稻，左手握住根部，将其分成两股，稻穗向下提起来，右手握住稻穗后部位置，向外一拧一挽一分，一个腰便打成了。割下的水稻够一捆后，提起腰的两端，向中间一紧一收，交错叠拧两下，便捆得紧紧的了。这个过程，说起来简单，真正做起来并不容易，许多新手就是打不好腰、打不成捆，被人远远地落在后边，因而急得要命。

水稻收割之前，水田里的水都是排干了的，所以可以穿着鞋干活，但一些比较低洼的地方，水排不出去，便只好光着脚下去了。十一后，辽东已经下霜，碰到这种地块，即使是下午，那光景也是很不好受的。

收割水稻，镰刀十分关键。有经验的老农会把最趁手、最锋利的镰刀用在这个时候。他们还会揣着一块磨刀石，在休息时间为自己和子女把镰刀磨得更锋利一点。我加入割水稻的行列是在十五岁时，镰刀不好用，自己又不会磨刀，只好在休息时求别人给我磨得快一点。经过一年的锻炼，以后逐步学会选择好用的镰刀，也学会了磨刀，干起活来就不那么难受了。我还有一个发现，就是水稻越往根部，其茎秆越脆，所以多弯一点腰，将镰刀贴地收割，就会省力很多，也不会令刀刃很快变钝。就这样，咬着牙，一年坚持下来，我十六岁时已经可以跨八行水稻收割，并且不落人后了。

辽东的收水稻与南方不同，不是在现场脱粒，而是把稻捆在田埂上码起来，令其继续成熟、茎秆干枯，上冻后才用大车拉到场院，到 12 月再进行水稻脱粒，也即脱谷。脱谷那活儿也是一言

图二十二　集体收割水稻的场面（栾春彦摄）
集体劳动就是有一种宏大之感！照片中，收割水稻的人们争先恐后，背后留下的是整齐的稻捆，熟练的农民干起活儿来还真的有一种美感。

难尽。不知分田到户之后，家乡的农民们如今如何收割与脱粒，也许已经机械化了吧？

脱谷与扬场

　　先要说明，脱谷，是水稻脱粒之意，就是把稻粒从稻穗上

"脱"下来，不是脱谷子的粒。辽东一般很少种谷子，当时主要种穈子，成品叫大黄米。穈子的谷粒很小，当地种的又少，一般是剪下谷穗，用手搓下，或是用连枷拍下谷粒。

脱谷的时节已经是天寒地冻、接近元旦了。辽东习俗是，大地封冻后，先把稻捆运进场院，根朝外、穗朝内地垛起来，让其干燥，也防止被鸟儿啄食。到元旦前后，场院上玉米、大豆等杂粮都已处理完毕，便集中力量来干脱谷这营生。

二十世纪六十年代中期，脱谷用的还是人力脱谷机。在这种场合，是两人一组，一脚立在地上，另一脚踩踏板，带动齿轮，牵引滚筒转动，以滚筒上面的铁齿击打下稻粒。两人流水作业，一人将手中稻捆上的稻粒脱到七七八八，交给下一人彻底脱尽，然后把稻草放到一边。进入七十年代后，引入电动脱谷机，效率提高了十几二十倍。其工作原理，是以皮带连接电动机和脱谷机的转轴，人们只需把水稻放在脱谷机的滚筒上，滚筒上高速旋转的铁齿很快就会将稻粒扫掉。

脱谷的现场就是一个流水作业的工程队：脱谷前有拆垛、将稻捆运至机旁、解开稻捆上的系腰、分成适合上机的粗细匀整的稻束等各个环节，脱谷完毕则有专人系腰、稻草打捆、运走稻草捆。除了搬运稻捆之外，这些程序都是各由一人完成。

上机脱谷的，都是年轻的大姑娘小伙子，他们人手一段长约一尺的粗绳，绳子两端各系一个尖头木棍，以备手握，脱谷时用木棍尖端夹起稻束，将稻穗一端轻轻送入脱粒机，一边移动，一边转动稻束，从脱谷机此端走到彼端，手中的稻谷就脱干净了。

脱谷这活儿看上去并不很累，其实苦得很。别的不说，就说脱谷时的灰尘，就呛得人喘不过气来。当时的人也没有什么防护意识，况且大多数人也买不起口罩，就是裸着口鼻上阵，半天下来，嘴巴里、鼻孔里、耳朵里全都是灰尘，那时如果有人戴个口罩或护目镜，就会引来多少人羡慕的眼光。

还有一桩最为可气，就是当年电力不足，白天基本上是停电的，说是要保障工业用电，往往是半夜才来电。为了不误脱谷，生产队里啥时候来电，人们便要起床，到场院上脱谷。半夜一两点钟，各家电灯亮起来的时候，也就传来队长"脱谷啦！"的喊声，这时男男女女就要离开热被窝，穿上衣服，在昏黄的照明灯光下大脱其谷。那感觉，你想去吧！

更有一桩苦不堪言。脱谷的时候，稻粒上的稻芒也被脱谷机上的铁齿击打下来，漫天飞舞，尽管脱谷的人戴着帽子、围着围巾、套着手套，但那些针尖一样的芒刺总会找到缝隙，钻进衣服里，扎得人又痛又痒。想处理一下吧，天寒地冻、大庭广众的，又是流水作业，一点儿也不能停，你只好忍着，等到天亮停电时，再回家处理。这样的受罪日每年总有十几天，直到脱完全部稻谷才算解脱。

脱下来的稻谷，必须经过扬场这一程序。扬场的场景，估计许多人在电影或电视上看到过。水稻变成稻谷，扬场的环节必不可少。因为脱谷之后，不仅是稻粒被脱下来，稻棵前端的叶子也被带了下来，何况稻谷的成色不一，还有许多空心的、俗称"秕谷"的颗粒都混合在一起，必须通过扬场，使之分离。汉语中的

"扬弃"一词就很形象地表现了扬场的作用。

脱谷的时候,脱谷机后面有流水作业,脱谷机前则有人随时把脱下来的稻粒划拉开,并堆在远离脱谷机的地方。通宵奋战,到天亮,脱下的稻谷已经堆成小山,故此,第二天白天,就要由老农民来扬场,区分开碎叶、秕谷和优质稻谷。

扬场的原理其实就是风力筛选。无风或风力太大都不适合扬场,合适的风力为二到三级。扬场的工具是木锨。木锨的前端是用胶合板制作的方正平板的锨面,后附长柄。用木锨撮起稻谷,可以均匀地扬向天空,令其充分接受风力的吹拂。一锨扬起,风把稻草碎叶吹得最远,秕谷次之,饱满的稻谷基本上垂直落地,之后会有人用扫帚将各种成分进一步分开。扬场之后,成色最好的稻谷会被装入麻袋,用马车运到公社粮库,这就是交公粮。前面说过,人民公社是公有制,所以农民耕作的土地当然是共有的,农民种了国家的地,秋天就要把收成的一大部分作为农业税无偿地上交给国家,上交的部分大体上是收成的五分之一左右。交公粮始于1958年,前几十年都是缴纳粮食的实物,1994年改为农业税,以货币形式开征。2004年,国家取消农业税,交公粮正式成为历史。交公粮,当年又称交"爱国粮""忠字粮",每到交粮时节,农民车拉、肩扛、手推,自己主动把最好的粮食交给国家。交公粮这个主题是那些年的音乐、美术等艺术形式中最常用的题材,然而观者又有多少人会想到,这公粮当中凝聚了农民的多少辛苦和汗水!

扬场是个技术活儿。扬场的人要保证每一锨送到空中的稻谷都

图二十三　交公粮的车队（栾春彦摄）

集体经济时期，交公粮是一个大事，都是生产队集中几天完成，车把式们会把
大车收拾得干干净净，拉车的牛马也洗刷干净，为的是给收粮食的人员一个好
印象。分田单干以后，这样的景象就没有了。

是均匀散开，而不是像球一样团在一起。扬场必须要有风，风合适
的话，一天可扬几千斤稻谷。扬场人要随时观察风向的变化，调整
稻谷的落点，因此这个活儿基本上都是由五六十岁的老农来做。我
也曾经技痒，趁老农休息时，抄起木锨扬几下。这活儿看着容易，
真正干起来，初时尚可，但扬几下之后，便无法保证扬上去的稻谷
充分分散开，可见这活儿也非一日之功可以成就的。

　　不光水稻需要扬场，高粱和集中脱粒的玉米也需要扬场，但

这些粮食数量少，难度也不大，故此技术含量并不高。

分粮食

毛主席他老人家有诗曰："收拾金瓯一片，分田分地真忙。"
这说的是二十世纪三十年代的打土豪分田地。人民公社化之后，
这个景象是不可能有了，但生产队里，一年到头，可分的东西也
不少。

所谓"三级所有，队为基础"，生产队是最基本的核算和分配
单位。平时，春耕开始，大家都是集体劳动，忙完了集体的，才
可能照顾自家的菜地和自留地，当然也有出工不出力、自家的事
情才上心的人，这又当别论。收获季节，除了要交给国家的公粮
和队里必要的贮备粮以及种子外，所有的收获都要按人头分配给
全队的各家各户，当然，是多收多分，少收少分。

一年之间，最早的分配是从分土豆开始的。土豆大体是在 7
月成熟，这个时节，各家上一年分到的粮食差不多已经吃完了，
有些不够节约的人家甚至连自留地里的土豆也已吃得七七八八
了，此刻分土豆给各家，正可让这些人家接上锅底。所以，每个
生产队在山上刨完土豆，估出总量，留下种薯，就会当场分给各
家，而分给各家的土豆，包括后面提到的地瓜，不管在山上的地
里多远，都是各家自己运回家，队里是不负责送的。我们小的时
候，挑不动太重的担子，只好如蚂蚁搬家一样，一点一点地往家

里运。

　　到了秋天，可分的就更多了，比如各种豆类、玉米、稻谷、高粱、红薯之类。红薯，我们那里叫地瓜，这东西可以生吃，所以刨红薯的时候，来的人特别多。因为口粮不够吃，当时的人平时都是半饥半饱的，故此，地里的红薯刚刨出来，便有不少人拣那光滑匀整的，在衣襟上擦去泥土，就大嚼起来。记得有一年，队里种胡萝卜，这东西也是可以生吃的，所以大家在地里也都吃得不亦乐乎。当时的规矩，地里收获的时候，你能吃多少吃多少，但进了场院和仓库，就不可以随便吃了。

　　当时是把玉米和水稻作为主粮的，故此，这两种粮食的分配格外慎重。秋收之前，先由队长、会计和老农对田里的庄稼进行估产，之后确定应交的公粮、应留的储备粮和分配粮的基数。这个环节很重要，估得不准，高了，就可能导致上交的份额过大，而令乡亲饿肚子；低了，会导致隐瞒产量的罪名。农民种地基本上是靠天吃饭，每年的年景不同，丰歉程度便不一样，分配的数量也就不同。一般来说，我们生产队当年每个人秋天分到的粮食，大体是玉米（带玉米轴，辽东叫作玉米骨子）四百来斤，稻谷一百来斤，折合为成品粮，每人每年也就三百五十斤上下。这一点儿粮食，对于全靠体力劳动的农民而言是根本不够的，何况每家还有猪鸡鸭鹅要养，所以，地瓜、土豆之类的辅助粮是必不可少的。那个年月，粮食是最金贵的，不用上面要求，节约粮食是共识，但多有那不会过日子的人家，不懂粮菜搭配、忙时吃干、闲时吃稀的道理，秋天分的粮食，到第二年三四月就吃完了，只有靠借粮度日。

由于粮食金贵，所以分粮的时候，每个人的眼睛都瞪得溜溜圆，盯着秤砣和准星，唯恐分给自家的粮食少了，平时有私怨的，这时更要借题发挥，所以分东西的时候，吵架是难免的，有时还有抄起家伙动武的。由此也可以明白，"仓廪实则知礼节"是中华民族老祖宗们千百年经验教训的结晶，是真真确确的道理，人吃不饱，讲什么大道理都是白扯。人民公社时期，所有的社员辛苦劳累，却总是不能解决吃饱肚子的问题，而改革开放以后，实行分田承包责任制，农民们没有那么辛苦了，却解决了吃饭的问题，这当中的变化，是不需要什么高深的道理去解释的。

学大寨

我从十岁上下接触农活，到二十岁离开农村，例行农事之外，印象最深的就是学大寨的实践了。"农业学大寨"是毛主席为农村指出的方向。毛主席有名言："与天奋斗，其乐无穷；与地奋斗，其乐无穷；与人奋斗，其乐无穷。"学大寨，到了生产队这一层次，基本上就只有前两个内容，一是与地奋斗，就是农田基本建设和改良土壤；一是与天奋斗，就是抗旱。

先说前者。农田基本建设乃是源自大寨人在"七沟八梁一面坡"上修梯田的经验。大寨地处山区，山多坡陡，水土流失严重，修梯田固为良策，但我们村里的旱地，都是平缓的斜坡，根

图二十四　农田基本建设的场面（栾春彦摄）
农田基本建设一般是在冬天进行，当时有个说法，叫作"破除猫冬旧习"。天寒地冻，人们却要开到山上，或者修梯田，或者挖高填低，造出平展的田地，那时的口号就是"天大寒，人大干"。

本没有修梯田的必要，但是上面的要求布置下来，我们也必须修。人们无奈，只好选那坡度稍大一点的田块，收了庄稼后，也修梯田。这种修梯田，就是步量出一定宽度，顺着原来的地垄，挖高填低，做成梯田的模样。这种梯田纯粹是土堆起来的，没有石块为垒，根本不能长期保持，没过两年，便又恢复成原来的模样了。这个事情本身没用不说，还会因为梯田的坡面无法种植，导致田亩面积受损，纯属劳民伤财，但上面硬压，农民也只有执行，唯有边修梯田边发牢骚而已。

　　改良土壤，是农业八字宪法"土、肥、水、种、密、保、管、工"之首，因此当年极受重视。这"八字宪法"是毛主席根据我国农民群众的实践和相关科学研究成果，在1958年提出来的

图二十五　整修梯田（栾春彦摄）
修梯田是学大寨的重要内容。当年各级领导都要求本地群众大修梯田，表明本地区确实做了学大寨的工作。但实际上，在我们这种低缓的丘陵地区，修梯田根本没有必要，既浪费了人力，也破坏了土壤结构。

农业八项增产技术措施。其内容，具体来说，土，主要是深耕、改良土壤；肥，是合理施肥；水，是兴修水利和合理用水；种，是培育和推广良种；密，是合理密植；保，是植物保护、防治病虫害；管，是田间管理；工，是工具改革。这"八字宪法"中，后面七个字都是春夏秋季节落实的，而第一个字，在我们那里，就是"天大寒，人大干"，数九寒冬，开挖河塘淤泥，运到山地里，就是所谓的改良土壤。实际上，相对于广大的农田，运去的那一点儿黑土根本顶不了什么用，也就是为田地里增加点儿黑色颗粒而已。

这个过程，我们那里有个名字，叫作开青（qīng）。其实这个 qīng 的发音，我至今也不知是哪个字，不过我想开 qīng 是以挖出黑土为目的，写作"青"应该是可以的。冬天，所有粮谷入仓、分给各家之后，就是开青的时节。这时节，水塘已经冰封，大家在冰封的池塘里，刨开宽四五米、长十几米的冰面，开始向下挖土。渐挖渐深，开始是近几十年的淤泥，挖至四五米深，就会出现千百年前淤积的草木，这些草木在空气隔绝条件下，已经形成泥炭。这可是好东西啊！晒干的泥炭不仅可用于烧炕取暖，还被用于水稻育秧，因为它属于热性土。

开青的时候，深坑下是几个身强力壮的小伙子，从几米深的坑底把黑土一锹锹扔到地面，上面再有人把这些土移到更远处，在坑周围形成一圈工作台面。挖出来的黑土，经过一个晚上，便冻得硬邦邦的了，这时便由车拉或人挑，部分运到畜圈以及积肥坑边，以备来年积肥，更多的则运到山坡田地里。待明年春天，冻过的土块变得疏松，将其敲碎，以铁锹撒向周围的农田，就是改良土壤了。说起来，这些土只是颜色黑一点，根本不具肥力，而且这些生土是凉性的，对庄稼生长并不好，好在其数量很少，也构不成什么明显的危害。

说到我自己，在这个过程中，是十几岁就挑着土篮子，加入运土的队伍；长大一些，也曾站在坑底，向上甩出一块块黑土。不过，比起插秧，这些农活都算享受了。

说到抗旱，也是运动之下的新事物。七十年代以前的农村经济，基本上是靠天吃饭。好在辽东之地，大体上算是风调雨顺，大旱或大涝之年都很少，即使有灾年，也只好听天由命。在学大寨运动中，也有两年干旱严重，这时候，人们的反应就同传统的农民不大一样了。

生于 1958

图二十六　挑河泥改良土壤的场面（栾春彦摄）
在二十世纪七十年代，挑河泥是农村冬天的日常劳动内容，图片上的人们挑河泥用的就是土篮子，现下已经很难找到当年这种挑土的工具了。这种土篮子是用紫穗槐或荆条编制的，一副土篮子可以用一两年。

　　有一年春夏之交，我们那里干旱严重，几十天没有下雨，水田干得龟裂，刚返青没多久的秧苗都旱得发黄了。我们那个生产大队，稻田有一两千亩，都仰赖大洋河水灌溉，而往常有数十米宽河面的大洋河，此时已接近断流，五六月间，只有一点涓涓细流在河道中心不绝如缕，通向抽水机房的分支河道早已成为高高在上的沙岗。

　　这时候，就有一级级领导出来，要求大家"天大旱，人大干"，并组织起男女老少，到河滩内开挖主河道、加深引水河道。这工程名为"淘河"。当地本有淘井之说，就是在井水不畅或不干净时，把井水舀干，加大井深，砌造井围，以改善井水。所谓"淘河"，就是把淘井之术用于河流，以解旱魃之灾。

淘河时基本是以生产队为单位，每个生产队负责一段河道。开工之时，几百上千人排成一线，大家挥舞铁锹，开挖河道，那场景很是壮观。人们生生地在干河滩上挖出长一两公里的河道，把一点很珍贵的河水引到抽水泵房下方。好在河道上都是沙子，挖起来难度不大。由于下挖很深，时不时地会有人挖出藏在沙子里的甲鱼，有的甲鱼有五六斤重。可惜的是，我前后挖了几天，也没碰上这等好事。

这个时节，抽水机房抽上来的水如金子般珍贵，每一个生产队只能使用分给自己的份额，故此，各队都有专人守护在堤坝上，到了点，就要截断流向别的生产队的水流，挖开通往本队的水道。在这时候，每个值班的人都想那水往自家地里多流一刻，话不投机，便发生吵骂，以至武力相见。

这样的抗旱还算靠谱，我也参加过不靠谱的抗旱行动。有一年，应该是1972年吧，是在夏秋之际大旱，此时正是玉米抽穗灌浆的时候，大田的玉米被骄阳炙烤，叶子都打了绺，坡顶的玉米甚至从上到下全是黄叶子，划根火柴都可以点着。依当时的条件，对这样严重的旱象其实是没什么好办法的，但是上级领导发出严厉的命令，要求各生产队组织抗旱。生产队长无奈，只好集中起全村劳动力，从我家门前的水塘里挑水，然后浇到山上的玉

图二十七　1972 年秋，农民以水桶、脸盆取水抗旱（栾春彦摄）
这张照片不是我们生产队的场景，但也如实地记录了当时抗旱的情况。我也同这些人一样，从水泡子里取水，挑到山上的玉米地里。这种抗旱根本不能解决问题。

米地里。

　　我们那个生产队也就二十来户人家，每家只有一副水桶。我那时十五六岁，也与大家一道，挑着一担水，走出两三里地，把一路颠簸、剩下多半桶的水倒在玉米地的垄沟里。一桶水流不到两米远，就被土地吸收了。其他的人也是这样。一大群人，一个下午，各自挑了六七担水，天就黑了。这抗旱，谓之杯水车薪是太应景了。大概生产队长也认为这事不顶用，所以第二天就不再继续了。

积肥与运肥

俗话说的"庄稼一枝花，全靠肥当家"，是说没有肥料的话，庄稼就长不好。在四五十年前，或者说中国传统的农村，化肥是很晚近才传进来的。即使有了化肥，由于缺钱，很多人也根本买不起，所以种庄稼，尤其是自己家的菜地，主要还是靠农家肥。我十几岁时，在生产队里，化肥主要用于玉米、水稻的追肥，播种时施的全是农家肥。所谓的农家肥，就是以人畜的粪便为主，加泥土、腐烂的青草拌和成的肥料。当时每家基本只养一头猪，产生的粪便有限，因此便要到外面捡拾牲畜的粪便，送回家中或队里，用于堆制农家肥。在农村，这有个专门的名词，叫作拾粪。

拾粪其实是书面语，依辽东农村的讲法，是应该说成"捡粪"的。今天的孩子不会理解：粪，那么臭的东西还会有人捡回来吗？我告诉你，粪可是好东西，不光要拣，还有报酬呢！

我在十来岁时，就要在课余假日去捡粪，以帮助家里积肥。捡粪的装备，小一点的时候，是一把粪杈或一把铁锹，加一只装粪的筐；大一些了，就把筐变成一副担子。捡粪的过程，就是野外四处寻觅，看到人畜粪便就铲下来装进筐里，装满了，回家倒进猪圈，再出去找。如果送到生产队里的话，一担粪可以按重量记工分，具体标准是大概三四十斤 5 个工分的样子。

这可是个苦活儿！首先是这种粪并不好找。因为当时放猪放牛的人往往都自带粪筐，随手捡粪以增加收入，所以专门捡粪的人收获便不丰了。这活儿的另一不好处是又脏又臭。牛、马、猪粪还好,人、犬的粪便都臭极了,所以当时最喜欢见到的是牛马的粪便。我小的时候,嫌扛着粪筐捡粪太臭,母亲大人就训导我说:"没有大粪臭,哪有五谷香?咱们每一天吃的粮食蔬菜全靠这些粪啊!你不捡粪,地里能长出好庄稼吗?"听了这话,我就只好乖乖地去对付那些臭大粪了。

相比之下,冬天捡粪好过一些。因为冬天粪便被冻住了,便不那么臭,而且是固体的,七棱八翘的很占地方,所以比较容易装满一筐。另外,在雪地上捡粪更方便,一片白雪之上,那发黑的一点,就是粪便无疑了!

经过那些捏着鼻子捡粪的日子,看到今天的农民根本不必费事施用农家肥,播下种子,施了各种化肥,就等着秋天的收获,感到他们真的是太幸福了!

人畜的粪便捡回来,就要用它来制作堆肥或沤肥。农家肥中,主要起作用的固然是牛、马、猪之类的牲畜粪便,但当时农村每个生产队都有几百亩地,单靠牛马粪远远不够,因此便要靠人力堆肥、沤肥解决问题。

生产队里用于堆肥、沤肥的,一般是一个宽十来米、长几十米、深一两米的大坑。坑边堆满了冬季从河滩、水田表层人挑车拉而来的熟土。春夏时候,坑里积满了水,队里会出工分,奖励社员到处拾粪,倒在大坑之中。夏天气温升高,水草易于腐烂,社员便到池塘、河边收割青草,其中又以粗壮的水草为佳,之后把这些水草一担一担地扔到坑内,再将坑边的泥土一层层地填进去。在粪便的作用下，水草快速腐烂，连同泥土迅速黑化，增进肥力，便成了良好的肥料。基本上，经过一个夏天，到初秋时候，这个大坑就会被填满。

当时还有一种沤肥的方法，就是夏天时，从牛、马、猪的畜圈中起出淤积半年的粪便混合物，在平地上垫一层土，加一层杂草，铺一层牛马粪，这样逐次堆填，最终形成长宽十几米、高一米上下的粪土堆，在高温和粪便发酵作用下，十几天后就会形成肥力很强的农家肥料。

沤肥的时候，大体是农闲时节。辽东的伏天不是很热，但骄阳之下，中午时分也有三十来度，这时候小伙子们会趁着打水草的时机，跳进河里或池塘中畅游一番，打打水仗，洗去春夏的劳累，运气好的，还会摸到螃蟹和鲇鱼、黑鱼之类。

往沤肥坑里填土的时候也挺热闹。因为是全村劳动力一起劳动，小伙子们会比试谁的力气更大，其手段是满满地铲起一锹土，看谁抛得更远。这样的比赛，经常会激起姑娘们的笑声，力气最大的小伙子往往要博得姑娘们多看几眼。这个时节的我还只有十五六岁，臂力远远不及那些二十多岁的青年，此时便只有望洋兴叹而已。说起来，当时虽然是集体劳动，但干其他农活时，基本上是各自用力，像这样放松欢乐的时候是不大多的。

农家肥有机、无污染，最适合作为庄稼的底肥，但也有个麻烦，就是规模大、质量重。你想，上面所说的那大坑中，所积农家肥差不多就有六百立方米，这些肥都要提前运到山坡上的农田里，真的是一项大工程。

生于 1958

图二十八　往地里送农家肥的人们（栾春彦摄）
送肥的时节，人们还捂着棉衣，这样一趟走下来，就浑身汗水了。挑肥的人都
是集体来回，所以你追我赶，谁也不肯落于人后。

　　当时，运肥这项任务，除了较远的地块是用马车或牛车运过
去，占大部分的近处地块都是靠人力挑上去的。所谓近处，也有
三五百米远。运肥的工具，就是人均一副土篮子或挑筐。两者都
是用荆条或柳条编成的，前者为碗状，带个木梁，木梁上有短绳
为系，用扁担一前一后挑起；后者为盘状，周围穿以四根绳子，
直接挂在扁担两端。挑筐装的土肥分量更多。
　　运肥的季节都在冬天，春节前后，数九时节，天寒地冻。
辽东的冬天，温度尽管不像黑龙江那么低，但是最冷的时候，白

天也有零下十几二十度，晚上则要零下三十来度。在这样的温度之下，那积肥坑的冻土几乎有一米深。运肥的时候，乡亲们穿着棉衣棉裤，捂着棉帽子，戴着棉手套，先用大镐刨开积肥坑里的冻土肥，之后再破成比较小的土块，再把小块的土肥装上筐，一担一担地往地里送。一担肥，少则四五十斤，多则八九十斤，尽管寒风刺骨，但挑肥的人重担过去的时候，还没到地头，已经是汗出如浆，等到了地方，倒下土肥，空担回来时，汗湿的内衣便冰冷冰冷地贴在身上。回到起点，装上又一担土肥，再踏上上坡路，这样的过程还要重演一次。冬日天短，一天下来，也要往返二三十趟，那滋味，语言怎堪描画！

　　我是十三四岁就进入了这个行列，开始主要是运肥，年纪大了一点，也刨肥，就是刨开冻得像石头一样的土肥。运肥开始时用的是土篮子，十五六岁就是挑筐了，像成年人一样，来往于沟岔地垄之上。母亲知道这活儿的不易，为我准备了柔软的旧衣服，套在棉衣之内，这样出汗时还好受一点。有些家里照顾不到的半大孩子，就是空壳棉衣裤，几天下来，棉衣棉帽就被汗水洇得油亮油亮的了。

　　刨肥也不轻松。刨肥的工具是重十来斤的十字大铁镐，一镐下去，梆硬的冻土上可能就是一个白印子，溅出来的冻土冰碴会窜进衣领，甚至溅到嘴里。刨上半天，才能揭下来一块土肥。这时候，就需要你用巧劲儿，要善于找准冻土之间的缝隙。在有缝隙之处下镐，用力不大，就能掀开一大块。

　　挑肥上山，扁担极为重要。粗硬的扁担，会使担子两头的重量死死地压在肩上，而宽扁且有弹性的扁担，会跟着走路的脚步，两头颤悠起来，分量无形中就显得轻了许多。扁担也不能太短，短了两头的重物就会磕到身体，也悠不起来。早年，电影《李双双》有插曲《小扁担三尺三》，其中唱道："小扁担三尺三，姐妹们挑上不换肩，一行排开走得欢，好像大雁上青天。"这是艺术，实际生活中，三尺三的扁担是无法使用的。我少年时用过一根扁担，当时因为挑的东西不可能很重，也还将就，后来使用的时间长了，能挑的东西又加重了，扁担最后被压成弓状，即使不担重物也恢复不过来，也就无法使用了。母亲为了让我们（我和哥哥）省点儿力气，把屋后的一棵最粗最直的大槐树砍了，请人剖开，打成两根长约九尺、宽逾五指的大扁担。这扁担是真的好！宽度正合肩宽，又富于弹性，用它来挑土，走起路来，其两端随脚步自然起伏，合用极了！

　　母亲是准备我们在农村干一辈子的，所以下了血本，但不料几年后哥哥与我便先后离开农村，那两根扁担也就闲下来了。后来连母亲也离开老屋，我就不知道那扁担的下落了。如果留着，放在今天，也是一个纪念呢！

　　讲了这么多的农活，意在说明当时的农村是太辛苦太劳累了！1973 年，当时的"反潮流英雄"张铁生在考卷上写信，起码讲他干农活有多么劳累的部分是真实的。是的，在那些年，农村真苦，农活真累，农民真辛苦！我这里提及的农活都是又累人又磨人的，何况你不仅要忙集体的，还要忙家里的；不仅要忙山上

图二十九　送肥上山（栾春彦摄）
运肥到田地，平地的还好，山坡上的就更累了。这张照片反映的是送肥上山的
情况，而且人们用的是挑筐，这种工具比土篮子装得更多，因而也更沉重。

的，还要忙水里的。我干这些农活的年龄是十几二十岁，在这个
年龄段，生产队里的小青年有时还会偷些懒、磨洋工，所谓"出
工不出力"，但我们的上一代人就不会这样，他们真的是一辈子
扑在土地上，到死了才算休息。今天当我在电视上看到插秧机、
播种机、收割机在田里奔跑，无人机在空中撒药，自动喷灌设备
实施喷灌，总会感慨，当年的农民每一项农事都要人工去干，更
何况还有运动的折腾，真的是太苦了！不过，也正是农民的苦和
累，才保证了中国社会的稳定。在那封闭的年代，八亿农民吃苦

受累，仍不离开生养自己的土地；自己处于全年吃不饱的状态，把最好的粮食交给国家，才有了"手中有粮，心中不慌"这句话。在那个年代，许多家庭靠瓜菜代粮、土豆代粮度日，有些母亲为了让家里的壮劳力和孩子吃饱饭，自己少吃甚至不吃饭。在最困难的年代，正是这一大群人的老实与坚忍，才有了整个国家的转危为安。

回想起来，在这样艰苦的环境下，我这样的不算强壮的少年人能坚持下来，固然跟我一直在农村生活有很大关系，当时觉得这就是我的命运，所以也没有什么可以抱怨的，干就是了；另一方面，由于很早就没有了父亲，我从小就明白，我是母亲的儿子，在农村，儿子是要撑起家门的。

能否说是命运弄人呢？中国当代农村最看不到前途、最苦最累的十年全被我赶上了。其实比我晚生三四年的农村孩子，只要在读书方面有一点追求，就不必像我那时那样辛苦了。我考上大学以后，我们一墙之隔的邻居就拿我来激励他家的孩子。他家有三个儿子，他们夫妇每天和儿子们讲："你看老翟家的德芳多么出息，自己努力考上了大学。你们也要向人家学习啊！"他家的老大比我小四五岁，读书不好，已经来不及了；老二大概比我小六七岁，每天被父母督促，努力之下考上了中专；老三更小，也更用功一些，最后考上了大学，毕业后自己在深圳找了工作，算是彻底脱离了农村。这样的孩子，父母哪里舍得让他们干农活啊！

四

苦撑家门

1958 年 5 月，我来到人间。在我之上，有两个姐姐、一个哥哥，姐姐的年纪更大一些。我出生之后，我们家就是一个六口之家了。此后，经过"三年困难时期"，1961 年秋，看年景是一个丰收年。为了防止饿疯了的人们偷窃成熟中的粮食，生产队安排我的父亲护青，也就是看守尚未收割的玉米等大田作物。父亲把生产队的安排看作自己的使命，整个秋天，都是不分白天黑夜地在野地里巡逻，晚上累了困了，就和衣在庄稼地里躺一躺。东北的秋天，风吹霜侵，晚上温度很低，父亲就此落下了病。庄稼上了场，他也病倒了，在病床上缠绵半年便撒手西去，这时是 1962 年的上半年，我四岁，哥哥七岁，二姐十一岁，最大的姐姐十七岁，正上高中。这一年，母亲是三十八岁。没有了父亲，全家的日子还是要继续往下过。在母亲的带领下，我们从此开始了苦撑家门的艰难日子。

母亲撑起一片天

一个家庭没有了父亲，便如同一间房子没有了顶梁之柱。这个时候，是母亲站了出来，成为我们家的顶梁柱。

辽东农村，都是近百年来的新移民，一个村子里，没有所谓的"大姓"，但我们那个生产队，还是以徐姓为多。父亲去世那年，是一个姓徐的人当队长，我们这一家孤儿寡母，便要受其欺凌。那一年，由于父亲生病半年多，需要人照顾，家里没人挣

生于 1958

工分，到秋天分配口粮的时候，那姓徐的队长便把我家的口粮扣在场院上，不分给我们。母亲和他说理，但没有用。母亲没有办法，又去找大队里的领导，哭诉生产队对我家的不公，得到大队领导的同情，表态应该给我们家口粮，生产队长没有话说，才勉强给了我们口粮。这件事情发生之后，为了争这口气，不被别人看不起，已是年近四十的母亲，只好扔下我们在家里，自己像男人一样到田里干活，挣工分养活一家人。在这之后不久，我十七岁的大姐又患上了肺结核。当时尽管已经可以打链霉素，但得了这个病，主要靠养。大姐生病后，只好中断高中学业，回家休养，同时照顾弟弟妹妹。这时二姐上小学，我和哥哥还是顽童，对生活的艰难是懵然无知的。

图三十　我四岁时的照片
我父亲去世后的当年秋天，城里的照相馆到乡下巡回照相，母亲在自家院子里为我和哥哥照的合影。当时我还是个什么都不懂的幼童，穿的棉袄是在上年的旧棉衣基础上加长的。

在生产队里，母亲黎明下田，忙乎一天，直到天黑收工。水稻育苗时，东北大地还未完全化冻，母亲踩着冰水，和男劳动力一样劳作；收割时节，母亲也同男人一样，挥汗如雨，不落人后。母亲是一双解放脚（缠过又放开的小脚），又有严重的胃病，可她就是这样坚持干了好几年，每天泥里来，水里去，靠辛苦劳动挣得的工分，领回全家人的口粮，我家从此再也没有靠乞求别人吃饭过日子。

这里要补叙一点母亲的经历。母亲1924年生于辽东农村，当时称为安东。外家姓王，母亲的名字是上桂下琴。母亲八岁的时候，日本人扶植的伪满洲国成立，我们的家乡因为靠近大连，此时早已成为日本人的统治区。姥爷（外公）一家居住在我家北面一点的宋家堡子，这是一个大山下的小村庄，母亲上有两个姐姐，下有一个弟弟。由于生活困苦，母亲十二岁时姥爷去世，第二年姥娘（外婆）也撒手而去，遗下孤苦伶仃的姐弟四个。此时弟弟年幼，大姐二姐尽管年长，却不擅管家；母亲年未及笄，十三岁时便挑起了操持家务的重担。在亲友和邻居的帮助下，她在兵荒马乱之年，先后主持嫁出了两个姐姐，又给弟弟娶上了媳妇，最后才安排自己的亲事。

父亲健在时，母亲主要是在家里操持家务，父亲是干活挣钱的主体。父亲去世，我们又小，母亲便站了出来，以自己的劳苦养活我们全家。后来二姐辍学回家，帮忙挣工分，母亲才逐渐不上大田干活，但有适合她做的农活，比如给集体做饭，比如水稻拔苗（从苗圃拔下所育的稻秧，再用于插秧）、除玉米苞叶之类，她仍然要去干活，以挣些工分，补贴家计。

正由于母亲很早就主持家务，所以有一手好厨艺，她做的菜大家都爱吃。母亲焖的米饭更是一绝，不管多大的锅，她做出来的满满一大锅米饭，从来没有夹生、没有焦糊，锅面和锅底的饭一样口感。另外，母亲做吃的东西极讲究干净卫生，因此生产队里有什么领导和客人光临，派饭总是安排到我们家。这样，不仅母亲挣了工分，我们也可以趁机吃一口油水多一点的饭菜。

插秧的时节，母亲拔苗的速度是最快的。她带着个小板凳，在苗圃上一干就是半天，双手飞快拔满两把，在苗圃旁边的水里一涮，用一根稻草唰唰地一捆，就成了规整的一把秧苗。那时我还小，经常跟着母亲下地，一边玩一边看她拔苗，母亲就教我双手怎样运作才拔得快。在母亲的教导下，我也学会了拔苗，就是双手要捏紧秧苗的根部，然后侧向用力，就很容易地把秧苗从苗圃上"撕"下来，而不至于扯断了秧苗的根。

每年秋收，玉米棒子收到场院里之后，就要尽快剥去其表面的苞叶，使其在秋风之下快速干燥，不然，大堆的玉米棒子被秋雨一淋，很容易就会发霉出芽。在这个时候，母亲是一天到晚都坐在场院上，冒着刺骨的秋风，不停地剥着，她背后剥出来的玉米棒子堆成小山，总是比谁都多；剥下来的玉米绒子抱回家来，又是保暖的好材料。

在六十年前的农村，要撑持起一个家庭，不光要干活挣工分，家里的一摊事儿也并不少。在开始的那些年，母亲白天下地干活，回家还要忙家里的事儿：收拾自留地和菜地、喂养鸡鸭、打扫卫生、为我们做饭洗衣，等等。母亲一直有胃溃疡病，到我十来岁的时候，她的胃病其实已经很重了。我印象最深刻的一幕，是那些年母亲收工回家，强忍着胃溃疡带来的剧痛，呻吟着为我们做饭的情景。后来，母亲胃痛得实在忍不住了，就舀一勺小苏打，用开水冲了喝下去，以暂时缓解一下疼痛。我上小学三年级的那年冬天，母亲的胃病实在无法再扛下去了，才去医院做了手术。术后母亲的胃被切去四分之三，每天只能吃很少的一点儿东西，即使如此，她出院后仍然全力操持着全家人的各种事儿，没法干重体力活儿，就在旁边指导着哥哥姐姐们，把家里的事情安排得妥妥帖帖。

说起母亲的手术，还有一段故事呢！母亲的胃溃疡后来发展到很严重的程度，每天无时无刻不在痛，亲友和邻居都劝她赶快手术，我家住岫岩的大姨知道妹妹的病已经如此严重，就让女儿女婿在岫岩县医院找了医生，问明了情况，说是可以安排手术，这边就让母亲过去住院。母亲见此情况，只好听从大家的建议，安排好家里的事，准备去岫岩治病。

当时决定由大姐陪母亲去岫岩，我们兄弟和二姐在家里看家，但我坚决要和母亲一起去，临行那天，跟着母亲和姐姐跑出去很远，她们没办法，只好让我一块儿去了。当时我十一岁，我们附近没有汽车站，要去岫岩，得到离我们二十里地以外的省道去坐车。天寒地冻，我也不怕冷，跟着大人走了好远，赶上汽车，来到岫岩，住进医院。到手术那天，需要家属签字，姐姐要签，医院不同意，说是必须由儿子签字。我也在场，说我这样小，签字管用吗？人家说管用。我拿起笔，明白这个字签下去，就是把母亲的命交给医生了，但箭在弦上，不能不发了，签完字，我的前胸后背已经都出汗了。当时还小，不明白医院必须由男性亲属签字的规矩是否合理，但由此激发了我的责任心，就是作为母亲的儿子，要多为母亲分忧，要早日成长起来，帮助母亲撑起这个家。

手术很顺利，当医生把切下来的那四分之三的溃疡部分的胃部拿出来给我们看的时候，我们都惊呆了：那上面溃烂严重，有些地方只有薄薄的一层了。医生说，如果不手术，可能过不了一个月，就会胃穿孔，也就没救了。听到这个，我们不由庆幸这次手术真是及时。回想起来，母亲的这次手术还真是拯救了我们一家，如果那时母亲没了，难以想象我们这一家人会是什么样子。

1966 年，十五岁的二姐小学毕业，就不再读书，回家帮助母亲养家，之后我们也逐渐长大，家里的情况才逐步好转。1972 年春，二姐出嫁，我和哥哥都在上学，家里又困难了两年。到 1973 年秋天，我上了七年级，哥哥中学毕业，成了家里的主要劳动力，又当了民兵排长，我家才真正好了起来。然而没过几年，1976 年，哥哥便因在生产队里表现好，被推荐上了大学。母亲对哥哥上大学十分支持，她对哥哥说："你弟弟再有两年就中学毕业了。现在家里就我们两个人，没有很大的负担，你放心上学去，我们能行！"母亲为哥哥准备了上学的行装，还把家里的年猪卖掉了，送哥哥进了大连师范学院（今天的辽宁师范大学），成为最后一届工农兵大学生。1978 年，我也考上了大学，母亲便一个人在老家独

自生活了两年多。直到哥哥毕业，在孤山镇安家，她才离开那座我
们居住了几十年的老宅子，这时她已是快六十岁的老人了。

穷人的孩子早当家

　　生长在这样的家庭里，我很早就领略了生活的艰辛，也知道
应该帮母亲多做一些事情，为母亲分忧。挖野菜、打猪草这样的
杂活不算，我最早干的农活，和当时大多数农村孩子差不多，就
是放猪放牛，时间应该是在七八岁吧。放猪，开始是放自己家的
一头猪，有时也会连邻居家的一块儿放。稍大些后，会帮人放全
村的猪，早上喊着"放猪啦"，挨家挨户地把猪收拢到一起，之后
赶到野外牧放。大大小小的猪们吃草玩泥，放猪的小伙伴也轻松
点，但有些猪调皮，经常跑去吃庄稼，因此丝毫分心不得。中午
我们或者啃点干粮，或者轮流回家吃饭，直到日落时分，把猪们
送回各家，这一天的事情才算完事。十来岁，放一天猪，大约可
得五六个工分。

　　与放猪相比，放牛要轻松点，因为牛数量少，而且老实，只
低头吃草，不乱跑，不过牛的脾气大，它认准的方向，你只能跟
着它走。那时没什么见识，也不会吹箫弄笛，没有古代的牧童骑
在牛背上吹笛子的情趣。

　　农村里，放猪放牛算是轻快农活，一般是安排给小孩子或有些
残疾的大人，我也只是零星地做过一阵子，以后各种各样的活儿就

生于 1958

纷至沓来了。从十来岁起，到上大学离开农村，这样的农民生涯，前后竟有十年！后来我自己盘算了一下，农村里的各种农活，我没有干过的，也就只有赶马车、扶犁等几种而已。须知赶马车这样的农活，技术性是很强的，都是由专门的车把式来担当。别的不说，就说装车吧。每年初冬，要把水田里割下的稻子拉回场院，一辆大车，车身长宽分别是三米和一米五上下，在田里装上稻捆，陆续要装到三米多高，顶部的长宽已经是底部的三倍，这样在土路上颠簸一两公里不散花，确实是个技术！我作为车把式的助手，往车上输送稻捆可以，在车上铺排码垛，真的是不敢尝试。

　　说回我自己，七八岁时的放猪捡粪不算，我十来岁时就到生产队里干活挣工分，到初二，也就是七年级的时候，我在节假日干活挣下的工分，已经可以领回自己的口粮了。所谓节假日，是每周周日放假，周三半天假，然后就是寒暑假了。在这样的一些假日，我一年大概可以挣到 1000 个工分。除了上队里干活，家里的各种农活，我们也要尽量多干，以更好地帮助母亲撑起这个家门。

　　这里且举几个家常必干的事儿。

　　居家过日子，做饭的燃料是第一位的。革命样板戏《红灯记》中，李玉和有一段"提篮小卖拾煤渣，担水劈柴也靠她"的唱段，那说的是城市，以木柴、煤渣为燃料，农村里无处拾煤渣，我们那儿也无柴可劈，我常干的"搂草"的活儿差可近之。估计许多人不知搂草是种什么活儿，这么说吧，民以食为天，但吃之前先要做熟了吧？我家所在的生产大队距河海挺近，却没有什么大山，那年月，用于煮饭的燃料，当然不是煤气天然气，也不知

160

煤为何物，烧的主要是柴草。当时个别比较富裕的人家，每年会到北面的远山里买树枝灌木等所谓的"柴火"来解决烧火的问题，一般的人家，日常做饭，用的都是玉米等庄稼的秸秆。但那东西数量少，根本不够全年使用，所以当我长到十来岁时，到野外搂草，为家里的锅灶准备烧火的材料，就是理所当然的事了。

　　我的双手可以舞动筢子的时候，就开始了搂草的日常活儿。所谓筢子，是搂草的工具，是用十二到十四根竹条制成的，前端为弯钩状，后部收拢固定，捆在长木柄上。搂草时，以前部的钩齿搂起草叶草根，拢在一起，压实后背回家里，用以烧火做饭。这种筢子，今天一些城市的环卫工人还在使用，只不过他们是用以收拢秋冬时节公园里的落叶。除了竹制的以外，当时还有一种钢丝制作的铁筢子，这种筢子用来搂草，可以把草根都抓出来，很是犀利。

图三十一　搂草的筢子
我当年搂草时就使用这种竹筢子。现在的人们不用搂草，此物已经很少见了，这把旧筢子是我在姐姐家里找到的，本来有十二个齿，现在只存十个了。

搂草的季节是在冬天。那时庄稼收了，草木凋零，树叶委地，正可搂而聚之。搂草的地点往往要选小树林中、茅草旺处、沟沟岔岔，因为只有这些地方积蓄的草茎树叶才丰茂。搂草时还要准备镰刀，把那些还在立着的蒿草砍断，再搂起来。由于这季节当地各家各户的孩子都要做此营生，故此，想要多搂些草，就要走得很远。我在十四五岁时，就要和哥哥一起，扛上扁担、笆子、绳子和镰刀，向北走十几里地，穿过冰封的大洋河面，到大山里去搂草。山上有树叶、有荒草，找到草叶多的地方，没一会儿就可以搂起两大捆，再走十几里路挑回家。山里的树叶树枝禁烧，是比田间的草叶更好的燃料，然而当时也讲封山育林，山林所属的地方都有专人把守着，称为看山。我们这些外地搂草的人如果被看山的人捉住，不仅可能被打一顿，笆子、扁担和绳子也会被扣留，而一旦被扣，就极难要回，因此，这个时候，我们就像打游击一样，讲究个"人走我搂，人来我走"，一边搂草，一边注意观察，力争不被人抓住，又搂到质量好的柴草。

在这样的努力之下，我十来岁时，和大我三岁的哥哥一起，冬天放学后或假期搂的草，基本上可以供得上每一天的锅底，逐渐还会有剩余，积攒下来，到开春，家里已有一个小草垛了。再大一些，我们寒假时到山上搂的草，一天挑回两担四大捆，用十几二十天，就可以满足一个冬春的做饭之用，这样，再加上玉米秸秆之类，吃饭用的柴草就不发愁了。

说到搂草，我还要坦白一个当年"盗伐"树根的经历。由于草叶子不禁烧，所以母亲经常要我找一点枯枝之类的柴火，以便在过年过节时用来烀猪头或蒸年糕。我们那里是平地,有一点坡地也都开垦成了农田,没有树林,附近根本没有枯枝可捡,小孩子又不可能跑得太远,我就只好拿着一把斧头或镐头,到周围田边的树底下,去寻找露出来的树根,或被人砍伐后留下的一截树桩,把那树桩、树根一点一点地砍下来,装到筐里拿回家。那个时候,就是一点碎木屑也是好东西啊!不过,当年这种事情各家的小孩子都要干的,也就没有那么多的树根可供我们蚕食,这时就会从还活着的树上砍下一些树枝,剁短了拿回家。这样干的时候其实心里很害怕,因为破坏植树造林当时可是大罪过呢!

小时候辛苦搂草的经历给我留下的印象太深,以至我参加工作后,东奔西走,每当在火车和汽车上,或者在城郊野外看到枯草遍地或者枯木横陈之处,都会有深深的遗憾:当年我辛苦搂草的时候,怎么没有碰到这么多的枯草枯树啊?如果我家周围有这样多的枯草,可就省了我太多的力气了!

担水与磨面

搂草之外,我十几岁时最常干的家务活是担水。担水,我们那里说挑水。辽东农村人家那时是没有自来水的,正屋里都有一口大号水缸,平时贮满清水,做饭喝水、猪鸡喂食都要使用这缸水。水是由水井中打上来担回家的。我家的水井离家有百十米远,供应着周围六七户人家的吃水。担水的工具是一根扁担加上两只水桶，水桶上有提梁，扁担两端有铁钩钩住提梁。每一只水桶装满水，大约有三四十斤重，一担水的总重量就要六七十斤了。一般一口大缸可装五担水，这水不仅用于洗脸洗脚，还要做饭洗菜、喂猪喂鸡，没几天就用完了，平均三四天就要担一轮。担水，对于没有壮劳力的人家，是个挺大的负担。

父亲早逝，我们小的时候，都是母亲自己担水；我们大一点了，先是姐姐担水，后来姐姐出嫁，我十多岁时，就接过水桶，先是和哥哥两人抬水，后来又轮换担水，十五六岁，担水于我已经是寻常家务活儿了。担水，最怕的是雨雪天。雨天，田间小路又湿又滑，肩上挑着几十斤重的一担水，脚下一跐一滑，失去平衡，桶里的水就会晃出来，搞不好还会摔跤。雪天，大雪掩盖了地面的高高低低，滑倒了，很容易崴脚。

担水的最难处，是如何从水井里把水提上来。夏天水位高还好说，冬天可就难了！冬季井水的水位会降得很低，夏天时触手可及的水面，会下降至两三米深，扁担加上倒钩的长度都可能够不到水面，只好再接上一段绳子。此时井台和井壁都结满了冰，如何在深井中放倒水桶，令其装满水再提上来，真就是技术活加力气活，弄不好，水桶就脱离了倒钩，掉到井里去了。我开始时臂力不够，就把扁担压在大腿上，借助腿部的支撑，一点点把水桶提上来，后来力气渐增，也可顺利地从挺深的井里提出水桶了。不过，在深井里放倒水桶汲水的技术可是练习了好一阵子，也曾几次把水桶掉进井里，这时就要央求邻居家的大人，把二齿钩子绑在一丈多长的木杆上，从井底把水桶捞出来。

　　正因为深知吃水的不易，我1978年考上大学后，担心母亲年纪大了无法担水，一度打算放弃上学，还是邻居向我保证会帮母亲担水，我才离开家乡去上学。《红灯记》里，李玉和夸奖铁梅"里里外外一把手，穷人的孩子早当家"，那是艺术，又是城市生活，在农村，其艰难苦累的程度是城里人甚或今天的人所难以想象的，在那个时候，哪怕是二三十岁的人，能当好一个家都很不容易！

　　至今难忘的家务活还有一项是磨面。在"分粮食"一节当中，我讲过，每年秋季庄稼上场后，要把口粮分到各家。当时分配的，玉米是玉米棒子，稻子是带壳的，需要各家自行进一步加工，才能变成入口的食物，这当中，碾米磨面是一项很费事的活儿。

　　先说碾米。早期碾米的工具是碾子，就是一个大圆石盘上，安放一个圆筒巨石，这巨石可以绕着圆心转动，以碾开谷米的外壳。我十来岁的时候，经常跟着母亲去邻近的村子碾米，因为那碾子不是每村都有的。碾米时除了要预先借碾子，还要借拉碾子的毛驴。这时都是我牵着毛驴、驮着要碾的稻谷，母亲拿着簸箕等工具去到碾坊。碾米时，母亲一边看着碾子，一边就用簸箕把米和糠分开了。碾完之后，米和糠都要拿回家，那糠可是喂猪的好东西呢！二十世纪七十年代以后，大队里办起了电动加工厂，大米加工就由机器完成了。不过这个也有不便，就是经常白天是没有电的，我在"脱谷与扬场"一节里讲过，那时候往往是半夜才来电。因此，要把稻子加工成大米，也得在半夜来电的时候，起床把稻子挑到大队加工厂才行。来电的时候往往是后半夜，这

生于1958

时月亮也见不大到了，黑咕隆咚的很容易出事。我有一次在半夜里挑着七八十斤稻谷去大队加工厂加工大米，路上因为太黑看不清，一脚踩到车道沟里，把脚崴了。这个时候，即使崴了脚也不能回家啊！我只有忍着脚腕的剧痛，继续挑着稻谷走到加工厂，把稻谷加工成大米，再忍着疼痛，把大米和米糠挑回家。等回到家，脱下靴子，脚腕子已经肿起老高了，再也无法走路，在家里养了好几天才能行动，好在是寒假期间，没有耽误上学。

磨面主要是指磨玉米面，是把玉米粒磨成玉米粉和小碴子。七十年代以前，辽东农村还没有电动磨面机，要磨面，只有靠石磨。石磨这东西，估计许多人没见过。这是由花岗岩雕凿成的家庭必备品，下面是直径约一米五到两米的磨盘，磨盘之上是上下两片组成的直径约半米的磨扇。下面的磨扇是固定的，上面的磨扇有直径约六七厘米的透空直孔，用以填料；磨扇相合的两面由中心向外缘雕出放射状的凹槽，推动上面的磨扇，就会把玉米等磨碎，并洒落在周围的磨盘上。磨面有时会用毛驴拉磨，但"文革"时期，是不允许农家饲养毛驴的，而生产队里嫌毛驴的力气小，在农事上作用不大，也很少饲养，所以磨面的时候主要是人力推磨。我十岁前后最难忘的记忆，就是推磨，也就是抱着磨棍，围着那磨盘转圈子。小一点的时候，一个人根本推不动那沉重的磨扇，我和哥哥会在磨棍上加一条绳子，两个人一个推一个拉。五六十斤玉米粒，一般要磨两三个小时。这么长时间，单调而乏味地转下来，很是累得可以，即使停下来，脑子里好半天都是天也旋地也转的。

166

图三十二　石磨

现今的老家，这样的石磨
已很少见了。北方的这种
石磨与南方的不同，南方
的水磨磨盘上往往有供流
质下流的开口。北方的石
磨磨盘是平的，方便收拾
磨出的粉面。

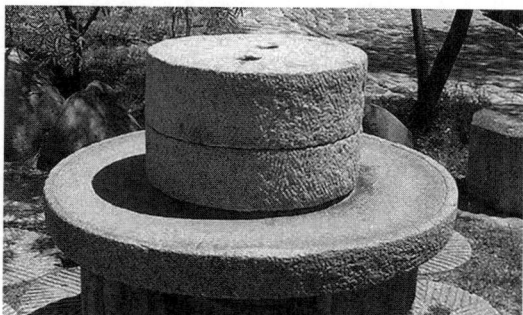

　　磨出来的玉米碎粉，要经过数道工序，形成不同用途的食品
原料。最先是用罗把玉米面和糁子分开，之后再用更细的罗把玉
米面分成粗细两种，细面可与白面混合，用来包饺子，粗面则用
于贴饼子。当年白面极为稀缺，一年每人只能分到一两斤，故此
过年包饺子的时候，那白面里至少要掺入三分之一的细玉米面才
行。过罗产生的糁子还要用簸箕簸过，将其中的玉米皮分离出来，
用于喂猪和鸡，最后剩下的，就是黄澄澄的小糁子了，用于熬粥。

　　磨面之前，其实还有一道必不可少的活儿，就是把玉米粒从
玉米骨子上剥下来。这也是一项要劲儿的活儿。剥玉米粒，可不
是今天我们啃煮熟的老玉米，只要动嘴即可，那个需要手劲，并
且越是丰收，那玉米粒越结实，相互挤得越密实，要剥下来就越
费劲！冬天里，剥玉米粒的时候，一家人围着一个大笸箩，先由
一个有劲儿的人，用粗铁钎子在玉米棒子上穿通几行，然后大家
再用手一点点地把玉米粒抠下来。这钎子用得不当，很容易便会
扎到手，我就曾被它扎过。钎子扎到手指上，起先就是一个黑窟

窿，过半天才会慢慢地洇出血来，那是真疼啊！

剥玉米粒、磨面，都是磨人的活儿。要知道，那时生产队里分的玉米棒子，以一家五口人、每人四百斤计，总共就是两千来斤，还要加上自留地里的出产，都要一点点地剥下来，再上磨磨成面，要多少时间？反正在我今天的回忆中，当时晴天要下地干活，雨天就要在家里剥玉米粒或推磨。当时累得啊，感觉就是暗无天日，此生简直无可留恋！

今天回忆起来，在当年，要支撑起一个家，还要使这个家过得像个人家，还真是不容易。比如说，这家人的孩子出门去，要干净整齐，不能让人笑话；这个家的庄稼和蔬菜要长势正常，不能比别人家的差；这个家的里里外外，要整齐有序，不能破破烂烂；家里住人的房子不能漏雨，鸡窝猪圈之类也应拾掇到位，等等。这些要求说起来容易，背后都是干不完的活儿。比如，猪圈里猪睡觉的地方，上面要有顶棚，不能让猪淋雨。当时的农村，猪圈的顶棚基本上都是稻草编成的帘子搭盖的，每年都要更换。所以我们家每到秋季，在母亲的指挥下，我先是要同哥哥姐姐、后来就我和我母亲两人，坐在地上，用一把一把的稻草，编织出两片长四五米、宽两三米的草帘子，再卷起来，搬到猪圈顶棚的架子上；在棚架上再用稻草把两张帘子合在一起，合龙处以稻草扭结，做出屋脊，以便雨水滑落。干这样的活儿，一般都要两三天。深秋时候，秋风凛冽，双手冻得通红，也无法叫苦，因为叫苦也没用：没有别人替你做啊！

种菜的甘苦

这个种菜可不是今天玩的手机游戏，而是实打实的一整套农活的组合。种菜，春天有春菜，秋天有秋菜。东北农谚有"头伏萝卜二伏菜，三伏种荞麦"之说，指的是秋菜。我记事时，我们那里还有生产队种荞麦，但后来就不种它了，因为产量太低，辽东地区种庄稼只一季，在夏天种植的就只有萝卜、白菜了。

辽东人家，每家都有自己的菜地。这个菜地，实际是宅基地的延伸，是不计算在自留地里的。比如我家的菜地，就是绕着三间草房的三边外围，如同一个"叵"字，那当中的"口"是房屋，其他三边就是菜地了。房子周围的菜地总面积大概有个两亩上下。春天种菜之前，先要检查菜地周围的篱笆，防止日后鸡啊猪啊的钻进去。我们家的菜地周围，有很长一段都是培育的紫穗槐、柳棵子以及各种灌木，这样的地方只要削一些树枝，把空隙大的地方堵严即可；没有树棵子的地方，就要用玉米秸、高粱秸加紫穗槐枝条竖起密实的篱笆。在篱笆之内的土地上，春天要栽土豆与菜根，种上黄瓜、豆角、茄子、辣椒、春白菜、香菜、生菜、葱蒜，夏天收了土豆之后，再种上大白菜、萝卜。成片的土地之外，春天还要在排水沟的两面坡上、篱笆边上种下玉米之类，以便能多有一点收成。为了保证这一点收成，需要多干很多除草的活儿，尤其是水沟边，杂草长得很快，每过三五天就要除一遍，真是烦人得很！

种菜，主要是指秋天的大白菜。种菜之前必做的事情是起土豆。土豆是开春栽下的，到公历7月中已经成熟，要将其从地下刨

图三十三　北方人家的菜地
这种菜地是辽东人家的标
配，基本上都在家屋的旁
边，夏秋时候种的都是大白
菜。看一户人家是否是称职
的农民，看他家菜地大白菜
的长势就知道了。

出来，收好。刨出土的土豆不可被雨淋到，那样容易腐烂。在当时
的农村，土豆是半年的粮食，保存不好，人是要挨饿的，所以各家
各户都要把选好的土豆放在阴凉通风处储备起来，以备过冬。

　　辽东农村，生产队是不种菜的，秋天的萝卜白菜都是各家
种在自家房子周围的菜地里。因为空间狭小，基本上无法使用畜
力，所以所有的过程，包括翻地松土、起垄、施肥、合垄都要靠
人力来完成。辽东的伏天，固然没有上海、北京那么闷热，但大
太阳底下，干起活儿也是挥汗如雨、十分辛苦的。

　　我印象最深刻的，是种菜之前的刨地和起垄。夏季多雨，起
完土豆到种植秋菜，要有十几天的空档，这时节几场雨下来，土
壤就板结了，无法直接耕作，只有把地翻一遍，使之疏松，才可
进行后续的耕种环节。这个过程只能以人力进行，此时就是我与
哥哥一人把住一块，挥动镢头和三齿钉耙，一点一点地将表土翻
起、打碎、找平。全部菜地这样翻一遍，两个人要两天工夫。这

时正是伏天，烈日曝晒，我们为了节省衣服，干这些活儿时都是光着膀子，一天下来，后背就会晒得通红，火辣辣的，几天后就要掉一层皮。其实我是后来才知道，这个叫晒伤，当时却不以为意，觉得脱几层皮，晒得黝黑，才是真正的农民。

这样的伏天，我们在菜地里翻地，当然是又苦又累。那年月，自然没有北冰洋和可口可乐，就是有，我们也买不起。这时候，母亲会尽可能地改善伙食，给我们吃些好的，她还学来制造汽水的方法，自造出"汽水"给我们解渴。这造汽水的方法，是把水烧开后晾凉，适当兑入糖精和醋精，最后加入小苏打。使用糖精和醋精，是因为买不到糖，最关键的是省钱。这些"精"放进去一点儿，就又甜又酸。当时也不知道这是化学合成的，吃多了不好。当加进小苏打的那一刻，水里也会出现汽水一样的泡沫，喝下去，也是酸酸的、甜甜的，有汽水那种微涩的口感，所以我们大汗之后，一口气能喝上两碗。不过这东西毕竟不是真的汽水，喝多了，那个涩的味道就不对，甚至有一点儿让人恶心的感觉，所以，这"汽水"喝过两天就再也不想喝了。当然，两天下来，菜地也翻得差不多了。

到了播种时候，就是我与哥哥在前面拉犁，母亲在后面扶犁，先破土起垄，施入底肥，再打破原垄，覆盖于底肥上，成为新的垄台。所施底肥是上好的人粪尿和猪圈里积的肥，这样才可以保证蔬菜的长势良好。大热天的，要先从厕所和猪圈起出稀溜溜的土肥，在院子里晾到八分干后，再捣细，才能成为肥料。这时节满院子臭气熏天，可也没啥办法，我们只好捏着鼻子，一点

图三十四　母亲和两个儿子
当时我十五岁，哥哥十八岁，已经承担起家内外的农活。母亲四十九岁，手术之后，经过几年的恢复，加上不必再干繁重的农活，母亲的身体明显变好。

一点地捣碎，再运到菜地里。合垄之后，就可以播种菜籽了。其具体程序是，每隔一尺左右踩一脚印，将十余粒菜籽均匀洒入脚印前后两端，之后覆以薄土，适当压实。过上六七天，菜籽就会拱出双子叶的小芽。待其稍长大些，就要陆续间苗，间下来的就是所谓的小白菜。最后，每穴只留下一棵最强壮的菜苗，经过除草、施化肥、杀虫，到秋天才会长成大萝卜与大白菜。深秋时节，各家都会拣卷心不够密实的大白菜砍下来腌酸菜，而把那些长势更好的大白菜留在地里继续卷心，直到初雪的时候，才连根拔起，放进菜窖，成为过冬的大白菜。

薅洋草与卡草包

突然出现这样的语词，估计很多人不明白是什么意思。这是当年我们那儿农村里的两项挣钱的活儿，下面我就详细地解释一下。

薅洋草的"洋"，当时也没有人核实过是哪个"yáng"字，都这么说这么写，我怀疑其实是"薅羊草"之误。所谓薅羊草，就是秋天备好喂羊的草，以备牛羊过冬之用。但辽东地区不养羊，辽东话里既然都是"薅洋草"，我也便以讹传讹好了。

薅洋草的时节是在白露之后，那时庄稼地里的青草已经成熟，茎秆含水量减少，加上天气干燥少雨，打下的青草没两天就干透了，很方便贮存和运输。

不是所有的青草都可以成为"洋草"。一般作为洋草的，主要是马唐草、狗尾草、稗草、狗牙根、看麦娘等。这些草都是猪、牛、马等在春夏之时能吃的青草，因此可以在秋天薅下来晒干，用作牲畜的冬季草料。

这洋草，固然有用镰刀割的，但主要是用手拔。辽东话把"拔"说成"薅"，所以就成薅洋草了。孟秋时节，玉米秀穗，叶子开始泛黄，这时候就是薅洋草的时节，一个个大人和半大孩子，就会钻进玉米地，寻找那杂草浓密的地方，蹲下身来，大薅其草。

薅洋草，我从小学三四年级就开始干了。这活儿很不轻松。那些青草，秋天时草根扎得很深，你要连根拔起来才行。如果图轻松，只薅草的前端，则既不出数量，又难以成捆。所以干这活儿，就要蹲或跪在地上，手指插进草根，一丛丛地往下拔。小孩子皮肉嫩，手指经常会被土石磨破或被草梗刺破。即使如此，也不能停下，因为那时可没有什么创可贴，只有让伤处自己愈合。那时最喜欢的草是马唐草，它密集丛生，一片一片的，你不必下太大功夫，就能薅一大堆。成熟的马唐草又高又有韧性，可以用少量的草拧成草绳，将草打成捆，再将上端打个结，就可穿上扁担挑回家晾晒起来。这样每天中午去打草，周末再打上小半天，十几岁的时候，我与哥哥一起，一个秋天就可晒出一垛几百上千斤的洋草。

晒干了的洋草，不仅可在冬天用粉碎机加工成秕糊，给猪当饲料，还可以卖钱。到了深秋，会有外地人专门来收购洋草，我估计就是买去冬天喂羊的。当时一斤洋草一般可卖三五分钱，如此一千斤就能卖得三五十元钱，对于我们的家庭来说，这可是一笔不小的收入呢！

不仅家里要薅洋草，学校也有交洋草的任务。当时学校里每个班级都有打洋草的数额，晒干了由学校统一卖出，作为每班的班费。所以在秋天的那些日子，学校的操场上晒满了干草，每个小学生中午上学，都会背一两捆自己薅的洋草到学校，交给老师。碰上下雨天气，各班级的孩子们都会在老师指挥下，抢着归拢各自班级的洋草，那情景今天想起来也很感人呢！

我从小学到初中，基本上都是班长，所以薅洋草啊、捡柴火生炉子啊、为学校积肥而捡粪啊，事事都得带头，所以多贡献了很多的气力，这薅洋草的事儿，也因此至今难忘。

现在说卡草包。所谓的草包，是用稻草编制的袋子。当地人称织草包为"卡草包"，卡，既是象声词，又是动词。当年的农村，没有化学纤维的包装袋，装东西的袋子大抵有三类：最好的是布袋，用以盛米面及精细物；次为麻袋，再次为草包，可装稻谷、玉米，草包又等而下之，还用来装沙土防洪。文学作品里常把又蠢又笨的人称为"草包"，比喻其一无是处，其实草包是很有些用处的。

二十世纪六十年代后期，我们生产队里弄来一批草包机，让队里的女孩子卡草包，队里按数量记工分，然后集中交给购买方，得些收入。负责卡草包的多为手脚麻利的女青年。当时我的二姐也要了一台，我们家里便也成了一个编织草包的作坊。

所谓草包机，其实就是一个立起来的织布机，只不过它编织的原料不是棉线，而是稻草。这机器左右有立柱以支撑机架，上下有经轴以承接经线，两脚踏板分别控制木梭和打纬器。编织过程是先在上下经轴上布好三四十条细草绳作为经线，之后左脚抬起打纬器，分开经线，右脚踩动踏板，牵引木梭往返，同时左右手分别送入稻草，由木梭穿入经线之中，然后松开右脚，打纬器落下，将作为纬线的稻草拍实，这个过程就是"卡"。整个过程手脚并用，一直到长约两米的草包片编织完成。写到这里，我很想找一幅草包机的照片，但现在这东西似乎已经绝迹了，网上搜索"草包机"，给出的都是青草或牧草打包机，时代真的是变化太快了！

草包片从机器上卸下来之后，要将其两侧的毛边像编辫子一样编好，使之形成规整的边缘，然后将其对折起来，用夹板夹紧，在夹板上部两侧以粗草绳为纲，用粗铁针纫上细草绳，绕纲绳一针针钉紧，如此一个草包才算完成。以此之故，卡草包的人家，除草包机外，又都有一台草绳机。草绳机都是以稻草为原料，根据入草口的大小，可以纺织出粗细两种规格的草绳，粗的有成人拇指粗细，用作纲绳；而细的直径不过半厘米，用作草包的经线和锁边之绳。

卡草包一般都在冬季，用于编草包和纺草绳的稻草要预先选好，要求是匀整而细高，并将多余的枯叶去掉，只留光滑的主秆。为增加稻草的柔软度，上机前还要用水将其润湿。天寒地冻，辽东农村，屋子里即使有生火，也仍是十分寒冷。就这样，卡草包的人要握着冰冷的稻草，没日没夜地干，而编顺毛边的人要跪坐在潮湿的草包上，一点点地将草包边缘打理光滑，都是十分受罪的。

当时，为了挣这点工分，我们是全家上阵，姐姐全力操作草包机，母亲在家务做饭之外，要纺草绳、钉草包，我与哥哥放学后，就接过草绳机，或纺绳，或编包边，假期如果队里没有安排农活，更是全扑在草包上。当时我是十来岁，纺草绳、编包边，大冬

图三十五　纺草绳的姑娘（栾春彦摄）

如今的农村还有草绳机。我在回乡看望邻居的时候，老人正在家里纺草绳。纺草绳的情景正如照片所示。

天的，磨得手指掉了皮，起了冻疮。尽管如此，我们一家一天也只能编出十几个草包。当时一个草包的成品，队里给记2—3个工分，我们全家上阵，一天也就是30个工分上下，折成现金，是两元到三元，一个冬天干下来总共能挣个百八十元。当时我们生产队大概有六七台草包机，都是我家一样的模式，所以这时候你走在村子里的路上，时常就会听到"咔嚓咔嚓"的卡草包的声音。

我的家园我打理

在农村，围绕每一家住房的，都是这一家的自留地和菜地，它们和房屋一起构成了实实在在的"家园"。一个地道农家的起码要求是，你的房屋可以破，但应干净；你的菜园可以小，但应整齐。所以在母亲的指令之下，我当年放学之后所忙乎的事情中，多半是和这些有关的。比如在春天，就要收拾好菜园的篱笆，这篱笆有的部分是借用草丛灌木，有的则要人工插上树木枝条和玉米秸，再摽上草绳、加上横栏，使之更加结实。之后就是菜园除草。春夏之际，野草疯长，我们是绝不能让它们长大的。这里有个标准，就是人从外面进到各家院子里的道路两侧不可以有野草，菜园的田头地脚不可以有野草。农村有句话，叫"种瓜得瓜，种豆得豆"，是说春天种下一点什么，秋天就会有收获，因此，当年几乎每一寸土地都被利用起来了，有一点空地，都要种上几棵玉米，或是撒上几行菜籽；在墙脚下、篱笆边，母亲也要撒几粒苏子的种子，这样春夏时节就可以吃到用翠绿的苏叶包的苏叶糕，秋天就可以用收获的苏子榨油。种上了庄稼、蔬菜，自然就不允许杂草生长，就给人带来了干不完的活儿。与这些农活相比，每天的扫院子、喂猪喂鸡之类几乎就不算什么了。

我家住的房子，是一座老式的一明两暗的土坯房，已经有五六十年的历史了，其前后墙和山墙只在地基和地面两尺高以下的部分使用石块，上面全为土坯砌筑，屋顶覆稻草。这样的房子每年都要修缮，不仅需要换掉屋顶腐烂的稻草，还要在整个墙面加抹上一层胶泥（和好的黏土），以便保温。

东北各地都有"四大累"的嗑儿，抛开那些过于粗俗的不提，一个比较靠谱的说法，是"和大泥、脱大坯、吹大喇叭、锄大地"。所谓"和大泥"，就是使用黄黏土加水拌和，作为建筑的黏合剂，或者抹在外墙上以便使之光滑、保温。当年我的家乡都很贫穷，一般的人家别说水泥，就是石灰也用不起，因此建房子、砌墙、修畜圈之类，主要是用石块，也有用土坯的，在石块与土坯间用作黏合或填缝的，都是和好的黄泥，墙面也用稀泥抹平，使之光洁。所用的泥土，最好是黄黏土，其次是一般土壤，但不能用砂质土。砂质土松散、无黏合力，被雨一浇就全流下去了。

需要用高品质的黄黏土时，要从远处拉来，否则便是就地取材，挖出大堆黑色壤土，捣细，再在其中间扒出一个大坑，然后浇水，一边浇水一边用锹或钉耙搅和。那黏土遇水便更加黏稠，黏在锹上，甩之不下，所以是越搅和越沉重。搅和的同时，还要往黏土中撒入铡成两三寸长的稻草，以增加其抗拉力和抗压力，其作用略同于混凝土中的钢筋。要使稻草梗在黏土中分布均匀，就更要把土搅和到位，一点懒也偷不得，故此十分之累。

当时一般的人家都用土坯修猪圈、搭盖偏屋。土坯在当时作用十分之大，因其取材方便，较之石料省钱省工，形状方正，便于垒砌，且保暖性能又好，不少人家甚至用它砌墙盖房子。不同于西北的"干打垒"，东北的土坯是预制出来的，其制作过程就是脱坯。

脱坯，是选平整开阔的地面，将和好的黏泥填进坯挂之中，用手填实四角，抹平表面，然后拉起坯挂，一块土坯就成形了，之后紧挨着脱下一块。这些土坯在秋天的太阳下晒干，收垒起来，便可用于砌墙了。所谓的坯挂，是一个长近四十厘米、宽三十厘米左右、高五六厘米的木制模具，使用时要随时用水清洗，以保证其内壁光滑，易于提起。脱坯时要选秋高气爽之日，一气呵成。几百上千块土坯脱下来，脱坯者和填泥者皆是腰酸胳膊疼，十分辛苦！

我从十几岁起，这和泥脱坯的活儿是每年必干的，小的时候是母亲带着，后来就是自己完成了。

每年秋天给墙壁上抹一层胶泥的时候，不仅要自己和泥，还要在墙边搭起脚手架，站在上面抹墙。我们兄弟二人，一个在下面把和好的泥递上去，一个在上面往墙上抹。这个时候，没法求人，只能自己做，因为技术不熟，力气不够，做起来很费劲。当时我也算读了一点书了，书上有"贫贱夫妻百事哀"的说法，而此时我心里就会想，我们这样不就是贫家百事哀吗？幸运的是，在我们的维护之下，这土坯房子为我们遮风挡雨几十年，始终没出问题。1978年，我考上大学，两年多后母亲也搬离了那里。此后不到半年，当地发大水，那房子便被大水冲倒了。据说当时洪水已经漫过窗台，那土房子在洪水中只坚持了不到半小时便轰然倒塌。其实这也正常，那墙壁的土坯都有六七十年历史了，被水一涮，怎能长久坚持？

在二十世纪六十年代，农民们还是很规矩的，各家的菜地都严格地限定在规定的范围，但进入七十年代以后，一边是严厉地"批判资本主义思想""割资本主义尾巴"，另一边，农民们却想方设法地扩大自家的菜地面积，把自家菜地外围的荒地都开垦出来，种上玉米蔬菜，篱笆是一年比一年更往外扩张。对此，队干部们也是睁一只眼闭一只眼，大家都明白，说一千道一万，人吃饱饭最重要。开荒这事儿我还真没做，这不是我觉悟高，而是我小的时候没胆量，长大了在农村没待多久就上学去了，没有来得及。

不过有一件事倒是值得一说。我家的三间草房是坐北面南，房屋后面原本就有两棵大树，一棵是梨树，另一棵也是梨树。这两棵树都是高逾两三丈，主干均有三米多高，一棵粗可合抱，另一棵从根部就分为三株，主干都是粗可二人合抱。两棵大树亭亭如盖，夏天为我家的草房子带来阴凉，冬天为我们挡住寒风的吹袭，但其下光照不足，无法种菜，只好任其荒着，长满齐腰深的野草。

有一年，生产队搞副业，寻找优质梨木制作图章，看上了我家的其中一棵大梨树，母亲狠了狠心，卖掉了那棵独立的大梨树。也许它们本是相依为命的，这棵树砍掉没两年，那棵分为三杈的大梨树也被大风吹倒了。这两棵树结的梨都是酸的，特别适合冬天吃，我们每年都会将摘下来的梨放进铺有香蒿的柜子里，捂上几天，使

图三十六　我家的老屋旧址

我家原来所居住的房子，1980 年前后被洪水冲塌，原址成为菜地。这是我 2010 年回乡时拍摄的照片，但几年后有人在这里又建起新房，并且大大加高了地基的高度以防洪水，这里的地貌又截然不同了。

之又香又黄，之后再拿到集市上卖钱。大梨树一旦没了，这一点收入也就没了，还真是令人伤心。然而应了那句话，失之东隅，收之桑榆，没有了大树的遮阴，我们倒有了开荒的空地。

这块多出来的荒地长宽都有二十来米，为了把它利用起来，我和哥哥花了几天的时间，把这块地深翻了一遍，挖去灌木的树根，又把杂草除掉，把草根拣出来扔到一旁，旁边再开出排水沟。这样建设一过，竟开出了几百平方米的一小块地！不要小看这一块地，第二年，种上茄子、辣椒、土豆什么的，可是帮补了家里好多新鲜蔬菜呢！

这一小块地开荒成功，还有两个额外的收获。一个是蘑菇。草丛里本就长着不少蘑菇，原来我们都没有发现，待成为菜地后，那蘑菇仍是生长，每年的七八月，就会生出来一片蘑菇，够

生于1958

做一顿鲜汤的，这一茬采下来，它还会继续生长。另一个是草莓。一天，不经意间，我发现菜苗中竟有几棵草莓苗，因此有心让它自由生长，到夏天时果然结出若干红彤彤的草莓，尽管数量不多，但是足可解馋。

家中园子边缘的开荒算是小打小闹，那年头生产队里也经常搞些开荒的事儿。二十世纪六七十年代以前，土地开垦并不充分，许多地亩边缘都有不少撂荒地，六十年代后，人越来越吃不饱，因此就希望有更多的土地。因为交公粮是按上级核定的地亩计算的，多开垦出来的土地，打下的粮食就是由生产队自己支配的，所以那些年，池塘的面积一年年缩小，撂荒地也越来越少。我记得，我那个生产队曾组织力量，把一个山沟之间的湿地修成了台田。所谓台田，就是每隔十几米，深挖出宽三五米、深一米多的排水沟，降低地下水位，上面的台地就可以耕种了。那次大规模开荒，造出几十亩良田呢！

那些年，天天喊"以粮为纲"，大规模地搞农田基本建设，又想尽办法提高粮食产量，结果乡亲们仍是每年挨饿。我离开家之后没多久，就分田单干了，此时田亩没有加多，产量也没有飞速提高，人们却吃得饱了，不亦奇乎！

我家的动物群落

所谓的动物群落，是指家中饲养的猪、鸡、鸭、鹅、猫、狗等。它们有的属于家畜，有的属于家禽，有的算是宠物，所以我就以"动物群落"一言以蔽之了。为何要养这些呢？因为需要。它们各有各的大用，用母亲的话说："你支起个门过日子，就什么都不能缺了。"

在人民公社时期，农家是不能饲养马、牛、骡子等大牲畜的，主要是养不起。农民家养的家畜最主要的是猪。养猪，主要是解决用钱和全年油水问题，同等重要的还有积肥。我家在我十来岁的时候曾经养过几年母猪，希望靠卖小猪能多得一点钱，但养母猪太费事费力，不仅要跑老远为它配种，生下小猪时的接生和养小猪也很麻烦，卖小猪的行情又不稳定，所以我们后来就只是养生猪。在年尾或年初买来小猪，饲养一年，到春节前宰杀，以解决家人的全年油水之需，还可以卖出去一部分，以换得一点零花钱。

不仅如此，家中的自留地和菜地都需要这猪的粪肥来提供肥料，所以我们在春天和夏天就要准备大量的熟土来垫猪圈。这种土初春时是化冻时稻田的表土，夏天就是荒地的表土，把它们用铁锹铲下来，挑回家里，放在猪圈旁边，陆续捣碎，填进猪圈，与猪粪混合，就成为品质很高的肥料。这种农家肥每年要起两次，春天起出来，用于自留地的底肥；夏天再起一次，用于菜地的底肥。

养猪，是一项很烦人的活儿。如果买来的小猪品种不好，不肯吃食，它就会在圈里大声嘶叫，对给它的食物闻一闻即掉头不顾，再去拱门要吃的，有时甚至会从猪圈里跳出来，跑到外面去。不吃食，自然就长得慢，又瘦，这时就要赶紧处理掉，以免到年底无猪可杀。我家就曾养过这样的猪，但好在一般的年头，那猪还算争气，可以正常养大。这猪养到立冬的时候，就要给它加料育肥了，母亲一般是喂它玉米皮、米糠混合的饲料，逐渐又加入大豆，以便让它长肥，积累油脂。那些年，我们每年都可以宰杀一头两三百斤的肥猪，卖掉一条猪腿或一扇排骨，把其他部位的肉加盐腌成咸肉，以便全年做菜使用。春节前杀猪那天，对小孩子来说就是节日，因为这一天可以放开肚皮吃肉、吃白肉血肠加酸菜的"东北杀猪菜"。

鸡、鸭、鹅也是一样，养它们，主要是为了下蛋，靠卖鸡蛋鸭蛋维持家里的日常用度。但母亲也会留一些鸭蛋和鹅蛋，腌咸了给我们吃，以调剂一下家人的口味。母亲腌的鸭蛋，成品煮熟后，蛋黄红红的，用筷子一捅，就会流下清亮的油，简直令人垂涎欲滴！

母亲每年都会在开春孵一窝鸡雏和小鸭小鹅，孵的方式，有时是用老母鸡，有时是用棉被保温。孵出来的小鸡小鸭，养几天后，有的卖掉，留一些自己家里养，到了秋天就可以下蛋，这就是秋蛋；转过年，开春还会下蛋，这便是春蛋。春天的鸡蛋品质更好，因为鸡鸭经过一个冬天的休息，春天气温回升，日照延长，鸡蛋的饱满度最好。下蛋好的鸡鸭，母亲一般都会持续养两三年，到它们下不动蛋的时候，才会卖掉，或者在家里来客人时以及春节时杀掉吃肉。老母鸡炖蘑菇或者土豆，可是我们家的一道美味呢！

当地养鸡、鸭、鹅这些，一般不大喂什么粮食，它们自己就会到野地里吃虫子和草叶草籽，但也需要时不时地喂它们些剁碎了的野草和米糠拌和的饲料。因为家里养猪，又养了那么多的鸡、鸭、鹅，所以打猪草、挖野菜就是我的任务了。春耕之后没几天，田里的野菜，包括苣荬菜、苦菜等就长出来了，初生的野菜最嫩，适合人吃，逐渐变老，就只能喂鸡鸭和喂猪了。我放了学，就要抄起镰刀头子、挎起筐篓，到地里挖野菜，挖满一筐，拿回家剁碎了，拌上一点粮食，就成了鸡啊猪啊的美食。

在农村，猫和狗其实不算宠物，它们都有实际作用。养猫，是为了抓老鼠。农村老鼠多，有时大白天的，就会有老鼠在院子里乱跑，这时家里如果有一只猫，老鼠便没有这么猖狂。农村的猫不漂亮，但真捉老鼠，对居家有大用。养狗，是为了看守家门。在我小时候，农村的治安还是很好的，家里的人下地干活、学生上学，一般就是把门关上、挂上锁链就可以了，根本不用上锁。这时候，如果家里有一条狗，就更放心了。

我家在我们小的时候，孤儿寡母，撑起家门过日子，就更需要有一条狗来为我们守卫门户。我家养的狗就是普通的土狗，平时低眉顺眼的，耷拉着耳朵，一点儿都不漂亮，但到了晚上，家门之外只要来了生人，它就会"汪汪"地叫个不停，很有一些气势。养狗还有一个好处，就是可以吓唬黄鼠狼。农村的人家，院子外面就是庄稼地，经常会有黄鼠狼出没。这家伙很狡猾，趁人不注意，就会冲进院子，咬死或叼走一只小鸡，晚上甚至会钻进鸡窝，搅得鸡犬不宁。家里有了狗，黄鼠狼就不敢进来了。我家先后养过猫和狗各一只，从它们幼时养起，直到老得不能动，死后埋在野外。之后我中学毕业，时间不长就离开家，母亲也年纪大了，就没有再养了。今天回忆当年那些家养的小动物，还是觉得很温馨的。

百物可卖的岁月

当年的农村生活很是艰难，对于很多人家来说，最艰难的，一是粮食不够吃，二是没有钱花。我们家里，由于母亲持家有道，每年倒是不会挨饿，但家庭中没有挣钱的人，必要的开支就很困难。一些日用品可以省，但油盐酱醋之类是必须要买的。这个时候，就要想办法用家里的东西去换一点钱。当时凡是能换钱的，都要从家里人的口中、身上、生活里节省下来，拿到集市上去换钱。我当年卖过许多东西，比如树上结的梨、樱桃，地里长出的蔬菜，炕头上育出的地瓜芽子，杀年猪的猪头猪腿，还有鸡鸭鹅蛋、鸡鸭的幼仔、老母鸡、大公鸡大鹅、废塑料之类。

那个年月，除了废塑料、猪皮猪毛之类只有供销社收购以外，卖东西的主要场所是集市。六十年代后期，辽东地区集市还比较频繁，我家周围就有龙王庙、黄土坎、小甸子等三四处集市，每处集市的时间不一样，比如有的是农历每月的初一、十五，有的则是初十、二十，有的是月头月尾。碰到集市之日，人们如果恰好家里有可买卖的东西，就会肩挑手提，大早上走路赶到集上，卖掉手中的东西，再看看有什么家里需要的东西，随手买回家。我跟着母亲，赶过十来里地以外的小甸子集，也赶过更远的龙王庙集、黄土坎集。卖的东西，有时是猪肉，有时是小猪崽子，有时是地瓜芽子，更多的是地里产的大蒜、豆角、土豆，以及鸡蛋、酸梨之类。这些东西，除了鸡蛋有些时候可以很贵，能卖到几角钱一个之外，其他都很便宜，每斤也就几分钱或几角钱，但是赶一趟集，如果能卖个三五元钱，就是可观的收入了。最令人丧气的是，赶到集上的时间晚了，或是卖的东西品质不好，这样就有可能卖不掉，需要原样或剩下大半再挑或提回家，出了大力，又没有卖到钱。

当时卖钱比较多的，都跟猪有关，比如小猪崽、猪肉，甚至半大的生猪。当年一只小猪崽一般能卖三四十元钱，如果家里有一头母猪，它一次产仔十只的话，就能卖得三四百元，是一笔很大的收入了。卖猪肉也比较来钱。我家一般是喂养一头猪，过年的时候杀了做年猪，留出一个猪头、一条猪腿或一扇排骨，拿到集市上去卖，这个一斤可以卖到五六元钱，一条猪腿有十多斤，就可以卖得五六十元。当然也有人家把生猪养到一两百斤的时候卖掉，这样的一头猪，如果卖相好，可以卖到两三百元，算是巨款了！我前面讲过，一个农村的壮劳力，辛苦一年，可能还挣不到两百元，所以会经营的人家，在早期，也就是二十世纪六十年代，还是可以想办法改善家里的经济状况的。

集市在商品经济不发达的时代，帮助农民解决了很大的生计问题，然而到了七十年代，打击"投机倒把"愈演愈烈，集市就走下坡路了，尤其是1973年后，"割资本主义尾巴"的运动声势日益高涨，辽宁更是走在全国前面，创造了名为"社会主义大集"

图三十七　被组织起来赶社会主义大集的农民（栾春彦摄）取消集市贸易是最不得人心的做法，因为在物资缺乏的时代，集市可以让农民得到最基本的贸易交流。"社会主义大集"逼迫人们把自家的所产交给公家，是没有人愿意的，所以只有"组织"才行。

的"新生事物"，集市就更无法办下去了。

　　没有了集市，就断了日常持家资金的来源，在这样的时候，母亲仍然想办法，努力赚一点钱。她听说供销社收购抹布，就去问清楚是什么样的，然后回家来制作。其实那抹布就是用破布缝合起来，做成一尺见方的双层毛巾样，工厂用来擦机床，司机用来擦汽车，这样的抹布每一块可以卖到五分钱或一角钱。母亲问清人家保证收购，回到家来，就收拾出各种破衣服、破被子，将一些多少年不穿不盖的破棉衣、破被子拆洗干净，然后每天一有时间，就坐在炕上，按要求截长补短，缝这些抹布。一两个月下来，也能缝上三五百个，拿去换一点钱，补贴家用。由于母亲的针线活儿好，又不偷工减料，她缝的抹布很受用家欢迎，供销社还专门来向她订货。可惜的是，家里没有那么多的破布，所以这个活儿，也就只好做做停停了。所以我们家的衣服，是大的穿完小的穿，我最后穿过了，再剪裁缝补成抹布，没有一点糟蹋。

当时，为了增加一点家庭收入，家里凡是能卖钱的，都在想办法卖出去；而为了省钱，凡是能自己造的绝不会花钱买。当时的工具，比如铁锹、镰刀之类是需要买的，但木柄（当地人叫把儿）都是自己制作，家内用具更是如此。粮菜之类不说了，就说消费品吧。当年肥皂是需要凭票购买的，数量也不够用，这时母亲就自己做肥皂，方法是使用猪的胰脏加碱混合。现在还有人用食用油加小苏打制造肥皂，但当年不可能如此"奢侈"。当时使用的是当地人称作"碱料"的粗碱；舍不得用猪油，是用猪的胰脏切碎、捣烂后，与碱糅合，团成十厘米见方的块。这样的肥皂确实实用，但泡沫少，也没有香味。买来的肥皂主要用来洗稍微新一点的衣服，因为这样的衣服舍不得狠搓。至于香皂，很多人家是没有的，母亲偶尔也会买一块，因为我有两个姐姐，她们洗脸时会用一下。说到香皂，就想起了化妆品。那个时候，即使是大姑娘小媳妇，也没有什么化妆品，有一块香皂，已经可以炫耀半天，再好一点的，是买一种叫"嘎拉油"的油膏，在冬天时搽在手上脸上，防止皲裂。

说不尽的慈母恩

我家的情况，在父亲去世的前后，农村里有句话形容，叫作"孤儿寡母",是说日子会很艰难。然而在那很多人连饭都吃不饱的年代,由于母亲的全力操持,我们的日子虽然过得也很难,但从没有挨过饿。我家不仅没有缺过粮,饭桌上时不时的还有一点小惊喜。俗话说,民以食为天。人吃得饱了,农事再辛苦,也可以熬过去。从穿的用的方面看,我和哥哥姐姐从没有衣不蔽体的时候,尽管这些衣服都是母亲自己裁缝,或织补浆洗,却从来都是干干净净、整整齐齐的。我家还靠着全家人的努力,陆续买了座钟、自行车、缝纫机,我和哥哥上大学,母亲还想尽办法,给我们每人买了一块上海牌手表。而今回过头看,在那样困难的年月,先是母亲身体力行,接着是两个姐姐做出牺牲,最后是我们兄弟艰苦努力,我们这一家人全靠自己的血汗,还真的是撑住了,熬过来了!我们不仅维持了在当时农村的中上水平的生活水准,更以我们的"出息"赢得了乡亲们的尊敬。

在我写这本书的时候,母亲已经在四年前,以九十四岁的高龄去世。今日我回想起来,觉得母亲的一生太不容易了!母亲的一生固然是平凡的,但又是伟大的。这种伟大就体现在对亲人、对子女的博大而无私的爱,体现在她自强自立、善良正直的生命之中。

她把毕生的心血、无私的母爱全部倾注在每个儿女的身上。在那些艰难的时期,她想方设法让我们吃饱穿暖,我们吃着母亲做的饭菜、穿着母亲亲手缝制的衣服长大,踏着母亲纳制的鞋底走向社会。母亲尽管自己是文盲,却崇尚知识,懂得知识改变命运的道理。虽然家境很苦,但为了子女的前途,她愿意倾其所

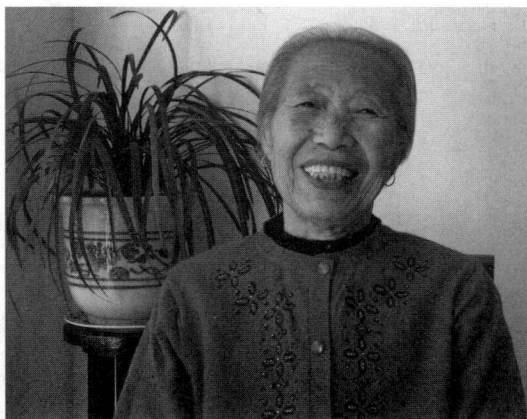

图三十八　母亲的照片
这是母亲八十七岁时，
我为母亲拍摄的照片。
老人家辛苦了一辈子，
晚年总算得享儿孙福，
所以笑得很是开心。

有，支持子女外出读书。在那个宣扬"知识越多越反动"的时代里，母亲的胸襟和担当是一般的农村妇女所无法比拟的。

父亲去世，年近四十岁的母亲为了不受别人的欺压，义无反顾地挑起农业生产的重担，这在同时代的家庭妇女中是仅见的。她起早贪黑，栉风沐雨，在生产队里辛勤劳作，样样农活都做，回到家里也顾不上休息，还要操持家务、收拾自留地、喂鸡养猪，竭尽全力维持家庭经济，更要想尽办法，去多挣一点钱，以便让我们生活得更好一点。母亲节俭朴实，精打细算，从不铺张浪费。家里有一口好吃的，她都要留给长辈、孩子们吃。当年，我八十多岁的奶奶还在世，老人家由我五叔奉养，但几乎每年都要到我家住上个把月，这个时候，母亲就是孝顺的媳妇，不仅陪着老人聊天，有好吃的也是必定先送到婆婆面前。

母亲自己穿的是旧衣服，许多衣服都是补丁摞补丁，却尽可

生于 1958

能让我们穿戴整齐；舍不得用，却把每一分钱都用在我们身上。
不少的农村人家，因为主妇比较懒，孩子的棉衣经常是几年都不
拆洗，里外的汗渍油污厚厚的一层，像是打了铁。我们家不是这
样。母亲每年开春，都把一家人的棉衣棉被全部拆开，在水塘里
洗干净，瘦小了的加肥加大，板结了的棉花都弹过后重新絮过，
再早早地缝好、收起来，准备过冬时穿用。这样的棉衣，我们穿
在身上既干净又暖和，常常引来别人家孩子羡慕的眼光。母亲靠
自己勤劳的双手养家糊口，其无私奉献、吃苦耐劳的优良品质，
给我们做出了示范和榜样，时刻激励我们砥砺前行。

图三十九　母亲与儿子
这是 2015 年春节，母亲九十二岁时，我和哥哥与母亲的合影。彼时哥哥已经
退休，我担任三联书店总编辑。正是由于母亲的教导，我们才得以健康成长，
工作顺利，家庭幸福。如今想起来真是倍思母恩！

　　母亲在农村生活，和睦邻里，经常排解邻居间的纠纷。邻居的大姑娘小媳妇有什么话，都愿意和母亲说；有人家发生了家庭纠纷，也都请母亲出面说和。每逢节日和雨雪天气，不用出工的邻居们都愿意到我家聊天游戏，以打发无聊的日子。母亲还自己学会剪裁衣服，省吃俭用，早早地买了一台"蝴蝶"牌缝纫机，用缝纫机做出来。在没有缝纫机之前，我们穿的衣服都是便服，就是类似于唐装一样的式样，和电影《地道战》中的农民衣服差不多。买了缝纫机，母亲跟别人学会了裁衣服，我们才穿上了所谓的制服。我和哥哥直到上大学，都没有买过一件现成的衣服，所有的棉衣、外衣都是母亲缝制的。邻居们大人小孩要做衣服，只要找到她，她是有求必应，代为剪裁缝纫，分文不取。

　　母亲的一生曾经有过十分艰难的时节，尤其是在父亲去世的开头几年，但她老人家安贫乐道，绝不轻取分外之物，绝不贪图意外之财。我小时候，她就教育我要和邻睦友，不可存自私之心。我懂些事情时，她又教育我要老老实实做事，清清白白做人，为人处世决不要投机取巧。母亲教给我生存的本领，更教育我在人生的道路上，要树立信心，保持积极向上的生活态度；教育我不忘根本，好好读书，遵礼守德。她的谆谆教诲，使我一步一步走向成熟，成为对社会有用的人。而今我一路平安地走过来，更觉母亲的教诲确当而及时。

　　母亲没有文化，也不懂得许多大道理，但她用朴素无华的人生经历和中华传统智慧教育熏陶子女长大，尤其是我和哥哥，可以说，没有母亲的努力，就没有我们的今天。而今我已过耳顺之年，退休在家，女儿已经长大，有了自己的家庭和事业，此刻回忆起当年的艰难生活，就更认识到母亲一生的不容易，更觉得母亲的恩情我们未能报答万一。慈亲已逝，我唯有长歌当哭，把这些文字献给母亲的在天之灵。

五

难忘的家常吃食

人生在世，吃饭是第一位的大事。我在"贫困的乡土"一节只是简单地提了一下当时的吃，就是为了在这里才做详细的介绍。

我1958年出生，第二年开始就是连续三年的困难时期。1959年的前半，人们还在享受人民公社食堂"吃饭不要钱"的好处，但没多久，粮食宣告罄尽，人们就开始了一段无饭可吃的艰难时日。我所居住的辽东地区，尽管不是国内饥饿最严重的地区，人们也是艰难至极。我曾经翻查《东沟县志》，在其《大事记》中，1960年4月记有"县委、县人委在新沟公社召开现场会，交流用糠菜、树叶等制作代食品经验，研究抗灾度荒问题"，12月14日有"《安东日报》载，为补粮食不足，开展向山要粮运动，年内全县共猎取野兽山禽2150余只，其中狼6只、野猪4只、狐狸37只、狍子41只、黄鼠狼51只、獾子72只、野鸡野兔1836只"的记载。人们没有粮食吃，要去猎杀狐狸、黄鼠狼来作为食物，可想而知饿到什么程度了！然而试想，这一点野味，对于全县几十万人来说，够干什么的呢？

因为粮食不够，整个社会都实行"低标准、瓜菜代"，后来人们提起那一段时间，一般都称为"二两粮时期"，就是说，当时每人每天只有二两粮食可吃。其实这也只是一个大概的形容，有许多人家是根本没有粮食吃的，我们那里有的人饿得生了病，甚至因此死去。由于没有吃的，大批人口被迫去往外地。我查《东沟县志》，1959年—1961年，县内人口外流到黑龙江、吉林等省的有66054人，全县人口由1958年的42.4万人减少到1961年的33.7万人。

生于 1958

在粮食最缺乏的时日，父母和哥哥姐姐吃糠咽菜，甚至吃榛树叶子、玉米骨子的芯，也要想办法让最小的我吃上粮食。我出生的前两年还可以吃母亲的奶，后来因为饥饿，就断了奶。我三岁那年，母亲弄到一点玉米面，大人不舍得吃，贴了几个小饼子，专门留给我吃。怕别的孩子饿急了偷吃，母亲便把这饼子挂在房屋高处的檩头上。没想到的是，那个年头，老鼠们也饿得发疯，晚上爬高窜低地找吃的，竟然爬上屋顶，把那饼子全给吃掉了！所以，在我的童年，饥饿给我的记忆是十分深刻的。

1962 年以后的岁月，仍是粮食贫乏、生活艰苦，很多人家的粮食不够吃，要吃救济粮，但我家由于母亲费心运筹、合理搭配，使得我们即使在最困难的时候，也没有断粮。在那些一分钱也要掰成两半花的年代，我家在吃的上面基本不会花什么钱，除了必需的食盐、酱油、糖、醋，和过年时买一点海带，平时买几斤咸干鱼，几乎全部的饭菜都是母亲各种巧为搭配做出来的。那个年代有一段很著名的话，叫作"按人定量，忙时多吃，闲时少吃，忙时吃干，闲时半干半稀，杂以番薯、青菜、萝卜、瓜豆、芋头之类"。最高领袖的话，其实也是当时广大农村农民生活的真实写照，我们家真的就是这么坚持下来的，而有些人家做得就不够好，新粮下来，也不计划，导致很快就吃完了粮食，便有小半年处于半饥半饱的状态。

正是由于母亲的"会过"，在我儿童少年的那段困难时期，我家的粮食都能维持到新粮上场。在那些又苦又累的日子里，是母亲的巧手安排，才可以令我们吃得饱、吃得香，能够把日子一天天地过下去。如今四十多年过去，当我回忆起那些又苦又累的少年生活时，经母亲之手做出来的饭菜便成为那一片沉郁的色块中最难得的亮色。另一方面，那些粮食匮乏的日子里，似乎什么东西都会令人联想到吃，而人们也想方设法地把所有能吃的东西往口里送，一些常吃或不常吃、好吃或不好吃的东西，今天回想起来，仍觉得是美味，颇为向往。

把主粮吃出花样

庄稼人是每天都要干体力活的，肚子里没食就很难保证干活时的态度和质量。对农民来说，每天的主食，也就是所谓的饭，十分重要，不仅要吃得饱，还要能扛饿。辽东地区没有麦子，谷子的种植也不多，粮食作物早期主要是玉米，六十年代中期以后，把大片的河滩平地改成稻田，所以人们的主食也有了大米。除此之外，还有高粱、稗子、红薯（地瓜）、大豆、红小豆、糜子等杂粮，土豆既能当菜又能当饭，可以算是半主粮。这些本地所产的粮食品种不多，那些不会持家的主妇们便是单调地贴饼子、熬小楂子粥、焖大米饭，这样吃，粮食当然消耗得快。而在我的母亲手里，却可以将这些粮食搭配，做出很多的饭食花样，既节约了粮食，又吃得和胃舒心。

先说玉米。玉米是当时最主要的粮食，也是日常饭食的主体。在东北，玉米的吃法，最普通的就是加工成玉米面和小楂子，分别用来做成贴饼子和小糁子粥。但也有不普通的。我家的玉米就有许多不同的吃法，比如，用一部分玉米上碾子简单去皮，加工成大糁子，在年节和不太忙的时节，做成大糁子干饭。尤其是春节前后，把一大锅大糁子干饭攥成一团一团的冻起来，吃的时候，加水烧开，即成稀饭。还可以加工成介于大糁子和小糁子之间的二糁子，这种糁子的形状和大小接近于高粱米，因此母亲常常把它和大米、高粱米组合，做成二米饭，这种饭既有米的味道，又节省了细粮，还挺好吃。典型的小糁子除了煮粥以外，也会同大米、稗子米组合，用来做成米饭。这种"米饭"节省了一半大米，连带着糁子也有大米的香味，我们都很爱吃。玉米面也可分为极细的和一般的两种，细玉米面除了同白面混合在一起，包饺子、擀面条以外，也可以用来蒸菜饺子或包包子，这种细面菜饺子上大锅蒸熟后，颜色金黄，口感也很好；粗一点的玉米面就只好贴饼子了。

玉米还有比较奢侈的吃法，比如在秋天玉米刚刚成熟的时候，可以吃烤玉米和煮玉米。不过用于这种吃法的一般都只能是院子周围、篱笆旁边、田边地头散种的玉米，这种玉米是专为家里的孩子上新粮时解馋的，一般的农家都不会去大田里掰玉米棒子给孩子烤了吃。在那个年代，下班或放学回家，顺手掰下自家院子周围、篱笆旁边的一穗青绿的玉米，除下苞叶，在灶坑的微火上烤得黑黄，啃上一口，也是莫大的享受呢！母亲很能体会我们这些孩子的心情，经常会在我们放学或下班前，提前烤好一两穗老玉米，那个时候，我们嘴里啃着，心里便乐开了花。

在玉米的吃法上，母亲最"豪华"的做法，是用最鲜嫩的玉米为我们做一顿玉米水饭。做这种饭，需要刚成胞粒的嫩玉米，在大锅里用油爆锅后，添汤并放入剁碎的青菜或豆角，水开后，把嫩玉米直接用刀削入锅内，边削边煮，全部煮熟后出锅。端起这种玉米水饭，扑鼻而来的满是玉米的清香，又有豆角的香味和绿色菜叶的点缀，真是又好看又好吃。只不过家里四五口人，以这种做法就要用掉六七棒玉米，母亲认为太浪费，一年也就为我们做那么一两顿。这种鲜玉米水饭，我离开家乡后，就再也没有吃到，心中常常会想念那种极鲜美的味道。

玉米的粗粮细作还有一种方式，就是用它来加工成淀粉。母亲每年都要用几十斤玉米来做淀粉，经过浸泡、粉碎、过滤、沉淀等几个环节，就会产生出十来斤淀粉和差不多两倍重量的细面。淀粉在最底层，其上是细面。那细面是微酸的，一般用来做成酸面条，东北人又称为酸汤子。玉米淀粉是雪白的，用来做咸饭是最好的，此外还可以用来蒸糖三角。辽东的糖三角近似于广东小吃中的粉果，以和好的玉米淀粉擀皮，包上用猪油、花生碎、红糖、芝麻混合而成的馅料，上大锅蒸出来以后，皮是晶莹的白，馅是流油的甜，好吃极了！然而这么奢侈的吃法是不常有的，一年就那么一两次而已。

次说大米。因为我们生产队有稻田，所以按年景不同，每人可以分到一百斤上下的稻谷。一般十斤稻谷加工成大米后能有六七斤，所以比起白面来，当时我们那里吃米还是比较经常的。即使如此，母亲仍是精打细算，米饭（我们那里的米饭是泛称，包括干饭和稀饭）都是来了客人或是农忙时候才吃，再就是有人生病才能吃到。平时做米饭——这里是指干饭——纯大米的时候不多，一般都会掺一点糙子或是稗子米之类的。真正的大米干饭，除了白米饭外，有两种更为好吃。一种是大米加红小豆做出的小豆干饭。这种米饭，是先将红小豆煮到膨开，之后下米，煮熟的大米粒被煮红小豆的水染成粉红，泛着油光，十分好吃。而这种米饭最为好吃的是锅巴，用大铁锅煮米饭，锅底会形成一薄层的锅巴，吃起来是又脆又香。另一种是达子干饭。这达子干饭我下面还会专门说到，此处不赘。东北人很少吃米粉，但会把大米磨成面，用来蒸年糕，或与玉米面混合，烙成牛舌饼，不过这些都只有在过年前后才能吃到。

上面提到白面，这里顺便补充几句。白面在我的少年时期是绝对的稀罕之物，由于当地不种麦子，所以白面都是国家在年节时销售给我们的，不仅数量有限，还要凭票才能购买。我的印象中，当时是国庆节每人一斤、春节时每人一斤或两斤白面，程序是先按人头发面票，之后每家以面票到供销社买白面。1970 年后，我们家两个姐姐都出嫁了，家里只有母亲、哥哥和我三口人，国庆时只有三斤白面，春节时也就五六斤，这一点白面，要用一年，真是什么也不好干，所以我们家春节包饺子，总要往白面里掺进三分之一的细玉米面。这种饺子包的时候必须捏得很紧，但煮熟后，那捏合的边缘往往都化在饺子汤里面了。

再说高粱。高粱是当地排第三的主粮。东北本地的高粱米是黏的，二十世纪七十年代初，上级为了增加产量，要求农民种植杂交高粱，这种杂交高粱虽然产量高，却硬而糙，比较难吃，故此农民不喜欢，风头过去，也就基本不种植它了。本地高粱产量不太高，但是味道好，一般用来做成黏高粱米饭，其形状、味道同南方的糯米饭相近。这种高粱米还被加水磨成面，用来做黏豆包或苏叶包，是东北的特色食品，今天仍很流行。

最后说杂粮。杂粮的产量都不高，但又不可或缺。那些年，像红小豆、糜子米、稗子米之类的杂粮，每人也就几斤或十几斤，所以平常用起来更显金贵。比如红小豆，主要是用来包豆包或苏叶包，做米饭时，一般只抓上一小把放进去，让米饭有个粉红颜色而已。糜子米又叫大黄米，也是黏的，平时根本吃不到，只有到端午节时用来包粽子才会吃到。母亲有时会在做大米干饭时，放进一点大黄米，这样做出的米饭是半黏的，有点南方糯米饭的意思，我们吃起来，那种好吃，已经是叹为观止了。

另外还有地瓜（红薯）。地瓜一般是要煮熟了作为主粮的，有时也会晒一部分地瓜干。我们那里尽管地瓜比较多，但烤地瓜却比较少吃，其主要原因是火不行，烤地瓜最好是炭火，而当地多烧秸秆或草叶子之类，过火之后很快成灰，无法用来烤地瓜。但母亲也有一个替代的办法，就是把地瓜切成片，放在锅边，像烙饼一样烤，这样烤出来的地瓜味道也不错。地瓜最高级的吃法，得算是油炸地瓜丸。其做法是，地瓜蒸熟、去皮、揉烂，加入少量白面或细玉米面，然后揪成一个个药丸大小的圆团入热油炸，成品外表红黄，入口香甜，是辽东过年时餐桌必备之物。如果地瓜太多，吃不完，也可以做成淀粉或粉条，这种粉条韧性好，抗火，口感结实弹牙，只不过地瓜淀粉发黑，看起来不那么洁白漂亮。

蔬菜、咸菜和酱菜

　　在辽东农村，农民自家的菜园子里，蔬菜的品种还是挺丰富的，包括春天的生菜、韭菜、春不老（春白菜）、黄瓜、芹菜、香菜、茄子、辣椒、葱蒜，夏天的土豆、豆角，冬天的大白菜、萝卜、大头菜、南瓜等。农人一般都不会到外面买新鲜蔬菜，有时倒是会把自家吃不完的菜拿到集市上去卖。

　　每到早春，最先泛绿发芽的是韭菜。因为韭菜是多年生，根子冬天留在地里，因此最先展现绿色。城里人讲"春韭贵如油"，我家有三垄地的韭菜，春韭可以随便吃，并且这东西是越割长得越旺，春天适当追肥，长得更快，所以不愁没的吃，多余的还可以拿到集市上卖一些。韭菜不仅可单炒，还可以同其他菜肴搭配，增色增味。韭菜之后，各种春菜陆续有来，比如生菜、芹菜、黄瓜、茄子、辣椒、小白菜、各种豆角等等。有些蔬菜，如芹菜、豆角中的眉豆可以一直吃到秋天下霜。我们那里的生菜同今天超市里的生菜不同，是可以把菜叶子掰下来吃的，随掰随长，可以长到一人来高。芹菜也是。母亲经常掰下芹菜外围的粗壮茎叶，而留下其根部，让其继续生长，直到深秋，才连根挖出，洗净之后腌成咸菜。我当时最爱吃的，是母亲用芹菜和土豆一起炒的芹菜土豆丝，每次一个人就可以吃掉一小盆。蔬菜丰富，人便吃得多，便可以省下粮食。

到六七月份，当年的土豆便可以上饭桌了，这东西既可以直接当主食，也可以同其他蔬菜搭配，作为菜肴来吃。母亲便把土豆与芹菜、豆角、小白菜搭配起来炒着吃，味道很好。农活不太忙的时候，会把比较小的土豆刮皮后，与豆角一锅炖出来，土豆沾了豆角的油盐味儿，直接又当饭又当菜。土豆吃得多，粮食便省下来了，可以在农忙的时候吃得饱饱的。这方面，有些人家就不大讲究，吃土豆只会刮了皮或带皮煮熟，一群孩子围着一盆土豆当饭吃，这样当然不禁吃，没几天地里的土豆就吃光了，接着又要挨饿。

夏天，秋菜种下之后，就不断地会有间下来的白菜苗、萝卜苗可吃，一直吃到秋菜长大。到了冬天就没有办法了。当地传统，冬天时只能吃冬储大白菜、萝卜、土豆之类。这个时候，母亲也尽量让菜的口味更多样，比如在夏秋天就晒制一些干豆角、干茄子、干菜等，冬天把各种干菜水发之后做成菜肴；比如把沙子运入菜窖，将芹菜、香菜埋在沙子里以保鲜，冬天用来调口味。

南瓜的吃法也值得一记。南瓜，我们那里叫倭瓜。每年春天，母亲都会在篱笆、猪圈、草垛的旁边撒上一些南瓜子，之后它们自己就会自由生长，瓜蔓爬得高高的，夏天开花结瓜，秋天有一些长得很大，需要用木板、筐篓之类托住，不然就掉下来了。这南瓜夏秋时就可摘下来炒着吃，或者同豆角混合做成炖菜。秋天南瓜成熟，有一些会长到几十斤重，这就是冬天的主食了。东北人，不会如南方一样做南瓜粥，母亲常把南瓜切成几瓣，每天蒸熟了吃，因为冬天的农活相对轻一些，吃南瓜、喝糙子粥，就算是干稀搭配了。

光是新鲜蔬菜还不够，母亲还想方设法，做出各种咸菜和酱菜，使全家人在最缺乏蔬菜的冬天和春天，也能有可口的菜品下饭，并且早饭、午饭、晚饭的下饭菜有所不同，保证家人吃得好、吃得饱。母亲腌的咸菜种类不少，比如芹菜根、咸黄瓜、咸萝卜、咸豆角、咸大头菜。这些咸菜，别的人家一般都是直接吃，母亲却动心思，对它们进行二次加工，比如用一点油炒熟了吃，如此就不那么单调难吃。

母亲做的酱菜更是一绝。辽东的酱菜与南方的不同，制作酱菜离不开大酱。东北的大酱又叫大豆酱，其原料是大豆、食盐和水。母亲每年都精心挑选饱满无腐烂变质的大豆，经浸泡、蒸煮后，外面包上面粉，在阳光下曝晒，使之发酵。发酵到位后，掰碎，加入食盐和水，放入密封的坛子里进一步发酵成熟，做出的大酱红褐色，且带着光泽。做成的大酱一部分随时配合各种蔬菜食用，就是东北所谓的"蘸酱菜"；一部分就用来制作各种酱菜，比如酱黄瓜、酱萝卜、酱大头菜之类，这些蔬菜，腌过的一般是绿色，而酱出来的就是紫红色，使饭桌上的色彩更加丰富。

说到酱菜，我最难忘的是酱猪头肉和酱猪心。过年的时候，将猪头烀熟后，母亲会先把猪耳朵、猪舌头、猪嘴，以及一部分猪脸肉切下来，放进酱坛子里酱着，过几个月，春耕大忙的时候，再把它们捞出来、切碎，给我们下饭。那酱猪头肉，长期在大酱里浸泡，这时已经变成紫红色，切成小块，再上锅蒸一次，又香又咸，一小块就可吃进一大碗粥。酱猪心的程序也大体相同。今天看，这东西有些偏咸，不太健康，但那年月，四五月份能有一口这么香的肉下饭，除了幸福，哪里会想到别的？

还有鸡蛋。我前面说过，农民家里养鸡，主要是靠卖鸡蛋来换一点零花钱。我们家也是如此，但母亲想得开，需要的时候就会做一点鸡蛋给我们吃。这个"需要"，也许是有人生病，也许是农忙时节。当年，炒鸡蛋，也就是一次打几个鸡蛋，下锅炒成金黄色再端上桌的做法太少见了，除非是家中来了贵客。同样的情况还有煮鸡蛋和荷包蛋。煮鸡蛋大体上只有在端午节时才可吃到，而荷包蛋更是难得一遇，基本上是给来家里帮忙做一些技术性很强的活儿的人吃的。吃鸡蛋，一般情况下，是炒鸡蛋酱，就是用半碗大酱，加水、加一两个鸡蛋，炒出半酱半蛋的形式，可以用来做蘸酱菜的蘸料，也可以直接下饭。有时家里实在没有下饭菜了，母亲也会打一个鸡蛋，放一些大酱，或加一点虾米皮，在锅里蒸一碗鸡蛋酱，一家人用来下饭。这样的吃法，我们也吃得不亦乐乎，毕竟那可是鸡蛋啊！人之欲望在这时已经降得极低了。也由此可见，在当时，像我这样的儿童少年的幸福感是很容易满足的。

最值得一记的，是用鬼子姜做出的咸菜和酱菜。这鬼子姜又名洋姜，学名菊芋，是一种多年生的宿根性草本植物，地下有块茎和须状根，地上的茎叶高两三米。这东西不知是什么时候、由谁带来的，我也是偶然发现在我家屋后的草丛里长出这么一大丛，并发现地下还有一些红皮的土豆一样的块茎。我自己不认识，请教别人，别人告诉我们这东西叫鬼子姜，可吃。从这名称看，我想它应该是外面传来的洋玩意，但不管它了，只要能吃就好。我把它刨出来，洗干净，母亲先是用它做成咸菜，脆脆的，口感很好；后来又把它放到酱缸里，做成酱菜，这回比咸菜还好吃，上了饭桌，它总是最先被吃光的。这鬼子姜还有一点好：每年秋天，只要留一些块茎和根须在地下，第二年它自己就会长出来，又不需要什么肥料，长势比野草还旺盛，所以那些年，这鬼子姜实在是丰富了我家的饭桌。

巧吃酸菜

酸菜是东北地区冬天的主要蔬菜。夏天种下的白菜，随着逐渐长大，每棵菜的间距也越来越大，最终定格在尺半上下，长到 9 月底，绝大部分的白菜已经卷心。这时天气开始变冷，就是每家每户腌酸菜的时候了。

腌酸菜，要选择没卷心或卷心一般的白菜砍下来，而将卷心结实的白菜留在地里继续生长，并且要把白菜的外围的菜叶拢起来，在顶端用稻草捆上，有时候还要盖上一层菜叶，目的是为了防冻。这样的大白菜可以一直长到冬天的第一场雪或者大地上冻的时候，才连根拔出来，放进挖好的菜窖，这就是冬储大白菜。带着菜根，白菜就不会很快干枯或腐烂。

腌酸菜的过程，是先将砍下来的白菜粗粗洗一下，摘去发黄的叶子，然后放进开水锅里，将菜的外围烫煮一会儿，之后捞出来，一圈一圈地码进缸里，每码一圈，都要撒上一把粗盐，直到装满一缸。每年秋天，东北人每家都会腌那么几大缸。由于白菜是被开水煮过的，在食盐的作用下，就会在缸里逐渐发酵、变酸，成为酸菜。

酸菜本是北方人为解决冬季吃菜问题而想出来的办法，其本身并不好吃，也不健康。不好吃的原因，一是很酸，二是很硬，尤其是大白菜的筋络，变成酸菜后，就十分强韧，嚼都嚼不烂。为了让我们吃得舒服，保证营养，母亲在如何吃酸菜方面动了很多脑筋。

首先，是做酸菜时，要保证酸菜的用油。吃过酸菜的人都知道，酸菜这东西，油放得不够就不好吃，而且最好是用猪油来炖酸菜。正是考虑到这一点，母亲在春夏吃青菜的时候，往往做得很清淡，很多时候甚至就只有生的或略焯过的青菜蘸鸡蛋酱，目的就是要省下猪油和咸肉，冬天用于吃酸菜。

其次，是将酸菜分级利用，粗细两吃。母亲会将酸菜外面的几层粗厚的菜帮子剥下来，切碎剁细，做成菜包子，而将菜心的部分用于炖或炒。那菜包子尽管是玉米面的，但由于酸菜已经剁烂，外皮又锁住了那不多的一点油水，所以吃起来也算可口；菜心的部分由于比较嫩白，即使少用一点油，也可以很好吃。这样吃起来既下饭，又不浪费。有些人家的主妇不会这个，拿起一棵酸菜，不分青红皂白，切碎了就下锅，结果是那酸菜又黑又硬，看一眼就没了食欲。

即使如此，母亲仍然在酸菜的细做上下功夫。她切酸菜，不是直接切，而是先纵向将酸菜片成几片，抽出其中的筋络，然后才横向切细，这样即使酸菜有很厚的菜帮子，也都可以成为很细的菜丝，易熟易入味。母亲往往还会买来海带，把海带和酸菜一起炖。海带不吃油，易烂，我们平时一般是吃不到的，所以连带着酸菜也变得好吃了。酸菜最奢侈的吃法，是每年杀年猪的时节，在煮肉的肉汤里炖出来，这种酸菜又香又烂，堪称美味。所以母亲每年都会在这时候煮上一大锅的海带酸菜，这个大锅菜对于清汤寡水的我们来说，简直就是不可多得的美味了。

正是由于母亲对于酸菜的粗菜细做，使我这样一个吃了多年酸菜的东北人，至今仍然没有失去对于酸菜的嗜好，时间长了吃不到，就会想法子吃上一次，不过因为再也没有母亲的那种切得又细又白的酸菜了，所以即使在许多饭店里，吃到的酸菜也都不会令人产生再来吃一次的兴趣。

所谓"野味"

那个年月，真的是吃不到什么山珍海味。说到"野味"，当地人有一句嗑儿，叫"天上龙肉，地上驴肉"，想象那是最好吃的东西。我读过的书上，不仅有《水浒》之类的"切两斤牛肉"的豪放吃法，也有关于山珍海味的，包括什么飞龙、鱼翅、鲍鱼、熊掌的记载，故此，我可以有更多的想象，但乡亲们根本没有这些概念，实际生活中也从未见过。说起来，我们住的地方离大海并不远，直线距离也就十几公里，然而当时的大政方针是"农民以农为主"，渔业不发达，即使有一点海产品，我们也买不起。今天驰名南北的东港梭子蟹，当时基本见不到；有名的东港黄蚬子，当年也很少见，供销社偶尔卖一次，也只能一家人买上两斤，用蚬子肉炒个鸡蛋。那时煮蚬子的汤都是美味，舍不得倒掉，用来做菜汤或者下面条。过年时，能买到一条鲅鱼或者朝鲜明太鱼，那简直就是极端的好东西了。

按理说，我们生在农村，至少"地上驴肉"是可以吃到的吧？然而真没有！那年月，马、牛、驴、骡都算大牲畜，是生产资料，是不可以随便杀的，并且养驴的也少，所以我二十岁前还真没吃过驴肉。当然，牛马之类的肉是吃过的，那是由于牛马或者老得干不动活了，或者受伤如断了腿的，就只好杀掉，然后全村人把肉、骨头、内脏都分着吃掉了，然而那也是"家畜"，不是野味。

以今天的视角，当年那些吃食都是有机的，倒是确实不假。我们吃的蔬菜，都是自己菜园子里的出产；吃的玉米面和高粱米，都是自己碾出来或磨出来的；吃的鸡蛋和猪肉，都是自己家养的鸡和猪。除此之外，如果说还有"山珍"的惊喜，那便是春天的山野菜和夏天的野生蘑菇了。

说到春天的蔬菜，入口最早的其实不是韭菜，而是荠菜，只不过那荠菜是野生的。开春时候，大地化冻，地面最先泛出绿意的就是荠菜。我在小的时候，常常拿着二齿钩子，到野地里去挖荠菜。这时冻土刚化开半尺多厚，荠菜就有几片绿叶露出地面，顺着绿叶刨下去，下面就是手指粗的荠菜根。这时吃的就是荠菜的根。把它水洗、用开水焯过，白白嫩嫩的，炒着吃或者蘸酱吃，都是美味。写到这里，我想起今天市面上见到的所谓荠菜馅的饺子包子之类，其实是名不副实的，起码是没有吃到荠菜最好吃的部分。

随着春暖花开，野菜的种类日趋增多，山葱、马齿苋、灰菜、扫帚菜、苦菜、苣荬菜等春天初生时，都可采来作为蔬菜，有的生吃，有的经水焯过再吃，有的可以有更多样的吃法。春天的野菜还有一种，说是野菜，其实是一种菌藻结合体，我们那里叫作地甲皮，其他地方还叫它地皮菇、地木耳、地见皮、地卷皮等。这东西在春天的小雨之后，就会在山坡地面长出一层，一点一点地捡起来，洗干净，加一点鸡蛋、大酱上锅蒸熟，会泛出油花，味道也很好。

以上说的是田里的野菜，其实真正的野菜是长在山上的。我在十来岁的时候，经常和一群小伙伴一起，走出四五里地，到住家北面的山上去采野菜。山野菜名目多样，比如蕨菜、铧子尖、野鸡膀子、蚂蚱菜、大叶芹等等。其中最好吃的是蕨菜，我们叫拳头菜，因为它刚出土时，尖端蜷曲着，像个小孩子的拳头。其他的还有很多种，不过名字我今天都已经记不起来了。春天采野菜是令人心情舒畅的时候，只不过要小心山上的蛇。当地毒蛇不多见，但小孩子看见蛇还是很恐惧的。野菜采回家来，很少人家会炒着吃，基本上是洗干净了，用开水一焯，蘸大酱吃，讲究一点的，蘸的是鸡蛋酱，要的就是它山菜的鲜味儿。

　　夏天的"野味"要算是蘑菇了。捡蘑菇也要到山上去，并且要在早上露水正旺时上山，不然太阳出来，有些蘑菇就干瘪腐烂了。辽东地方，山里的蘑菇品种比较杂，不如黑龙江那边，都是松蘑或者是榛蘑，单一而高产。我采过的蘑菇，有黏蘑菇、辣蘑菇、鸡腿菇、黄隆伞等。最好的蘑菇叫鸡蛋黄，长在地面上，小小的，黄黄的，就像炒熟的鸡蛋。这种蘑菇在炒或煮的时候，还会出油，味道也很鲜美。新采的蘑菇，母亲往往舍不得直接下锅炒了吃，而是把它们择干净，晾晒成干蘑菇。这种干蘑菇，便是过年时才能吃到的小鸡炖蘑菇的必要材料。

图四十　春天的蕨菜
这种刚从地下发出来的蕨菜，顶端蜷曲着，颇似小孩子的拳头，故
此我们称之为拳头菜。

生于 1958

　　讲到野味，不能不提柞蚕。柞蚕是辽东地方的特产，丹东
的柞蚕丝绸在当年是名声很响的出口产品。柞蚕以野山上的柞树
叶为食物，春夏之交放养到山上，秋天收茧。柞蚕的几种化生形
态，如蚕、蛹、蛾都是美味的食品。蚕在长到手指粗细时可以炒
着吃，将其去掉头尾，翻出内腹，去掉腹腔中的杂物，加辣椒或
白菜，以油煸炒，十分之香。蚕蛾去掉翅膀，用少量油煎炸，
味道同蚂蚱差不多，也很好吃。蛹在缫丝后，已经是熟的，拿回
家里，加盐稍腌，或用油炸，都很味美，当地人不知从哪里听说
的，都相信"三个蚕蛹等于一个鸡蛋"，把它当作好东西，即使请
客吃饭，这个都是一盘菜。

　　今天仍难以忘怀的，是十岁上下的时候，在夏天的雨后，晚
上点着麻秆照亮（因为买不起手电筒，麻秆燃烧的时间长一些），
到田间的小溪里捉螃蟹。那些比我手掌还大的螃蟹，在雨后的晚
上便跑出来觅食，看见火光，便趴在那里不动了，你只要把它捡
起来扔进水桶里即可。顺利的时候，出去半个来小时，就能捉回
半桶，母亲会用它做成螃蟹酱，或者用盐腌起来，晚些时候吃。
那个时候不知道有大闸蟹，只觉得这时的螃蟹就是最美味的。

　　秋天水田排水的时候，用网捉泥鳅也堪一记。秋天水稻灌浆
成熟后，就要把稻田里的水排干，以便收割。这时稻田里的鱼也
跟着水跑向水塘，其中最多的是泥鳅。每到这个时候，我们都会
用纱布或尼龙布制作一个或几个桶形网，把这些网放在稻田的排
水口，那些泥鳅就全钻进网里了。这种网都不必专门看守，只要
过十来分钟去倒一次鱼就可以了，和我差不多大的孩子都很擅长

这个。我们收获最多的时候，一个晚上可以捉到两水桶泥鳅。这种泥鳅不是立刻吃掉，而是放在大缸里，加清水养几天，让它们吐出土味，之后加盐腌过，在秋天的阳光下晒干，之后收起来，等到冬天或来年开春没菜吃的时候，把它用油一煎，脆脆的，是极美味的下饭菜。

雨天捉螃蟹、秋天捉泥鳅，那收获都是令人快乐的。说起来，这些已经是五十多年前的往事了。后来——我这里的后来，是我十四五岁之后——小溪里捉螃蟹和稻田里捉泥鳅已经是奢望，因为农田里化肥和农药的使用越来越多，田里的鱼和蟹已基本绝迹，水泡子里面的鱼虾也越来越少，这不能不令人为之一叹！

过年的快乐

小的时候特别盼望过年。其原因除了可以穿整洁的衣服、可以不干活、可以同小伙伴们游戏作乐之外，最主要的还是可以吃到好吃的，不仅可以吃到平时根本见不到的水果糖，偶尔还会有大虾酥和上海的大白兔奶糖。农村生活，苦熬一年，各家各户最好的东西都留着过年的时候吃，这时我们就会吃到平时再也吃不到的好东西。就拿猪肉来说吧，平时吃的都是咸肉，是炒菜时先煸炒出一点油，用来当作油料使用的，尽管如此，每当有炒菜时，孩子们都是眼巴巴地翻找着菜里的那一点肉渣以解馋。但过年时就不必这样了，这几天里大人孩子都会吃到新鲜的猪肉，彻底解决一年来对于肉的想望。

在我们的家里，母亲从进入腊月起，就开始操持着过年的用品，比如把高粱米、稗子米、大米碾成面，准备蒸年糕；泡上黄豆，准备做豆腐；催肥年猪，准备杀年猪。腊月二十前后，便是每天都在置办年货了：杀猪、蒸各种年糕、蒸豆包、做大糙子干饭、做豆腐、淋牛舌饼、杀鸡、煮肉，等等。到腊月三十这天中午，就会做出十几个菜，每个菜都有一大盆，让我们可以放心地吃。

母亲当年蒸的年糕有好几种，比如黏高粱米面加细玉米面、红小豆蒸出的黏糕，稗子米面加细玉米面蒸出的散状糕，大米面加细玉米面蒸出的发糕，大米面加稗子米面蒸出的丝糕等。尤其是发糕和丝糕，蒸好后满满的一大锅，切开来，切口处全是均匀的小孔，咬一口，细腻而弹牙，十分之味美。牛舌饼也是，那是用大米面加玉米面，加水搅和成糊状，然后以小火热锅，在锅沿淋少许油，之后将一勺面粉糊淋于锅壁，面糊顺着锅壁下流，就成了扁长的一条，状如牛舌，因而得名。说起来凄惨，在最困难的时候，淋牛舌饼没有豆油，母亲就用一小片猪肉甚至咸肉，在锅壁擦一圈。之所以要有这个程序，是因为这样擦了之后，淋的面糊就不会粘到锅上。

可能有人会注意到，我写这些面食的做法，每次都要突出细玉米面，这是因为母亲过年也不忘节约，想尽办法，在不影响年糕品质的前提下，尽量用最少的细粮，做出最多的食品来。每年过年之前，这几种掺了玉米面的年糕，母亲每种都要蒸上一大锅，然后切成小块，放到一口大缸里，送到外边冻着。腊月和正

图四十一　辽东农家的年糕
这种年糕最讲究发面的技
巧，成品以切开后剖面显示
的窟窿眼大而均匀为上乘。

图四十二　牛舌饼
这种牛舌饼是用大米面制作
的，将大米面调成稀糊状，
铁锅烧热，锅壁淋植物油，
将面糊淋在锅壁上，它便自
然流成牛舌状，两面煎至熟
透即成。

月，东北还是冰天雪地，这大缸就是天然的冰箱，里面的东西保
证我们可以一直吃到正月十五以后。这种掺了玉米面的年糕，我
们在正月里吃得不亦乐乎。我也常常想，如果是没有掺玉米面的
该有多么好吃啊！然而，直到我考上大学、离开家乡，也没有吃

217

上那种年糕。

过年对小孩子有吸引力的另一个原因，是这时才能吃到平时难得一见的水果和糕点。当年的农村，自给自足，日常吃的水果，就是梨、杏之类，很少买水果，市场上外地的水果品种也少，主要是苹果，偶尔有香蕉，橘子都很少见。当时所谓的糕点，其实主要是又硬又干的饼干和最普通的面包，吃起来的口感都不如母亲制作的年糕，但因为那是稀罕物，平时吃不到，所以也就越发吸引人，尤其是小孩子，总觉得钱买来的东西才是最好吃的。

辽东习俗，从大年初二开始，人们就陆续开始走亲戚拜年了。当年大家都困难，但不管怎么缺钱，拜年走亲戚起码要带一点礼物。这礼物一般是一瓶罐头、一份水果、一包饼干，更重一点的礼物是再加一份蛋糕或一瓶酒。罐头主要是水果的，具体有桃子的，也有梨、山楂、橘子之类。饼干是最常见的机制饼干，硬硬的，味道也不算好。比较好一点的是桃酥，当地土话叫"到口酥"，口感要好过饼干许多。最好的是蛋糕，当然不是如今天的好利来或什么品牌那样的蛋糕，而是方形的，一小块一小块的，我们称之为槽子糕。这种点心松软而香甜，农村人平时很少能吃到。经济状况更差一点的，饼干也买不起，索性就买一份面包作为礼物。那面包是最普通的圆盘状，直径有十多厘米的样子。这些东西加起来，一般是五元上下，最多也就价值八到十元钱的样子。这样的礼品价格，今天的人会感到不可思议，在当时可是普通人家的一大笔开支呢！尤其是一些辈分低、家里又穷的人家，过年走亲戚送礼是很大的负担。很多人家，有人来拜年，当然也要去别人家回拜，因此就把别人送来的礼物转送出去，这礼物也就周转于不同的人家之中，经常会有一包饼干转来转去，最后又转回最早的人家手中的现象。

尽管如此，流转过程中仍会有一点礼物沉淀于家中。这些苹果啦香蕉啦饼干啦，平时家里是不可能花钱买的，因此小孩子就眼巴巴地看着这些东西，希望大人能开恩让他们解解馋。然而大人呢，他们会留起这些水果点心，以防接下来还需要去看什么人用得着，故此是绝不可能让孩子吃的。

我们家里就是如此。因为母亲在我家的诸亲戚中辈分算高的，过年来拜年的小辈人不少，收到的礼物，母亲会拿出一点来给我们解馋，而把一些相对贵一点的锁在柜子里，以便将来有用。时间长了，水果有变质腐烂的，便把坏掉的部分剜去，让我们吃掉了。至于点心面包之类，有时候，母亲把正月里人家送的面包一直放到二三月的时候，就怕什么时候要送人，这样放着，以至于面包上都长了绿毛。即使如此，她也舍不得扔掉，那时也不知道什么黄曲霉素之类，把发霉长毛的部分去掉，仍是吃了，毕竟那是钱买的东西啊！

难忘的美味

母亲很擅长用平常的食材烹制出好吃的饭菜，有几种吃食，

生于1958

我离家之后，限于各种条件，便再也没有吃到。而今母亲已经过世，我是永远也吃不到了，因此记在下面，作为永远的回味吧。

糕类

东北的年糕，最常见的是年糕、发糕、丝糕，这些东西现今平时都可以吃到，并且全国各地也都大体差不多，这里就不说了，我且介绍几种不常见的。

第一种是槐花糕。我家周围槐树甚多，在6月槐花满枝时，采下未全开放的槐花，去其子叶，只留花蕊，之后与细玉米面混合，加适当水到轻捏成团程度，上锅蒸熟，成品有槐花清香，口感细腻。此糕制作费事，每年仅能吃到一两次。不过要说明的是，这里的槐花，是刺槐，我们那里叫洋槐树的花，而不是国槐的花。国槐的花是纯黄色，有一种苦味；而洋槐的花是白色的，有淡黄色的花蕊，每年开花时节，空气中都有一股浓浓的香甜味道，上好的槐树蜜实际上是这种槐花的蜜。

第二种是柞叶盒子。这种食品的成品外表有些像韭菜盒子，是和面为皮，青菜或豆角为馅，当然馅中加点肉更佳。关键的是，要采来山上的新鲜柞树叶，洗净后，在正面铺面皮，填以菜馅，然后将柞树叶对折，一个挤一个，入锅蒸熟。这个做法同蒸饺有些接近，但由于外面是以柞叶为托，蒸熟后面皮中浸透了柞木的香味，可称至味。多说一句，辽东的柞蚕丝很有名，柞蚕所吃的树叶就是柞树叶，其叶肥厚宽大，富含营养。

第三种是扫帚菜糕。扫帚草本是一种野生杂草，这种草到秋天可以长到一两米高，干透之后，农家常用来扎成扫院子的扫

220

图四十三　柞树叶
柞树的叶子肥厚，富于营养，是柞蚕的食料，母亲用它来制作蒸饺，算是用其所长。

帚。扫帚草初夏时的嫩茎叶可吃，并且很美味，被称为扫帚菜。一般的农家将其采下来之后，是用沸水焯后炒食或凉拌，母亲则把它与细玉米面拌和，制成糕点。其做法是取扫帚菜与细玉米面各半，加少许糖或盐，充分拌和后放入蒸屉，蒸熟后有甜、咸两种口味，总体上是扫帚菜的清香味，很好吃。

第四种是苏叶糕。成品类似于粘豆包，但是以煮熟的红小豆为馅料，适当加糖，以黏高粱米加水磨成细面为皮。采野生紫苏或白苏叶，洗净后包在高粱米面之外，上锅蒸熟后连苏叶一起吃。粮豆的香味浸入苏叶的香味，十分好吃。遗憾的是，在当年买不起白糖或红糖，只好往红豆馅里加糖精，尽管甜，但味道不正，真正好吃的是加糖包出来的苏叶糕。

达子干饭

这是少年时母亲经常做的一种大米饭。所谓达子干饭，是以葱花、咸肉炝锅，然后加水加米煮出的干饭。煮出的米饭，晶莹油亮，既有米香，又有葱香，更有肉香。在蔬菜匮乏时期，一碗饭，便兼有了主食与副食的功能。这饭更好吃的是下面的锅巴。大铁锅结成的锅巴金黄、脆香，加上咸肉烤干的口感，可称一绝！之所以用咸肉，是因东北农村当时鲜有新鲜猪肉，每家冬日杀年猪，都要把肉腌起来，以供未来一年做菜使用。但在做这种米饭的场合，使用咸肉，就免去了放盐，其味道又绝非鲜肉可比。我上中学时，需每天自带午饭。我们班级到午饭时，会实行"共产共食"，大家把自己的饭盒打开后，都放到桌面上，十几个同学围成一圈，想吃哪一个，伸手就是了。母亲为了让我吃点好的，有时会特意做一次达子干饭，为我装上一盒，带到学校。每次我带这饭的时候，打开饭盒，自己还没吃两口，就已被大家抢光了。煮此饭最宜用大铁锅，故此，我考上大学后再无此口福。我平时每思这达子干饭之名来自何处，苦不得解，参加工作后，到新疆出差，吃手抓饭，感觉两者有相通之处，也许是新疆的吃法经蒙满两族传至汉族之中？"达子"也许称"鞑子"更为合适吧。

血肠

如今全国各地的东北餐馆，差不多都会有一道菜，名叫杀猪菜。其中除了酸菜白肉外，还会有几片猪血肠。这菜我也吃过的，其他的不论，就说血肠，真的是不敢恭维。我家那里的风俗，制作血肠，必须在腊月中下旬杀年猪那一天。猪血须新鲜，肠子取猪小肠，肠外的猪油不要去净，翻过来用盐和碱打磨去味，洗净后备用。那边厢，猪血须沥去血块血沫之类，之后加入葱姜、香菜以及各种香料搅匀。煮血肠的汤须是杀年猪煮肉的肉汤。将调味到位的猪血灌入小肠，每截两尺长短，两端系紧后，放入肉汤大锅中煮熟。煮血肠，时间长短十分关键，时间短则不熟，时间长则太老。老乡一般用针测试，针扎到血肠上，稍有血水渗出，大体便可出锅。这种血肠内壁本有油脂，又经油汤烹煮浸润，内外均油润晶亮，切成厚一厘米上下的小段入盘，切面紫红细腻，入口肠脆血糯，再加上以酱油、醋和蒜、香菜等调和的蘸料，那味道，真的是没治了！故此，吃血肠，一定要吃这一天的才是王道。众多餐馆的同类菜品，不仅原料难以保证，更不知放了多久，味同嚼蜡，口感粗柴，又怎么可能好吃？

粽子

少年时期，尽管生活困难，端午节还是要过的，并且是个有说道的大节。在东北农村，赛龙舟那种大热闹是没有的，但挂艾草菖蒲、洗草药水、吃粽子、吃鸡蛋、拴五色丝线、佩香囊等习俗是有的。小时候不知道什么屈原，但粽子是好东西，因为平时吃不到。北方的粽子没有南方那么多的花样，主要是大米的、大黄米（糜子米）的两大类，或单纯用一种米，或两种混合，也有加入红小豆的。由于大黄米是黏米，所以大米加大黄米的二米粽子蘸糖吃，口感最好。家乡的粽子，最出彩的是粽子叶。要包粽子，需提前一天到滨海的芦苇荡里采粽子叶。那芦苇长在海边的泥滩之中，十分茂盛，最高的有丈多高，叶子宽大厚实，基本上一两片苇叶就可包出一只大粽子。采粽子叶是很辛苦的，下面烂泥陷人，上面蚊子众多，但那苇叶新鲜，翠绿欲滴，包出的粽子会有一种长长的清香味儿，绝非眼下超市售卖的那些粽子可比。遥想当年，我六七岁的时候，母亲在端午节的早晨，便为我们在手上缠上五彩丝线，然后我们去池塘里采来菖蒲，加上艾蒿，系上红布条，插在屋檐下以避邪，之后坐等清香粽子上桌，那是何等的享受啊！而今对节日的内涵固然是知道得多了，然而承欢于母亲膝下的时光是再也没有了！

肉冻

这肉冻在北京多被称为肉皮冻，我们那里称冻子。为什么我不称肉皮冻而称肉冻呢？这是由于在我家，除了用肉皮制作肉冻以外，还用猪蹄来做，猪蹄上的胶质更丰富，熬制出来的肉冻质量更好。以前我家那边猪蹄的吃法不多，主要是用来制肉冻。制作肉冻，对肉皮和猪蹄的前期加工都差不多，比如褪毛、去油之类。后期制作上，北京肉皮冻在制作之初便加入各种作料，故此，制成品黑乎乎的，卖相不好。母亲制作肉冻，前期不放任何作料，只是将整理好的猪皮、猪蹄放在瓷盆中，加水，然后坐在大锅里，锅中加适当水，之后烧火。燃料以木柴最好，水开后令其持续咕嘟一阵，就不再续火，让柴草余烬的热量继续保温。以后每天如此，令猪蹄中的胶质充分释放，过程中需持续撇去表面的浮沫。持续十几天后，冷却好的肉汤凝结成冻，便可以吃了。这样制成的肉冻，肉皮和蹄骨沉在底部，略同于北京的肉皮冻，称浑冻；上部的肉冻不是黑乎乎的，而是清亮透明的，称为清冻，切成小块，放在碟中，颤颤巍巍的，咬在口中清爽弹牙，落在地上甚至可反弹起来。这种肉冻吃时可根据喜好，以酱油、醋

图四十四　肉冻与蘸料
母亲当年制作的肉冻不可能复制，这是我后来回东港时在餐桌上拍摄的，其性状比较接近当年的肉冻，蘸料是蒜末酱油，也很地道。

或韭菜花为蘸料，还可加香菜、蒜泥，主料与蘸料绝不混杂，相映成趣，是佐酒待客的上佳之品。

咸饭

少年时，几岁到十几岁的时候吧，我的家乡因水旱田兼有，故此，大米饭隔三差五地可以吃上一餐。但我们那里白面奇缺，最少时每年每人只有不到两斤白面，还需要凭面票购买。因为白面太少，我们平时是难得吃到面条的，只有生病时才可有点特殊化，吃到一碗母亲手擀的面条。我小时候常常感冒生病，不可能每次都有面条可吃，母亲就会给我做一种叫作咸饭的病号饭，以弥补吃不上面条的缺憾。这咸饭又叫片儿汤，做法是，准备好新鲜青菜，以玉米淀粉加水调成稀汤状待用。大锅刷净，以肉丝葱花炝锅，之后加适量水，放入青菜，开锅后用勺子将水淀粉淋在较汤面稍高的一圈锅壁上，旋以锅中沸汤淋向淀粉表面，使之形成粉片，之后立刻将整圈粉片铲入汤中，稍煮之后马上出锅。这咸饭类似汤面，粉白菜绿，十分勾人食欲。粉片薄而滑，又有一定弹性，加上是以鲜汤浇淋而熟，又有汤的鲜味，很适合病人食用。当然，如无玉米淀粉，白薯或马铃薯淀粉也是可以的，只是偏黑而已。小时候，为了吃到这一口，我有时甚至要装一点病，要求母亲为我做这个。由于做这种咸饭也需要大锅，我也有四十多年未曾吃上了，至今想起，犹垂涎不止。

茄包

茄子是我国夏季的主要蔬菜，营养丰富。我们常食的茄子是其果实，各地有鱼香茄子、地三鲜、茄盒、茄丁面等吃法。茄子还可以与其他食材结合，做出丰富的菜肴。茄子固然有很高级的吃法，比如《红楼梦》中就有茄鲞这道菜，令刘姥姥吃过之后直喊佛祖的。我今天要说的茄包也是只在家中母亲做过的。具体做法是，先以肥瘦猪肉（咸鲜肉均可）制成肉馅；之后韭菜切碎末，加入肉馅、少量淀粉及各种作料，制成馅料；然后选长茄子，纵向剖切数刀，注意下部相连，不可切成片；再将馅料满满填入茄子的切口，上锅蒸熟即可。成品便称作茄包，它保留了茄子的本味，韭菜之绿与肉馅之红相映成趣，馅料中的淀粉可锁住味道，而其中的肉汁又可渗入茄子之中，令茄子的味道更加丰富。当年母亲常做此菜，每次我一人便可吃下两三只茄子，甚至忘了吃饭。

图四十五　茄包

鸡血糊

　　小的时候看旧小说，那上面讲要破敌方的邪术时，就使用所谓"乌鸡狗血"，意思是这些东西是至污脏的，但我在生活中的体会却极为不同。我们家里杀鸡时，鸡血是绝不能扔掉的好东西。当时杀鸡的方法，是在鸡的脖子上切开一个口子，放出鸡血，之后才褪毛开膛。鸡血装在小盆里，之后放入适量的玉米淀粉充分搅拌，再加入适量的水以及葱花、料酒、盐拌匀。将铁锅烧热油，爆锅后先加入切成小块的鸡心、鸡胗、鸡肝等煸炒，之后将鸡血糊缓慢倒入锅中，边倒边用锅铲搅和，使之逐渐熟透成糊状，最后加入香菜段出锅。这鸡血糊不同于南方的血豆腐，口感咸香，又有鸡内脏或脆或绵的口感。做这个菜，最好使用新鲜鸡血，并使用大锅，所以离家后也很少吃到。

图四十六　鸡血糊

这张照片也是后来补拍的。鸡血糊最讲究把杀鸡时的内脏，包括鸡胗、鸡心、鸡肝等切碎，同鸡血一起炒。现在的鸡血糊中，已经基本上没有了这些，因此就有一点美中不足。

百物可吃的时光

那年头，人们似乎最怕饿，见到什么东西，第一反应就是"这能吃吗"。经过多少代人的摸索，很多能吃的东西，到我们这一代，已经是驾轻就熟了。在这一节里，我就谈一些即使在那时一般人也不大常吃的或野生或家生的吃食。

第一是榆树芽。这榆树芽必须是初春刚突出嫩芽时采摘。榆树上刚长出绿豆大的叶苞时，是最好吃的时节，我们会拿一只小碗，小心翼翼地把那小芽儿从树枝上揪下来，放到碗里。因为叶苞太小，好半天还揪不上一碗，不过能有半碗就很满足了，拿回家里，母亲会加上一些大酱、打进一两个鸡蛋，蒸出一碗榆叶鸡蛋酱，端上桌，榆树叶的清香会冲破酱香，引诱你立刻伸出筷子。这里多说一句，榆树不光树叶可吃，树皮也是可以吃的。在更早些时候的饥荒时期，村里人就会剥榆树皮吃。榆树皮里含有淀粉，挤压出来可以熬粥。

第二是驴奶头。这是一种野草结的果实，其他地方又叫它羊角菜、婆婆针袋儿、奶浆草，其形状嫩的时候像一个橄榄核，生吃时，会流出乳汁一样的汁水，带有甜甜的口感。这东西的学名叫萝藦，见于《本草纲目》，算是药材的一种，有补虚劳、益精气之效，不过我们当年吃它，纯属图个新鲜，根本不知还有什么药用价值。吃这个，必须是它初结果的时候，一旦变老就没法吃了。

第三是甜高粱秆儿，我们又叫它甜秆儿。当年也知道有甘蔗，但北方没有卖的，有也买不起，为了给孩子们解馋，有时生产队里会种那么几垄地的甜高粱，其作用不是生产粮食，而是让孩子们吃它的秸秆。那秸秆有大人的手指粗细，甜甜的，秋天的时候，每个孩子砍下一根，抱着它，从根部开始啃起，就像南方的孩子啃甘蔗一样，只不过这种高粱秆细一些。差不多的还有甜玉米秆。一般没有结玉米棒子的玉米秸都有一点甜味，有的粗一些，有的细一些，农民收割的时候，经常会砍下一棵没有长玉米棒子或玉米棒子很小的玉米秸，大人孩子都当作甘蔗来啃，以咂巴那点儿甜味。

第四是山里红。这是一种近似于山楂但比山楂小很多的水果，主要分布在北方地区，果实是深红色的。深秋时候，树叶落尽，山里红的果实还挂在枝头，红艳艳的十分好看。山里红同山楂一样，也有消食积、化滞淤的功效，但我们就是拿它当作秋天的水果，或者爬到树上一边揪一边吃，或者等它落到地上，收拾起来冬天吃。其味道酸中带甜，有的还是面面的，口感甚佳。

　　第五是炒黄豆。当年的农村人一般吃不到葵花籽，有时以南瓜子代替，有时就以炒黄豆来打发节日期间闲聊的时间。黄豆，就是大豆。大豆富含油脂，炒熟之后有一种豆香味，咬起来又是脆的，很多人爱吃。但大豆是好东西，很多人家根本舍不得炒来吃，但孩子闹着要吃，大人万不得已，只好炒一点大豆，同时掺进一些玉米，这样一个锅里炒熟，使玉米也带上大豆的香味，便更禁吃一些，冬天无事时，很多人好这一口。有的人家这个也吃不起，逼得一些孩子只好去吃豆饼。豆饼是大豆榨过油之后的干粕，是农村里买来喂马的。喂马时要先将其烘熟，烘熟之后的豆饼也有一股炒豆的味道，因此引得一些孩子到生产队的饲养员那里大嚼不止。炒黄豆，我是有许多年没吃了，前些年海底捞餐厅很火，去吃饭的人经常需要等位，那知客便给等位的人小半碗炒黄豆，让他们一边嚼着炒黄豆，一边等位。我有时去海底捞，也享受到这个待遇，此时对于炒黄豆真有一种久违的亲切之感。

　　第六是栗子，也就是板栗。当年我们周围板栗很少见，只有距离我家不远的一家邻居家里，长着几棵栗子树。那栗子树十分高大，树干直直的，结的板栗不多，但是不可能上去摘下来，每到秋天，只有等它自己爆开外面的硬壳，里面的板栗掉到地上。那家人家有此奇货可居，看管得很紧，尤其不让小孩子靠近，到了栗子成熟的时候，人家自己每天早晨先在树下寻找一过，把落地的板栗捡走。但百密一疏，总有落在草丛里的板栗不被发现，这时我们这些小孩子就会趁机钻进去，到处寻觅，找到一个小板栗，就是寻到了宝，细心品尝那甘甜的果肉。而今辽东地区大力发展板栗，我回乡时，看到漫山遍野都是栗子树，现在的小孩子应该不会把这个当作稀罕东西了吧？

第七是榛子。我家北面一两公里外，就是一群低矮的小山，山上长了不少的榛树，我们那里称为榛柴棵子。三年困难时期，因为粮食不够吃，很多人便把榛树的叶子撸下来，揉碎了，同玉米面拌和起来吃，这也导致那几年之后，当地的榛树日渐减少。榛树秋天会结果实，这就是榛子。榛子的大小有如小孩子玩的溜溜球，直径一般在一厘米上下，砸开外面的硬壳，里面就是略带甜味的果实。由于榛树少，结出来的榛子更少，所以小孩子上山能找到一棵结榛子的树，可就乐死了，那时候吃一颗榛子，简直就是今天的高级点心。

前面说了，当年的人们有些饿怕了，看见似乎可吃的东西都会往嘴里送。其中有一些是真的好吃，比如某些野生浆果，包括黑天天、刺玫果、山丁子、山树莓、灯笼果、臭李子等。黑天天学名龙葵果，田间地头都有生长，果实熟透后呈黑褐色，可吃，味道甜酸，有镇咳、祛痰的作用。山丁子俗称糖李子，多生在山间杂木林中，果实为红色或黄色，味道甜酸，营养成分很高。山树莓又叫托盘，植株为高一两米的灌木，成熟的果实为红色或橙黄色，上面有短绒毛，味道也是酸甜的，口感很好，新近的研究说这种浆果有助于提高免疫力，具有比较好的美容养颜、延缓衰老的作用。说来可乐，今天的养生专家经常建议人们多吃坚果、蔬菜之类，说它们营养丰富，有益健康。我当年吃了许多野菜以及或坚或不坚的野果，但那都不是为健康，而是为了填饱肚子。

图四十七　榛树叶与将熟的榛子
榛树叶比较细柔，可以搓得很细碎，拌入玉米面可以当粮食吃，当年救过很多人的命。成熟的榛子圆圆的，硬壳里包着果实，是好吃的野果。

当年确实吃了很多家养的或野生的动植物，但我有一个原则，就是不吃猫肉，野物不吃狐狸、黄鼠狼之类的肉，即使如此，有一些东西真的不那么好吃。比如有一年，我在搂草的时候，看到野地里有一只死了的老鹰，就捡回家里，让母亲炖了吃。结果炖了好长时间也炖不烂，最后等不及，拿出锅，试了试，实在是啃不动，味道也不好，只好扔去喂狗了。

这里讲了这么多的吃，意在说明在那艰难的时代，有一口好吃的有多么地重要！我这一代人，对饥饿的体会太深刻了，因此关于美食的概念也与许多人不大一样，要更传统一些。我第一次吃到不同于辽东口味的菜肴，还是上高中时班主任黄老师的手艺，那是一道栗子鸡，是把板栗同鸡肉一起烧出来的。板栗我以前也吃过的，但做成菜肴，这是第一次吃，感到十分新鲜。后来上了大学，开始的一两年，学生食堂的伙食很差，每天就是半煮半炒的土豆加高粱米饭，还不如农村家里的饭菜。这样的日子过了一年多，我们考古专业的学生在 1980 年的上半年去张家口实习发掘，在北京短暂停留，这时黄凤炎老师已经到北京的社科院哲学所工作，在北京全聚德烤鸭店请我吃了一顿烤鸭。那是我所吃到的最美的美味，然而烤鸭虽香，我吃了两块就被腻住了，无法再吃，可见贫困的肚皮是无法享受太多肥甘的美味的。还有我心心念念的驴肉，是等到工作以后，某一年到山东出差才吃到。

　　在很多人吃不饱饭的年代里，母亲的全力操持令我们能吃得饱，这已经很难得了，但这毕竟是形而下的享受，我整个少年时期真正的享受，是能读到好看的书。这个愿望在当时很难实现，也因此更有了想望的空间，而每当得到一本哪怕是破破烂烂的书，我或是囫囵吞枣，或是细细品味，那快乐还真的不是一顿饱饭所能比得上的。

六

难能读书

　　读书，在今天是一件多么自然的事儿！然而，在我的青少年时代，读书还真的不容易，有着现在的人难以想象的困难。这困难，首先是无书可读。在偏僻的农村，文化落后，各类图书本来就少，在那"大革文化命"的十年里，能读的书差不多都被烧掉或被禁了。其次是没时间读。如果你看过本书前面的文字，你就会明白，一年里，要在家内家外干那么多的农活，哪里还有什么空闲来读书呢？最后是有很多人管着你。家里长辈要督催你干活，学校老师要批评你看课外书，还要防着有人举报你看"反动书刊"，所以，如果难得能找到一本书，就不能不如饥似渴地偷偷摸摸地赶紧读完。在这样严酷的条件下，也许是天性使然，我对文字的热爱胜过其他所有的一切，从几岁时开始，就想尽办法，去阅读所有能接触到的图书和文字。我在这方面的私人经历很值得在这里说一说。

始于"墙报"的阅读

　　人生阅读肯定要从识字开始。我的阅读史要回溯到六十年前，具体年头记不清了，但是有一个标志性的事件，就是父亲的逝世。父亲去世时，我还太小，只有四周岁，个子比家里火炕的炕沿高一点点。至今保存的一点记忆是，我站在家中火炕前的地上，看着躺在炕上的父亲，同我视线平齐的是父亲凹下去的眼窝。所谓幼年丧父，这个场景如此鲜明地定格在我幼时的记忆里，以至于童年的其他记忆反而淡化了。

我的父母，甚至往上几代的祖先都是纯粹意义上的文盲。按母亲的说法，父亲的去世反而成全了我的读书。照父亲的性格，是不容许儿子不干农活而去看书的，作为一个道地的农民，他一定会要求他的儿子成为干农活的好手。可以想见，如果父亲还活着，我真就未必能够读那么多的书。

父亲去世后不久，正上高中的大姐因为肺结核而辍学在家。她有病体拖累，不能做别的农活，母亲便让她在家里做饭、照顾家务，自己到生产队里干活挣工分。正因为如此，大姐就成了我的启蒙老师，闲来无事，她便在家里教我认字。童年的我，还真的是对文字情有独钟，基本上是教过的字便过目不忘。今天回想起来，那时认字的热情真高啊，每天看姐姐没事了，就缠着她教我认字。一段时间学下来，我在上小学前，已经认识了不少字，在生产队内外都小有名气。大家都说我认字多，哪怕用手指在我的后背或头顶划拉出个字，我都能读出来这是什么字，因此有不少人都来试验，在我的头上和后背写字让我认。那时识字的人少，认识的字也不多，写出来的字更简单，我基本上都可以念出写的是什么，故此就传得更厉害了，而我自己为了保持能认字的荣誉，也想方设法去认识更多的字。这样两三年下来，我也认识了千八百个字了，以至于上小学时，发下来的一年级课本我基本上可以通读，只是个别字的读音需要老师纠正一下。

当时根本没有什么少儿读物，说来也许有人不信，我最早的

图四十八　母亲与两个姐姐
两个姐姐为我们的成长付
出很多。大姐是我的启蒙
老师，二姐小学没读完，就
回家挣工分，帮助母亲操持
家务。照片里的大姐那年刚
刚二十岁，二姐则只有十三
岁，转过年二姐就辍学回
家了。

课外阅读，其实是从读"墙报"开始的。这个"墙报"，确切意思
是"糊墙的报纸"。想当年，认得几个字，便要找东西看。今天的
儿童有数不尽的图画书、童话书、儿歌书可读，那时哪有给小孩
子看的东西啊！不过这也难不倒我。我的一个习惯，就是去到哪
里，便去看人家糊墙的报纸，从那里寻找能读的有意思的内容。
辽东的农家，一般是土坯砌的房子，房屋内壁都抹着一层黄泥，
为了让屋内亮堂一些，要在泥墙上再裱糊一层报纸。有些人家住
得久了，每年裱糊一次墙，那报纸便形成了厚厚的一层纸壳。当
年，这些糊墙的报纸就是我的启蒙读物。

　　想起来也怪有意思的！那时候，我一个六七岁的小孩子，
到了别人的家里，一般都不和人家的小孩一起玩耍，却只顾盯着
墙上的糊墙纸看。站在地上看不够，还要脱了鞋，爬到人家的炕
上，抻着脖子看高处的文字，引得邻居们啧啧称奇，说老翟家的

生于 1958

那孩子真有意思，到哪儿都不惹事，只顾看字儿。从糊墙的报纸上，我六七岁时就知道有亚洲非洲，知道非洲有个刚果（金）（今天的刚果民主共和国，首都金沙萨），还有一个刚果（布）（今天的刚果共和国，首都布拉柴维尔），那里的黑人反对殖民侵略，要求独立；知道了印度支那战争、越南战争，这大概是 1964 年、1965 年的时候。

我至今记忆犹新的是，我家后面不远，就是 1958 年人民公社成立后大办食堂时的生产队食堂。食堂兴旺时，做了简单的装修，不仅土墙糊上了报纸，甚至用报纸吊了顶。食堂后来办不下去，停了有好几年了，这里也没住人，门大开着，里面堆满了稻草和各种废旧杂物。我认字后，这里就成了我的乐土。那些糊墙的报纸也不知是从哪里买来的，其中竟然还有一些给小孩子看的报纸，上面花花绿绿的，有图有字。这个世外桃源一样的地方深深地吸引了我，一有机会，我就钻进那所房子，看那墙上的报纸。有的报纸是糊在顶棚上的，我就爬到稻草垛的最上面，去看棚顶那些报纸。为了看清高处的精彩故事，我要大仰着脖子才行，而如果碰到天棚的另一侧有好看的故事，就最希望下面有一垛稻草或有个梯子了。

我看这些报纸，对数字不感兴趣，只看连载的故事和插图，什么菜青虫啊、蚂蚁寒号鸟啊、地球宇宙啊，等等。从这里，我知道了瓢虫（我们当地叫花大姐）有七星和二十八星的区别，还知道后者才是害虫。当时读到的这些内容给了我很大乐趣，我过了很久之后才明白，当时看到的报纸是少年报，那些文字就是报上连载的童话故事，至于那些故事的作者是谁，当时我是不知道的。后来做了出版工作，才回忆起来，当时看过的童话，正经是著名作家严文井、金波、叶圣陶等人的作品呢！

这样的读"书"其实很不轻松，因为是糊在墙上的报纸，有些好看的内容要么被糊死了，要么转另版，无法看到。最可气的是，一些好看的故事是连载的，我看到了其中的一部分，有的正在有意思的时候，后面没有了，然后在墙上、屋顶找了半天，也找不到接下来的故事，只好无奈地罢休。

小人书

1966 年秋，我八周岁，该上小学了。当时为照顾小孩子就近入学，在我家附近的泡子沿生产队建了一个分校点，我的"小学生涯"的前三年，就是在这个分校点上的。这家的屋主是复员军人，当时是公社医院的书记，因此他家的房子比较宽敞，也能借给学校使用，至于有没有租金，我们小孩子是不清楚的。那是一所比较宽敞的房子，也是一明两暗，屋主的家人住在东屋，西屋就是我们的教室。附近三四个生产队的孩子挤在这里上课，一边是一年级，另一边是二年级，这就是所谓的"复式"班。一位女老师，这节课给二年级上语文，下一节课便是一年级的算术。这边上课，那边自习。这种形式说互不打扰是假的，但基本上可以相安无事。

生于1958

　　因为一二年级课本上的字我全认识，所以在上学时全无压力，反而觉得无事可做，也因此，我在上学的村子里，有了一个重大的发现：分校旁边一家人有"小人书"（当时的人用以称呼连环画）！这家人姓鞠，儿子名叫鞠厚成，在吉林省四平市工作，是挣工资的工人，但估计他识字不多，故此陆陆续续地买了好多的连环画，给自己在老家的孩子看，"文革"中"破四旧"也没有烧掉。有此发现，我得空便总往人家跑，去了就眼巴巴地站在屋里的地上，想要看那些小人书，却又不好说出来。那家的老太太当然知道我的目的是什么，也许是被我的诚心打动，他家本是逢年过节才拿出来让大家看的小人书，我去了，她就会拿出几本让我看。有这样的好事，我更是一有机会，就跑到人家那里，趴在他家的炕上看小人书，看得如痴如醉，到了吃饭的时候都不回家，要母亲找上门来，拉着我的耳朵，才不情愿地离开。

　　这些小人书为我开辟了新天地。其中不仅有古代和神话题材的《桃园三结义》《大闹天宫》《野猪林》《武松打虎》《孙悟空三打白骨精》《宝莲灯》《三打祝家庄》《梁山伯与祝英台》《牛郎织女》，还有当代题材的《智取威虎山》《王二小放牛》《邱少云》《小兵张嘎》《半夜鸡叫》《我们村里的年轻人》等等。和读"墙报"不同，小人书不仅能认字，还有故事情节，有美与丑、善良与凶恶、英雄与叛徒等的对比，书中的一些人物形象我铭记在心，久久不忘。比如看《智取威虎山》小人书是在看京剧、电影之前，因此很早我就知道了杨子荣、少剑波、坐山雕，并直接影响我在三四年级找到《林海雪原》小说，过瘾地看了一遍。我至今感恩那家的老太太，在我阅读饥渴的时候，为我提供了最好的食物和水。

我小学一年级的时候，"文革"就爆发了。在"大革文化命"的初期，小人书成为我生命中最重要的东西。当然，我那时候不懂什么美术风格、技法，但也可以看出每本连环画具有不同的绘画风格。我后来才知道，一些美术大家，如戴敦邦等，在"文革"前都画过连环画，而我看过的，有不少正是他们的作品。其中的人物形象，如关公、林冲、宋江、李逵、宝玉、黛玉等，极为鲜活，一直影响到我很久以后的审美倾向。

这个时期，我的读书主要是看连环画，但也有例外，这就是陶承写的《我的一家》。这是我读过的第一本真正意义上的"书"，然而这又是一本很长时间不知书名的书。这本书是我在父亲的木匠工具箱里翻出来的。我想大概是父亲的工友，不知是谁、因为什么机缘，把这本书落在父亲的工具箱里的，因为父亲是个不识字的人，他不可能买或者收藏这样一本书。书很破，前后几页都没了，书脊也没了。我当时还是二年级学生，得到这本书，如获至宝。因为这不仅是一本有完整故事情节的书，而且书中所有的文字都附有拼音，故此我可以用它识字兼读书。

书中以母亲自叙的方式，讲一位母亲在丈夫去世后，带着几个子女艰难生活并从事革命活动的经过。因我也是幼年丧父，母亲抚养我们姐弟四人长大，故此对书中的母亲极感亲切，也极为钦佩。我从书中知道，作者的丈夫欧阳梅生是共产党员，1928 年由于劳累过度而突然逝世。她的儿子欧阳立安在上海被国民党反动派杀害，另一个儿子欧阳稚鹤则是十六岁就牺牲在抗日战场上，她的小儿子后来也参加了革命。

这本书我反复看过几遍，对书中人物"我"、欧阳梅生、欧阳立安和欧阳稚鹤始终念念不忘，很想知道他们在历史上到底是什么人。这个愿望后来在读鲁迅《为了忘却的记念》时，部分地找到了答案。从这篇文章的注释中，我得知，欧阳立安是与胡也频等"左联"烈士同时在上海龙华遇害的，他生前是中共领导下的上海总工会的青工部长，牺牲时年仅十七岁。作者的丈夫欧阳梅生也是共产党员，与毛泽东一起闹革命，曾经担任中共湖南省委秘书。

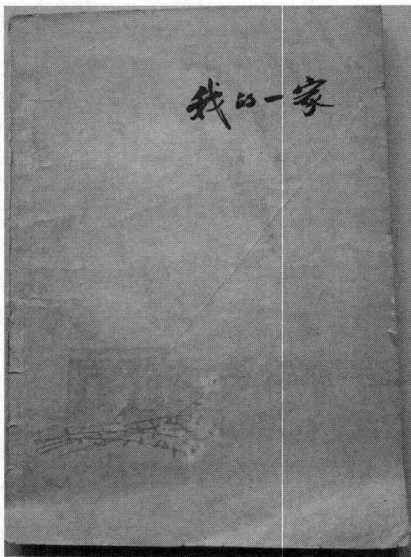

图四十九 《我的一家》书影

这本始终不知书名的书是我的一个心结，但早年无处可查，后来还是在网络上查到，书的名字叫《我的一家》，作者陶承是挺有名的女革命家，同周恩来和邓颖超都很熟悉。她在新中国成立后写了这本自传性质的书，后被改编为电影《革命家庭》。这个电影我始终没有机会看到，但这样的一本讲述一家人为中国革命事业前赴后继的书，给我幼小的心灵一个强烈的影响，就是无论做什么事情，都不能怕困难，要努力去奋斗。

看"大书"的经历

由于识字早且多，在我上二年级的时候，已经可以在语文方面帮老师辅导一下一年级的小兄弟们了。因为是复式班，有时候老师要去忙别的什么事情，就让我帮着辅导一年级的学弟们朗读课文。这时候，我就拿着课本，自己读一句，让一年级的小孩子跟着读一句，正经像那么回事儿！在这里，可以毫不夸张地说，从小学到中学，语文这门课程，基本上我就是"免修"的，新课本发下来，我把内容翻一下，基本就是找一下哪几个字我不认识、哪些课文我没看过，因此需要请教老师一下，还有就是要根据老师的要求，去归纳一下中心思想、修辞手法之类而已。

小学时候所上的课程中，音乐、体育、美术是有的，但都是了无情趣：音乐课学唱的是语录歌；体育课就是跑步，顶多扔几下篮球；美术课也乏善可陈，我在四年级时，美术课还教书法，但没上两堂课就没有声息了，整个小学时期我最清晰的记忆，就是美术课上画了一辆坦克。因为没有合格的音乐、美术教师，所以学生学得也不起劲。小学时候，真正意义上的"上课"，也就是语文、算术。我本来对语文最有兴趣，但三四年级以后，课本里都是政治口号，再有就是毛主席语录和英雄人物事迹，修辞语法引用的例证也都是毛主席的话。所以这些课本，我基本上是新书发下来之后看一遍，以后就是上课的时候应付老师的提问，实难反复阅读。

不看课本，看什么呢？看"大书"。那时所谓的"大书"，是相对于"小人书"而言的，主要是指古典的和现当代的中长篇小说。小学三四年级以后，小人书已经满足不了我，我因此开始了看"大书"的冒险。我家世代文盲，自然是没有这些个所谓"大书"的，所看的书主要来自两个方面：一是哥哥借别人的。大我三岁的哥哥此时已经上了初中，经常会把从同学那儿借来的"大书"带回家看，这个时候就便宜了我，我会和他抢着看，并且因为着急，往往会比他先看完。二是我自己找别人借。打听到谁家有"大书"，我就会经常往人家跑，直到把书借到手为止。有时为了借到一本好书，还要帮人家做一点事情。我上五年级的时候，打听到附近的碴子山生产队里有一家有《红楼梦》，但轻易不外借。我窥测了好久也不好开口，最后是找到机会，帮人家打了一天的茬子（玉米的根须部分，秋收后留在地里，第二年春天用二齿钩子敲出来，用来烧火煮饭），才如愿借到手，这是我第一次看到全本的《红楼梦》。

以这种方式，到初中毕业，我竟然也读了不少的书，比如古典四大名著基本上都是这时候初次读到的，其他还有，古代的如《镜花缘》《说唐》《隋唐演义》《说岳全传》《封神演义》《小五义》《二十年目睹之怪现状》《儒林外史》；现当代的如茅盾的《子夜》《彩虹三部曲》、巴金的《寒夜》《激流三部曲》，以及《苦斗》

《林海雪原》《平原枪声》《烈火金刚》《苦菜花》《迎春花》《死水微澜》《艳阳天》《欧阳海之歌》《六十年的变迁》等；稍微出格一点的，还有《六月雪斩窦娥》《九命奇冤》、插图评话本《西厢记》之类；很难得的，偶尔还有外国文学的翻译本，但多是苏联的，比如《钢铁是怎样炼成的》《茹尔宾一家人》。当然也有例外，比如《堂吉诃德》，比如《哈克贝利·费恩历险记》。后面这本书是哥哥借他的同学的，我也囫囵吞枣地看了一遍，记得很清楚。这本书的封面是繁体字的，但当时我根本不知道马克·吐温是什么人，就是觉得书中的小男孩机智又善良，幻想着自己也有机会去搞一次这样的历险。

当时的阅读，最奇特的经历，是我竟然还读过《伊加利亚旅行记》，以及车尔尼雪夫斯基的《怎么办？》这样的书！那个时候读书没的选择，能找到一本书，就是天大的好事，就如饥似渴地啃完，实在看不明白的，只好放下，比如那本《怎么办？》。不过有些书，今天还有印象，比如那本《伊加利亚旅行记》。这是一本法国的空想社会主义者写的书，故事性不强，但其中描述的"理想国"，即伊加利亚地方的"共产主义"生活，深深地打动了我，尤其是在"文革"中缺吃少穿的背景下，书上的情节越发诱人，我甚至会不自觉地拿书上的描述来同现实生活对照一番。

这一时期，有几本书的阅读经历值得特别介绍。

四五年级时，一本叫《两汉书故事选译》的小册子吸引了我。书中收录从《汉书》和《后汉书》中辑出的十来个故事，至今记得的有苏武牧羊、霍光辅政、张释之执法、昆阳之战、强项令董宣、朱云攀殿栏等。书中内容是先原文，后注释，后译文。此书讲的是历史，又通俗易懂，我反复阅读，爱不释手。其中苏武的气节、霍光的忠诚、张释之的执法有度、刘秀的勇气、朱云的忠直等，给我留下深刻印象。有些句子，比如汉文帝要廷尉张释之重罚盗窃高庙玉环的小偷（诛全族），张释之不同意，反问文帝："今盗宗庙器而族之，有如万分之一，假令愚民取长陵一抔土，陛下何以加其法乎？"至今不能忘怀。"取长陵一抔土"，是说有人盗了汉高祖刘邦的陵墓。因书中有难字注音，那个"抔"字便不致读成"杯"。还有，比如《朱云攀殿栏》一篇，里面有"五鹿岳岳，朱云折其角"的话，是说汉元帝的时候，担任少府之官的五鹿充宗深得皇帝的宠信，而且能言善辩，诸儒不能与他相抗衡，都借口有病，不敢与他辩论学术问题。这时有人推荐朱云，汉元帝就把朱云召入朝中，让他与五鹿充宗辩论。朱云一点也不惧怕五鹿充宗，他提衣登堂，昂首提问，声音高亢，震动左右。双方开始辩论以后，他接连驳倒五鹿充宗，完胜对手。后来读柳亚子《感事呈毛主席》诗，里面有"夺席谈经非五鹿，无车弹铗怨冯驩"句，我也就明白了他要说的是什么。两汉时代仍要算中国的英雄时代，时人崇尚正直勇武，君臣关系也不像后来那么严苛。在"文革"的严峻气氛中，读到这样的书，对我的性格发展和人生观形成绝对是正能量。我知道有《汉书》《后汉书》就在那个时候。不过那本书仍是一本没有封皮的书，我读了几遍，最终还是不知道由谁所编、由谁出版。参加工作以后，我特意查了一下,《两汉书故事选译》只有"文革"后的版本,上海古籍出版社出版,傅元恺选译,书中所收故事细目也与我读到的有不同,不知道是后来有更改,还是本就不是一本书。

在与此差不多的时间里,我还读到了茅盾的《子夜》。因为这本书是本村的一个人家里的,所以我先后读了好几遍。书中开头讲吴老太爷从乡下到上海,因为城市生活的刺激而猝死,来吊唁的人们在客厅里打听股票行情,谈生意,搞社交,对乡下孩子的我来说是一个全新的世界,里面提到的空头、多头,做空、做多,我始终都没有搞明白,还是后来到香港工作,看报纸的股票分析,才知道这些名词是什么意思。还有书中提到的吴老太爷时刻不离手的《太上感应篇》,我也很想知道这是一本什么书,会有那么大的吸引力,但始终没有找到,后来到了出版社工作,图书馆里有《古今图书集成》,才查到这是一本什么书,但究竟没兴趣读,也就放下了。

读《堂吉诃德》的经历也值得一说。那是在五年级的时候,哥哥借了人家的一本大厚书回来,是繁体字的,还有插图。书的封面当然是没有了,但由于里面全是讲堂吉诃德历险的故事,什么第一次历险、第二次历险之类,所以我就把它称为《堂吉诃德》了。这本书讲拉曼却地方的一个小绅士堂吉诃德读骑士文学入了迷,他自封为"堂·吉诃德·德·拉曼却",骑一匹瘦弱的老马"驽骍难得",拿一柄生锈的长矛,戴一顶破头盔,去锄强扶弱,为民打抱不平。他雇邻居桑丘·潘札做侍从,开始冒险事业,把乡村客店当城堡,把老板当城堡主人,硬要老板封他为骑士。他走出客店，把旋转的风车当巨人，冲上去大战，弄得遍体鳞伤；把羊群当军队，冲上去厮杀，被牧童用石子打肿了脸面，打落了牙齿；把一个理发匠当作武士痛打，把取得的铜盆当头盔；把一群罪犯当受迫害的绅士，结果被打成重伤。他的朋友参孙·卡拉斯科假装成骑士，把他打翻，罚他停止游侠一年。他吃尽苦头，辗转回到家乡，一病不起，认识到自己受了骑士小说的骗，只恨后悔得太晚了。书中的文字极为幽默滑稽，堂吉诃德每到一地，向人自我介绍，就是那一长串的头衔；他还把村妇作为自己的公主，然后取得什么战绩，便要别人代他去向那村妇表达爱意。他的正义感和癫狂的举止、他的仆人桑丘·潘札的朴实善良与自私怕事，书中都刻画得惟妙惟肖，尤其是那插图，高瘦的堂吉诃德与矮胖的桑丘形成绝妙的对比。从这本书中，我知道了欧洲有骑士这么一群人，他们有那么多的原则，然而在堂吉诃德的时代，骑士已经是历史的陈迹了，所以他才到处碰壁。这本书给我的印象如此鲜明，上了大学后，有机会读到更完整的版本，参加工作后又在图书馆找到了杨绛先生的译本，才了解了塞万提斯，才知道这本书更大的时代意义。

也是在五六年级的时候，我得到了一本《钢铁是怎样炼成的》，如获至宝，急急忙忙地读完了，尽管也属无头无尾、边角卷起的老书，却一点也不影响我阅读的快乐。书中保尔的坚忍、成长的艰难很是打动我；苏联契卡人员的形象，比如皮夹克、马靴之类，也很吸引我，觉得那个简直太神气了。不过，这些内容都比不上冬妮娅。书中对那个少女的描写、她对保尔的感情，尤其是插图上那美丽的形象，对我绝对是毁灭性的袭击。七十年代初，我周围的小女生都是蓝衣短发、面有菜色，冬妮娅这个文学形象的出现，满足了一个少年人对美女的全部想象，尽管作者认为她是资产阶级的小姐，是被讽刺批评的对象。

　　事情就是如此奇妙！我绝对想不到，十几年后，我会与这本书的译者成为上下级！我 1982 年大学毕业，分配到了北京，进入中国大百科全书出版社工作，四年后，《钢铁是怎样炼成的》一书的译者梅益同志来百科社任总编辑、社长，我就在梅老领导下工作。我知道梅老是《钢铁是怎样炼成的》一书的译者，对他格外景仰，他也曾给我们这些年轻人讲起他当年是如何艰难地翻译此书的。事情并没有到此为止。梅老翻译的这本书是二十世纪四十年代由新知书店首次出版的。1948 年，新知书店与生活书店、读书出版社合并，成立生活·读书·新知三联书店。改革开放后，三联书店恢复出版业务。我 2010 年从香港回到内地后，有幸进入三联书店工作，担任副总经理、副总编辑，后来又成为总编辑，算是韬奋先生一代老出版家

图五十　《钢铁是怎样炼成的》书影

开创的出版事业的后继者。世事巧合如此，岂非天意！

　　另外要讲的一本书名叫《纲鉴》，这是我的一次失败的读书经历。少年时，我爱读书的事儿已是邻里皆知，五年级时，假期的一天，我们生产队的邻居徐金良老哥跟我说，他亲戚家里有一套书，名叫"纲鉴"，听说很好，我要想看，他就帮我借来。我正饥渴呢！便急迫地要徐老哥借来我看。书借来了，是石印的小开本，黑乎乎的，但保存得挺好，那第一册封面写的是"纲鉴易知录 第一卷"，翻开便是"三皇纪　盘古氏　纲：盘古氏首出御世。纪：太极生两仪，两仪生四象……"这些东西一下子便把我看蒙了！话说这"纲鉴"全名为《纲鉴易知录》，本是一部记载从传说时代到明末历史的纲目体通史，属于古代的中国通史简明读本。这本书是清朝浙江人吴乘权和他的朋友合作编纂的，其时间跨度从太古神话传说时代直到明代，按照确定好的体例，编排好史料大纲，在"纲"下直接叙述历代史实，在特定的正统史观指导下，形成连续一贯的编年时间线索。此书是供清代学子使用的一部相当完整且明晰易读的中国通史，对当时的我而言还是有些深了，尤其是它没有故事性，我就没有了继续读下去的兴趣，只好把书还给人家。这次失败的阅读也让我记住了这本书。毕业后参加工作、自己有能力买书之后，我买了《资治通鉴》《续资治通鉴》，顺便也买了这套《纲鉴易知录》，想要好好地读一下。然而对于这时的我来说，这本书又嫌过于通俗了，也没有什么价值，但不管怎样，还是囫囵吞枣地翻了一阵，最终还是觉得意义不大，就放下了。

图五十一　《纲鉴易知录》书影

姐姐的课本

在小学四五年级的时候，周围人家能借到的书都借过了，实在没有东西可读，我就在家里翻箱倒柜，把姐姐的高中课本翻出来，作为我的课外读物。姐姐的高中也就是上到高二而已，她回家养病，把那些课本，包括语文、地理、历史也带回了家。在无书可读的时代里，这些高中课本就成了我吸收知识的宝库。

"文革"前，高中的语文、地理、历史教科书，还是很有些内容的。这些教科书我有空就翻翻，架不住时间长，到初中的时候，书中的那些内容我已经很熟了。一些文学名篇，比如《白杨礼赞》《渔夫和金鱼的故事》《谁是最可爱的人》《为了六十一个阶级弟兄》《苛政猛于虎》《捕蛇者说》及几篇鲁迅的作品都是在这时接触的。《苛政猛于虎》中的泰山之侧的女人、孔子与子路的对话给我留下深刻的印象，尤其是在"文革"中期的年代里。鲁迅的《从百草园到三味书屋》我几乎可以背下来，尤其是文中关于学塾老师读书的描写："后来，我们的声音便低下去了，静下去了，只有他还大声朗读着：'铁如意，指挥倜傥，一座皆惊呢〰〰；金叵罗，颠倒淋漓噫，千杯未醉嗬〰〰……'我疑心这是极好的文章，因为读到这里，他总是微笑起来，而且将头仰起，摇着，向后面拗过去，拗过去。"这场面令我万分向往。其实我对那老师读的内容也是不懂的，但鲁迅先生文中传达的那种意境深深地吸引了我。读过这篇文章，后来看到别人大笑，我就会想起鲁迅的"笑人齿缺曰狗窦大开"，我甚至希望在课堂上也能看到老师们这样投入地念点什么，惜乎长时间也没有看到。读了鲁迅的《孔乙己》，我固然也知道了"回"字有四种写法，知道了"多乎哉？不多也"的句式，但主要还是对封建文人精神上麻木不仁、迂腐不堪，生活上四体不勤、穷困潦倒的悲惨形象有了基本了解，觉得自己以后可不能这样任人嘲笑羞辱。从鲁迅的《故乡》中，我还学到了闰土父亲教他的用箩筐捕鸟的方法，也在下雪天，在院子里支起箩筐，希望抓到几只家雀，不过这个也没有成功。

历史本来是我很感兴趣的学科，但学校里没有历史课，是姐姐的历史课本给了我这方面的启蒙。这历史只是古代史部分，通过它，我知道了夏商周三代、汉唐霸业，南北朝、五代十国的混乱，两宋的文化、明清的换代与文化的融合。这些知识当然都是粗线条的，不过对我有个好处，就是此后我想问题，会有历史的概念。而且后来陆续到来的"批林批孔"运动、评法批儒、"评《水浒》、批宋江"等各次运动，一次次地同我已有的历史知识发生碰撞，促使我对历史的复杂性有了更多的认识。

　　得益于姐姐的那些地理课本，尽管我在中小学时期没有学过地理，但我对中国的山川形胜、地理区划，世界各国的地理位置、首都、工农业特色都有了基本的了解。中国部分的，如三大平原、四大高原、几大水系就不说了，外国部分，比如苏联的欧亚分界线、高加索、三大河流，比如保加利亚的玫瑰精油，比如匈牙利的首都右岸叫布达、左岸叫佩斯都是熟记于心。课本中讲到遥远的古巴、澳大利亚，讲到古巴的蔗糖和雪茄，讲到悉尼和墨尔本的工业，曾引起我无尽的遐想；课本中所介绍的法国王室、英国风度，很是吸引我想去一睹真假。这些在当时都只能是想一想而已，没有想到的是，几十年后，我真的有机会到欧洲，到澳大利亚，甚至古巴、巴西、阿根廷，去实地体会那独特的风情。

　　直到今天，我都要感谢那几本"文革"前的高中课本。它们不仅在那个特殊时期填补了我的一大部分知识空缺，还帮助我打下了不错的历史和地理的底子，惟其如此，尽管我在1974年—1976年的两年中学生涯里没学到什么知识，高考时还是可以靠着

生于 1958

历史与地理这两科的高分考进大学。

读鲁迅与读社会

1974 年，我上了中学，也就是今天的高中，那年我十六岁。前面说过，我的中学，也就是辽宁省东沟县小甸子中学，离我的家很远，我每天要走大约七八公里路去上学，这样一天往返就要走十五公里上下的长路，途中还要翻过一架不高不矮的山梁，在冬天的时候，便是两头不见天日。家里本来在哥哥上中学的时候，托人买了一辆旧自行车，但被人骗了，花了钱，东西却不怎么样。哥哥上学时，那自行车已经破旧不堪；我上学后，因为它老出故障，也不愿意骑它。由于没有作业，也没有课本，那时上学，春夏季节，书包里就是一只饭盒，况且人也少年，不怕路远，每天甩开双腿，平时就走路上学；冬天天变短了，就住到已出嫁的大姐家里，她家在三道林子大队，离学校近一些。另外，每天同我一样需要走路上学的人不少，有同班的，也有其他班的，大家路上总能碰到，会合到一起，一路说说笑笑的，也没觉得有多累。

高中两年，开展教育革命、批判资本主义的事情做了很多，课自然也就上得少。当时，我们这一届学生按专业分班，我们政文班高中的数学、物理、化学是根本不开课的，就是政治和语文，内容也不离当时的政治。前面说过，我们的班主任是两位"文革"前的北师大的高材生。他们两位因为"文革"，被发配

256

图五十二　今天的小甸子中学

当年我在此就读时，小甸子中学的教室还是一排平房，操场也是泥地。今天在原址建起楼房，操场也变成水泥和塑胶地面了。

到我们那里，一待就是五六年。这两位老师还是很想教给我们一些东西的，黄老师自己编写了哲学、政治经济学和新闻报道的教材，所以我在那时就接触到了辩证唯物主义和历史唯物主义、生产力和生产关系等马克思主义的基本内容。黄老师很喜欢我，课余介绍了不少书籍给我看，印象特别深的，是高尔基的《我的大学》、美国卡尔布兄弟的《基辛格》，还有翻译自苏联的《落角》和《多雪的冬天》等。当时中苏关系还很紧张，译自苏联的文学作品很少见，"文革"后期，国内出版了一批"灰皮书"，主要是翻译作品，这两本就是其中的两种。因为是内部发行，我读起来格外兴奋，觉得自己似乎介入了某种秘密。这两本书中，《多雪的冬天》我更感兴趣，因为讲的是苏联现实生活中的故事。书中故事情节和人物心理描写都很细腻，就更吸引我一些。还有一点值得一说，我的阅读历史，是直到这时才读到有封面封底、首尾齐全的"书",那感觉还真是不一样！

　　但当时对我影响最大的还是鲁迅的作品，这种影响主要表现在三个方面。

　　一是更广阔的文学世界。鲁迅的作品，之前也读过一些，但都是比较浅显的，比如《从百草园到三味书屋》《孔乙己》《故乡》《社戏》等。这时读到的《故事新编》《彷徨》《呐喊》等，几乎是鲁迅全部的文学作品，其中《狂人日记》的呼喊、《阿Q正传》《药》《出关》的深刻、《理水》的幽默，都给我打开了新的天地，尤其是《故事新编》里的那些作品，以荒诞的手法表现严肃的主题，创立了一种完全新型的历史小说的写法，令我大开眼界。

　　二是语言风格。"文革"中出版的鲁迅杂文集《坟》《热风》《华盖集》《华盖集续编》《三闲集》《二心集》《南腔北调集》《伪自由书》《准风月谈》《花边文学》《且介亭杂文》《且介亭杂文二集》等，我是在这个时期一口气读完的。在这些杂文集里，鲁迅把笔触伸向了各种不同的文化现象、各种不同阶层、各种不同的人物，其中有无情的揭露，有愤怒的控诉，有尖锐的批判，有辛辣的讽刺，有机智的幽默，有细致的分析，有果决的论断，有激情的抒发，有痛苦的呐喊，有亲切的鼓励，有热烈的赞颂，笔锋驰骋纵横，词采飞扬，形式多样，我这个半吊子的中学生，读起来简直是过瘾极了。

　　三是民国时期错综复杂的人物关系。鲁迅作品，尤其是杂文，大多直击当时的社会和人，内中有太大的信息量，尽管我当时阅读的选集基本没有注释，但前后对照，穿插阅读，还是令我

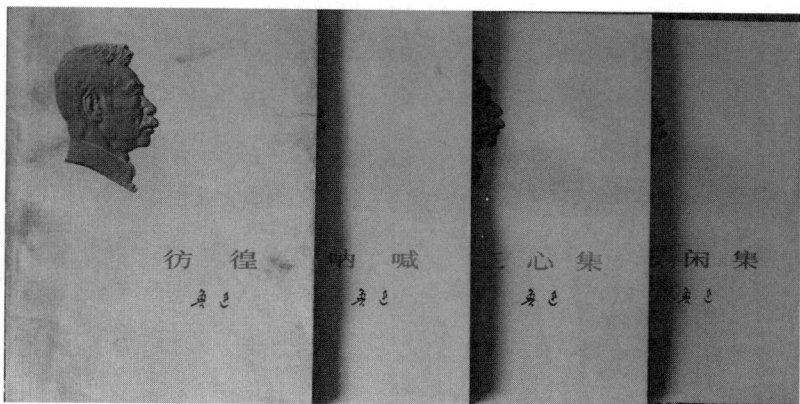

图五十三　当年阅读的鲁迅杂文集书影

得到了极大的乐趣，尤其是鲁迅文中涉及的文坛流派，如语丝派、新月派、学衡派；文坛人物，如周作人、顾颉刚、张资平、陈西滢、林语堂、胡风、高长虹等，当时都没有机会深入了解，从而给我留下很大的悬念，引导我进一步去探究他们的生平和政治取向。鲁迅文章中涉及的"四条汉子"、茅盾、郭沫若等的名字在"文革"中经常会见到，且郭沫若是当时很红的人物，他们在历史上同鲁迅的关系也引起了我很大的兴趣。我当时也不可能知道，鲁迅作品中提到的商务印书馆、世界书局、开明书店、生活书店等机构，后来会与我发生如此密切的关系，并且我还会成为生活书店事业的继承者之一。

　　这个时期新出版的长篇小说我当然也不会放过。这批小说包括郭澄清的《大刀记》、黎汝清的《万山红遍》、浩然的《金光大道》、李云德的《沸腾的群山》以及《激战无名川》《虹南作战史》《海岛女民兵》《新来的小石柱》等，还有一本是以知识青年典型人物金训华为原型的长篇小说，名字似乎是《征途》，记不得了。不过这些作品大体上都是讲阶级斗争，都是按"三突出"的原则创作的。所谓"三突出"，就是在所有人物中突出正面人物、在正面人物中突出英雄人物、在英雄人物中突出主要英雄人物，因此比较千人一面，感觉不好看，有的甚至没有读完就扔下了。

除了读书，我对社会上的自己觉得好的作品也很注意。1974年1月，西沙群岛自卫反击战爆发。我海军勇敢作战，以快艇同南越的军舰对抗，击沉对方护卫舰一艘，击伤驱逐舰三艘，获得了对西沙群岛及其周边海域的控制权。海战之后，诗人张永枚写作了诗报告《西沙之战》。我看了报上刊载的作品全文，十分喜爱，不仅反复阅读，还模仿其体裁，学着写长诗。后来"反击右倾翻案风"运动开始，我写了几篇大批判文章，都觉得不到位，自己不满意，便尝试用诗歌的形式来批判，最后写出了长长的一大篇《反击》，在全校的批判会上朗诵。这个事儿当时觉得很得意，后来想起来简直是幼稚至极的举动，所以连那诗稿都不知扔到何处了，不过里面有些诗句自己还挺欣赏，比如"河底顽石阻巨流，激起滔天浪"这样的句子，简直就是那年月"大批判"的文字标本。

人生的首次阅读山河

　　我上中学，已是"文革"的后期，社会上对于运动、对于一些事情的认识，已经有了不同的声音，而我自己随着年龄的增长，对社会的认识也开始更全面、更清晰。高一时参加"批判资本主义"工作队，还是全心全意地投入，而高二时对于运动便不大热心了，尤其是高二第二学期，面临毕业，就更是迷茫。学期初，我们就被组建成若干个"阶级斗争小分队"，派到几个生产队去，组织农民"反击右倾翻案风"，但大家都没有什么兴趣。"天安门事件"后，各小分队从社会上回到学校，已经是 1976 年 5 月了。毕业在即，对我而言，就是回家种地，也没可能有什么诉求和计划，因此我就和鞠兆喜等几个要好的同学，一起骑自行车，跑到十几里外的大孤山，从而有了我人生中的首次真正意义上的旅行。

　　这大孤山位于本县的孤山镇，是辽东地区著名的风景区，因其山峰突兀、怪石嶙峋、孤峙海滨、巍然独立而得名。山南有著名的大孤山古建筑群，是辽宁省保存比较完整的佛道儒三教合一的大型古刹。山腰的圣水宫道观相传始建于唐代，至今已有一千多年的历史。这里的妈祖庙，是中国东南沿海妈祖信仰的最北端的遗迹。1966 年之前，农历四月十八的大孤山庙会是辽东盛事，一年一度，人山人海。不过在"文革"中，其古建筑被毁甚剧，我们去的时候，山门已毁，庙宇仍处于荒废状态，也没人看守，更不收门票。

生于 1958

　　大孤山的主峰海拔 337.3 米，由于孤峙海边，显得很高峻，但当时山顶有军队驻扎，平民无法登顶。我们一鼓作气，登上山腰的天后宫，坐在两株粗大的银杏树下，见这大孤山左引大洋河河口，右带双叉河，南襟黄海，山势峭拔突兀，兼得海山之胜，真称得上是景色秀丽。下临观海亭远眺，大孤山镇的风光尽收眼底，海上波涛起伏，蔚为壮观，远方的大鹿岛遥遥在望。远近又时有海雾烟波，山水苍茫，使我等如入画中，别饶情趣。

图五十四　从大孤山远眺黄海
大孤山南坡山下和山腰处均有寺庙建筑，其中的天后宫是北方地区最早、最大的妈祖殿堂，在天后宫向南远眺，大洋河入海口和黄海上的大鹿岛清晰可见。

图五十五　大孤山天后宫旁边的千年银杏树
此树相传栽植于唐代，至今已近一千三百年。树有子母二株，这株是母树。

　　大孤山的两棵银杏树很值得一说。二树乃子母之树，当地人称白果树。母树相传系唐玄宗天宝年间（742—756）由圣水宫开山祖师手植，至今已生长了近一千三百年，为辽东地区所仅见。此树粗可数人合抱，在春夏之间，和风丽日，翠盖亭亭，摇曳生姿；到了秋季，硕果累累，满树金黄，令人顿生清凉之感，真可称是钟天地之灵秀。我当时是第一次见到这白果树，不禁为它的高大壮美而惊叹，后来知道这白果树其实就是银杏树，就更加感到至为难得了。

生于 1958

　　景色壮美，即使是对我这样的没有什么文化积淀的青年而言，也觉得心胸开阔了不少，毕业之前的彷徨也不那么影响心情了。其实我后来才知道，这大孤山是有大故事的。比如甲午战争中的大东沟海战，就发生在大孤山前面的大鹿岛外的海面，致远舰就沉没在那里；日俄战争时，1904 年 5 月，日军就是在大孤山附近登陆，然后一直向西打到庄河、辽阳，把大连的俄军"包了饺子"。如今，这大孤山已成为森林公园和风景区，但一个世纪前的国耻却很少有人记得。

　　我与大孤山的缘分还不止于此。后来，我哥哥大学毕业，被分配到孤山中学教书，我母亲也随之来到大孤山。我每到寒暑假期和探亲之时，就回到大孤山的家中，闲来无事，总到大孤山的观海亭远望，欣赏祖国的秀美山河。八十年代中期，我在登山的时候，在大孤山观海亭旁，发现立了一块石碑，上面写着"安部仲麿之遗迹"。安部仲麿我是知道的，这是一位日本遣唐使，我国的史籍中，这位安部仲麿又叫阿倍仲麿或阿倍仲麻吕，汉名晁衡，在唐代是很有名的人物，与李白、王维等有密切交往，后来传闻他在归国时在海上遇难，李白还写下《哭晁卿衡》的著名诗篇。这位安部仲麿真的到过辽东吗？我不大相信，后来认真地查证了一番，通过阅读有关材料才知道，这个安部仲麿确实没有来到辽东，这个所谓的"安部仲麿之遗迹"其实是甲午海战后，几个偷偷来到大孤山的日本人假造的。他们先是在大孤山庙的药王殿神像后安放了一块"安部仲麿之位"的牌位，九一八事变后，大孤山庙的道士胡然方主持圣水宫，他与日本占领军接洽，在望海亭北侧立石碑，刻写"安部仲麿之遗迹"文字，又在圣水宫西侧为安部仲麿建庙，庙中立有他的雕像。或许得益于此举，在整个日本占领期间，大孤山古庙群保存完好。1945 年日本战败后，胡然方因为与日军联系密切，畏罪逃走，逃走前拆除了安部仲麿的庙，毁去雕像，又把石碑埋在山神庙下。二十世纪八十年代前期，人们整修庙宇，发现此碑，又将其放回原处。尽管这个石碑不是真正的古迹，但大孤山确实是不少日本遣唐使的停歇之地。唐代诗圣杜甫也曾来过这里，并有诗为记，可见大孤山历史上还真的是阔过。

图五十六　大孤山观海亭旁的"安部仲麿之遗迹"石碑

游大孤山，给我带来不同的人生体验，感到登山观水很是奇妙，有什么烦恼，登高一望，都会释怀很多。也因此，我喜欢上了旅行，喜欢上了阅读山水，尤其是有了一定的经济条件之后，就更把"行万里路"也当作读书的形式之一。到今天，我几乎已经走遍了包括港澳台在内的祖国各地，这也进一步锻炼了我的气质，丰富了我的知识。

读书有多么不易！

读书这个事情，今天已经是全社会提倡的了，不读书，一个人简直都没法出门。然而时间回溯到五十多年前，能够读上几本书是很不容易的。就以我自己而言，读书之难，有以下这么多原因。

首先是生计所迫，用于读书的时间太少。前面说过，我的父亲去世很早，家里的生活担子就是母亲一人承担。她每天像一个壮年男人一样，起早贪黑，下田干活，才能维持着把全家人口粮领回来的程度，如若不然，我们就要挨饿了。知道母亲不易，我很小就到队里干活挣工分了。小到什么时候？应该是十岁的时候吧。别的暂时做不好，插秧是可以的，我最早的劳动所得就是插秧挣的工分。从此开始，每到放假就要到生产队里干活。那时的学校作息，是周三下午放假半天，周日放一天假，另外就是寒暑假。放假时，生产队里有适合半大孩子干的活我都会去。劳动所

得的工分，开始是成年人的一半，到了初二，差不多就挣整劳力
的工分了。积少成多，十五六岁的时候，我挣的工分已经可以领
回自己的口粮。到了中学时代，水田旱田、各色农活之中，除了
赶马车，其他的我几乎都做过了。

　　少年无知，当时最大的愿望是希望放假的时候刮风下雨，
因为那样就可以不必到地里干活，而可以蹲在家里看书了。此想
法真是天真！不去生产队里干活，家里吃什么？何况即使下雨，
家里也有干不完的活儿。因此尽管这样想着，每逢假日，还是要
去队里干活。那时的农活也真多！春天刚化冻就要水稻育苗，之
后接上的是旱田播种，之后没几天就要水稻插秧，插完秧，没等
你直一下腰，就要旱田除草，除完旱田的杂草就该水田除草了。
水田除草正是雨季，天雨霏霏，在水田里弯着腰，把每一墩水稻
根部的杂草用手扯掉，水里又有甲虫蚂蟥，真的是苦极了！水稻
除完草，正是暑天，就要给玉米追施化肥，此时的玉米已经有人
头多高，天气暑热，人光着膀子穿行其中，一趟下来，玉米叶子
上的倒齿会把你身上划得火辣辣的。挨过秋收，庄稼上场，天气
开始变冷的时候，是水稻脱粒。这也是一个苦活儿，而且由于时
常停电，白天无法开动电动脱粒机，只有晚上干。往往是半夜
十一二点来电，这时就要从热被窝里爬出来，到场院去接受灰土
和稻芒的洗礼。好容易冬天了，也消停不下来。当时的冬天就是
"农业学大寨"，大搞农田水利建设，或者修河堤，或者修梯田，
实在没事干，就到河里取出淤泥，再人工运到山上去，改善农田
的土质。不是假期也闲不下来，因为家里要养猪、养鸡，还有自

留地、菜地需要打理。这样，平时下课后，不是要割草拾粪，就是要放猪担土，再不就是除草积肥，没有闲的时候。冬天了，还要到野地里搂草以供应灶坑。

想一想，有这么多的事要做，还剩下多少读书的时间呢？所以，那时干活过程中，瞅着有一点空隙，我就钻进屋里，抱起书本。但往往是没翻上两页，母亲就喊我了，告诉有新的活儿要我去干。当我反应慢了，她老人家就会呵斥几句，甚至威胁要烧了我的书。我很能理解她老人家的心情：在农村，不干活就没有饭吃啊！但我看的书都是借人家的，又岂能被烧？因此我除了赶紧起身干活之外，也想了一些办法，比如把书藏起来。有一年冬天，我把书藏到屋后大梨树的树洞里，但往屋后的次数多了，也被她老人家发现了，因此我被狠狠地"体罚"了一次。

其次，是那个时候好书太少，阅读条件太差。可以说，在那时我把能找到的书都读过了。就书的本身来说，好书太少就不说了，当时基本上是碰上什么就读什么，根本不可能有什么系统，并且所读的书被人翻的次数太多，前言、后记能保存下来就算好的了，有些书往往是在关键时刻，后面却没有了，那时的心情可真是提不起放不下啊！

讲到阅读条件，"文革"前后的东北农村，几乎每家都是没有书桌的。我家只有一个吃饭的炕桌，要看书，只有趴在窗台上或土炕上看。白天没有时间，只有晚上看。那时农村都是白炽灯，没有日光灯，因为要节省电费，当时每家的电灯泡基本上都是 15 瓦的，好一点的是 25 瓦，使用 40 瓦灯泡的就是富人了。我家的灯泡就是 15 瓦的，晚上也就是照个亮儿而已，尽管如此，我们仍在这灯光下读书不止。不过这样的时候也不常有，我们那里尽管在二十世纪六十年代中叶就通了电，但是由于要保证城市和工业用电，农村就经常停电，因此晚上，尤其是前半夜，没电的时候多，这时要看书就要靠油灯。油灯使用煤油为燃料，我们那里称为"火油"，一斤火油也要两三角钱。为了省油，灯芯便不能太大。停电的时候，我和哥哥便把油灯放在中间，然后我们缩进被窝，一人抱一本书，各看各的。一灯如豆，我与哥哥都要争那点光看书，光线不好不说，母亲担心浪费灯油钱，时不时地还要在旁边唠叨两句。但一旦抱起书本，母亲的唠叨我也就听不到了。由于书是借人家的，逾期没有还回去，以后便难以再借，所以就是点灯熬油，也要尽快看完。冬天的时节，下午四点多钟天已经黑了，吃过晚饭，我们还要把家里的事儿忙完，比如要把姐姐卡出来的草包编好、钉好，忙乎完这个就七八点钟了，躺到炕上，钻进被窝，才是看书时间。一般我们看到十点来钟，母亲就要提醒我们，要我们早点儿睡觉，明天还要干一些什么活儿，至此我们才放下书本，进入梦乡。

由于好书难得，偶尔有好看的书到手，我便一读再读，譬如《三国演义》《西游记》读过不下三遍，《水浒》读过不下五遍。《水浒》中一百零八将对应的星宿、绰号、天罡星地煞星的排位，我都能背诵；哪位好汉在哪一回登场，谁引出他，他又引出谁，也记得很清楚。一些句子，譬如"那厮""那雪下得正紧"，甚至经常出现在我和伙伴们的谈话之中。

　　我成长的时期正是"文革"中期，政治生活严酷，看一本书也得偷偷摸摸。我上小学到中学的时候，正是"文革"十年，除了当红的文学作品，比如《艳阳天》《金光大道》《虹南作战史》等之外，不要说《西厢记》了，就是《平原游击队》《烈火金刚》《红岩》这些书，也都在禁书之列。好在小学的时候，农村还没有人管这个，农民邻居都是文盲半文盲，也不管你看的是什么。但也有"警惕性"高的，把《小五义》包上个"毛选"的书皮，以防被发现。上中学后就不行了。我上中学已经是"文革"后期了，我们中学是教育改革的"先进典型"，阶级斗争的弦绷得很紧，同学们换个书看，都要偷着来，不小心被老师发现了，轻则批评，重了要没收。有一次，一位女同学借给我一本《晋阳秋》，我没藏好，就被班主任没收了。老师还在全班同学面前，将这本书大批了一通，说《晋阳秋》宣传的是投降主义，是大毒草。这个事儿搞得我很狼狈，又不敢向老师要，故此，直到中学毕业我也不知道班主任老师将那本书还给那位女同学没有，以至我到现在还觉得很是对她不起。

当年读书留憾多

　　正因为上面的原因，我当年读书没有办法选择，也没有人指导，纯属极端饥渴之下的狼吞虎咽。这种读书状态也就无法避免地留下许多遗憾。

第一大遗憾是没有字典。辽东地区农村文化落后，我甚至在上中学时，都不知字典为何物。我认识的字一般都是常用字，读书时遇到的很多难字根本不认识，这时就是"读字读半边"，有些字也就顺着意思猜过去了，基本意思明白，就算是读过了。这种读书的方式给自己留下不少"定时炸弹"，许多字似曾相识，不求甚解，即使意思是明了的，到今天也还会读错。我真正接触字典，是在上大学以后。由于痛感以前这方面的训练不够，上大学二年级的时候，《辞源》由商务印书馆出版，我即刻从每月十八元五角的饭钱里面，省下几元钱，先买了一本《辞源》。也是感觉到自己的先天不足，大学的大门进去了，选择研究方向的小门的时候，我没有去钻研古文字、金石甲骨之类，也没有选择后段历史时期的考古，而以商周时期考古以及北方地区青铜器作为自己的研究方向，因为这个方向对古文字、古文献的底子要求不那么高。

第二个遗憾是没有读到世界文学名著。我那家乡，周围十里八村，最高学历

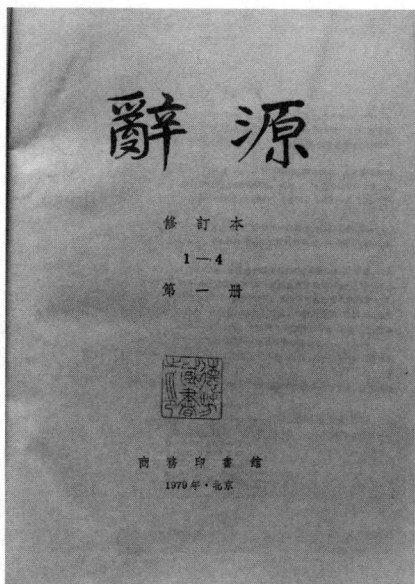

图五十七　《辞源》第一册内封
这是我大学时期用节省下来的助学金购买的第一本工具书。

就是中专了，上过大学的凤毛麟角，所以整体的文化素养不高，文学欣赏水平也不高，能存在家里的书，除了中国的几大古典文学名著，就是古代的演义小说和当代的中国文学作品了，因此，我在中小学时代，基本上没有接触过著名的世界文学作品，苏联之外的文学作品，唯二的就是《堂吉诃德》和《哈克贝利·费恩历险记》了。我的外国文学的阅读，其实上大学的时候都没有很多，因为所有的七七级、七八级大学生都和我一样，患着阅读饥渴症，图书馆里的外国文学名著总是处于被借走的状态，我排队借《巴黎圣母院》《复活》这样的书，一年都轮不到。幸亏参加工作以后，中国大百科全书出版社有自己的图书馆，那里的文学名著很全，才满足了我这方面的强烈需求。

第三个遗憾是，由于我处于穷乡僻壤，在上大学之前的早期阅读中只能读到些小说之类，基本没有接触到古代诗文的经典，比如《诗经》、四书五经、唐诗宋词、唐宋八大家之类，因此在自己的阅读中缺少了一点古典式的文化熏陶。我第一次读《唐诗三百首》《古文观止》都是在大一的时候。还好的是，大学图书馆让我在此时恶补了这方面的缺憾。刚上大学的时候，专业课的压力还不大，因此我就用这一段时间，来恶补古代的诗词歌赋。这一块的阅读尽管晚了些，但是给我开辟了一个新的天地。那些日子，每天的脑子里，就是"念天地之悠悠，独怆然而涕下"，就是"君不见黄河之水天上来，奔流到海不复回"，就是"路漫漫其修远兮，吾将上下而求索"，就是"落霞与孤鹜齐飞，秋水共长天一色"。后来当了编辑，读书的条件就更好了，慢慢地，算是没有比别人落后太多。

　　第四个遗憾是，读书基本上都是看热闹，没有沉下去，没有汲取更深厚的文化滋养。现当代小说，打仗的不说了，不打仗的，也是多挑对话看，对于人物内心的思考与性格刻画注意不够。古典小说，《水浒》《三国演义》《西游记》还好，《红楼梦》其实初次接触时大部分是不懂的，因此以后又回过头来读了很多次。《钢铁是怎样炼成的》也只记住了冬妮娅的美丽、保尔的坚强，对于苏俄时期严苛的政治现实没有留意。《伊加利亚旅行记》因为故事情节不强，所以并没有看完，但是对作品里描述的伊加利亚地方的"共产主义"式的生活，至今仍有印象。从这点来说，我还真有些近似古人所说的"好读书，不求甚解"了。

　　第五个遗憾是没有系统。当年的情况不比现在，传统的少年时期应该阅读的东西，除了连环画，我基本上都没有接触过，比如《三字经》《百家姓》《千字文》，比如格林童话、安徒生童话。在村里人的口语中，也有"三字经""百家姓"这样的词汇，我就没想过它们都是一本书，所以那时的话语体系，就是"文革"语言加水浒、西游加抗战小说，如小李广花荣、肖飞买药、打倒斗臭之类。我接触到真正的儿童读物其实是在参加工作以后。也正是出于我自己当年的遭遇，当我参加工作以后，主持知识出版社编辑出版工作时，便有意往中小学阅读方面着力，出版了不少价廉质优的少年儿童读物，希望能够帮助更多的少年儿童读到更多的好书。也正是痛感当年一本书传来传去、无法有更多的人阅读，我还发明了把一本经典名著拆分成若干本的装订方式，因为这样拆分，就可以使十几个儿童同时阅读一本书了。

我自己在小学时期无书可读，参加工作后，尤其是主持知识出版社编辑事务以后，积累了不少少儿读物，我自己也主编了十几种面向少年儿童的读物，积累多了，就打算找机会送给家乡的小学，希望家乡的孩子们能读到更多的好书。后来，1995 年的时候吧，知识出版社自己买了车，我考到驾照之后，就在 1998 年，用汽车拉了七八百本各种少儿图书，送给了我当年读书的三尖泡小学，其中有中国古典文学名著，也有历史知识读物，还有科普读物。我念书的时候，学校里一本课外书都没有。二十世纪末，小学生的数量已经锐减，小学五个年级，我想顶多有两三百个学生，这样，光我送给他们的图书，他们人均就差不多有三本了。

第六个遗憾是，当时的阅读精华与糟粕并存，没有人告诉我什么是好书。那时候，有本书看就烧了高香，还容你挑肥拣瘦？好在那些书对我也没有太多消极影响，看了《三侠五义》《小五义》，也没有跑出去做个侠客。不过话说回来，即使跑出去，也得被押送回来，因为那年月户口管制，要饭你都没地儿要。正经说来，图书对我的熏陶还是很正面的，比如普希金的《渔夫和金鱼的故事》我曾反复阅读，对诗歌中那个贪得无厌的老太太十分厌恶。尽管我自己当时的生活十分清苦，但这个故事也令我明白，做人，切不可贪心，贪婪的人是没有好下场的，这样的信念后来也始终坚持着。其实，读书的过程中，好的东西自有其魅力，看了一遍，你会还想再看，在这个意义上，阅读的鉴赏能力是可以自己培育的，看得多了，你自然可以分出优劣高下。

　　尽管有这么多的遗憾，我仍然感到庆幸，在那样的为生计而终日辛劳的日子里，我竟然可以读到这么多的书！这些书极大地慰藉了我的身心，为我打开了另一个世界的窗口，令我了解到前人有那么丰富的人生，也因此在某种程度上形塑了我的世界观和人生观。不过，如果人生可以倒回来重过一次，我觉得第一重要的事情，就是能系统地读一些书，尤其要把前面提到的几个遗憾推倒重来，那样，也许我会更有出息一点。但事情没有如果，随着高中的毕业，我回到家中，开始了青年农民的生活，也由此展开了我的一段跌宕起伏的人生经历。

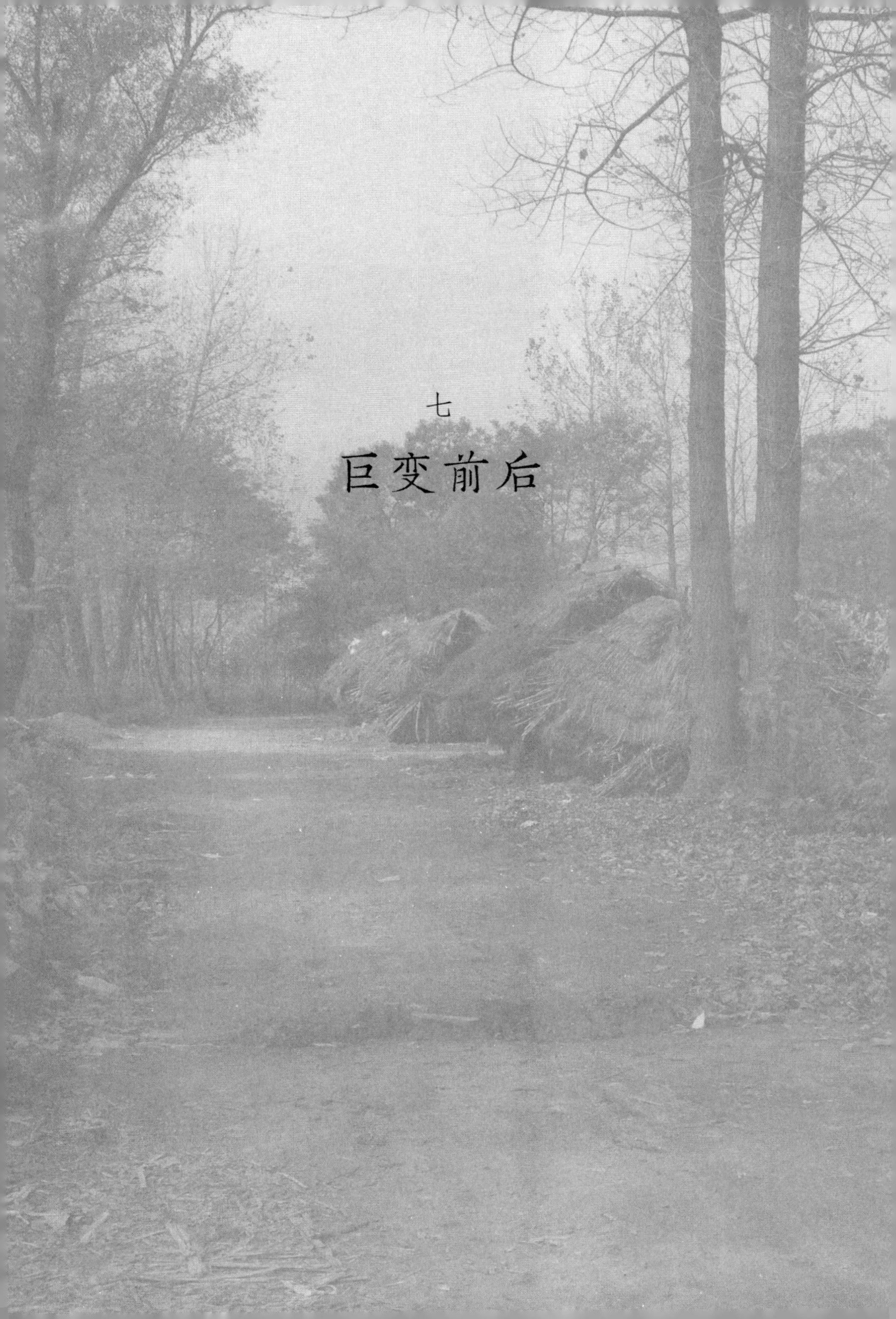

七

巨变前后

　　从 1976 年 8 月上旬中学毕业，到 1978 年 10 月去上大学，这两年多一点是我的人生中变化最巨大的时段，更是现代中国政治和社会发生巨大变化的时期。从国家的层面来说，中国结束了十年动乱，开始改革开放，国家的发展进入正轨，大学重新考试招生，让一代青年人有了奋斗的方向；从个人的方面来说，我由纯粹的农民子弟，经过一番挫折，最终通过高考，跨入大学的校门，成长为对社会有用的人，其变化都是天翻地覆式的。在这个时期，国家的层面有许多大小事件发生，我个人则有且喜且悲的境遇变化，一次次面临着不大不小的选择。今天回头看，在时代的巨变中，我被历史潮流所带动，总算是在前进，而没有沉沦。在这个意义上，我这一段的境遇有必要专门说一说。

务农初心

　　时间进入 1976 年 5 月，出生于 1958 年的我便满十八岁了，算是告别了少年时期，正式跨入青年时代。不过那个时候也没人关心这个，更不会有机构或个人给你办什么成年礼，在"反击右倾翻案风"运动的哄闹之中，我们先是组成"阶级斗争小分队"，到下面的生产队混了一阵，回校后也没上什么课，大家逍遥了一段，就迎来了毕业式。其实所谓的毕业式，也没有什么仪式，就是大家同老师、校长照了一张毕业相，我们就算中学毕业了。想一想那时的场景，再对比今天的中学生，我真的觉得，我们那中

图五十八　农村小路

当年我家门前的小路，而今依然，只是拓宽了一点，以方便农用车进出。

学上的，简直就是个玩笑！

　　1976 年 8 月，我正式告别中学校园，回家当了农民。我至今记得，毕业那天的下午，自己一个人走在回家的路上，经过绿油油的稻田，爬山时看到山坡上的玉米，碰到散养在山坡上的猪和牛，想到以后我就将终生与它们为伴，心中未免有些苍凉。之所以有这样的想法，是由于此前我的哥哥已获公社推荐，成为工农兵大学生，将在暑假后入学，母亲正在想办法筹钱，为他准备行装。以后我们家里将只有我与母亲二人，母亲已经进入老年，我是一定要陪伴着她老人家的，这不就注定了我此后必将终生务农吗？

在那个时候，我怎么想其实一点用也没有。回家的第二天，都不用别人说什么，我就拿起农具上班了。这天的农活是积肥，也就是往沤农家肥的大坑中填土，我之前讲农活的那一部分里提到过的。这些农活是最简单的，以前假期里也总干，今天的我，只不过是由短工变成了长工，倒也没什么不适应的。

然而我和生产队的社员们一起干着活儿，却又有些不甘心，觉得无论如何，自己算是有了点文化，即使这辈子当了农民，也可以做点有文化的事情。我观察了半天，发现全队的房屋只有队部的房子是用石灰抹平外墙的，于是我把队部墙壁上唯一的一块比较平整的石灰墙面用墨涂黑了，设计成一块墙报，然后一个人承包了墙报的内容，用各色粉笔描画出图案，每过几天换一期，从报纸上摘抄些重要的新闻写上去。这墙报算是个新鲜东西，尽管社员们文盲和半文盲挺多，也没有几个人感兴趣，但我仍是乐此不疲。

稍早的时候，也就是这一年的 7 月 28 日 3 时 42 分 53.8 秒，河北省唐山、丰南一带（东经 118.2°，北纬 39.6°）发生了强度里氏 7.8 级（矩震级 7.5 级）地震，震中烈度 11 度，震源深度 12 公里，时间持续约 23 秒。地震造成 242769 人死亡，164851 人重伤。当然，死伤的人数是后来很久才知道的。

地震当时，我们并不了解具体的震情，后来才看到报纸上说，当时首都北京摇晃不已，天安门城楼高大的梁柱痉挛般地"嘎嘎"作响；从渤海湾到内蒙古、宁夏，从黑龙江以南到扬子江以北，这一片华夏大地的人们都感到了异乎寻常的摇撼，一片惊惧。

当时我们在辽东也感觉到了震动，过了一天，广播中传来的消息是唐山发生大地震，损失严重，之后就是抗震的报道，是华国锋总理现场指挥，是英雄的军民如何抢险救人，所以我们对那惨重的死伤没有体会，也没采取什么防震措施。据说北京的干部市民都住在防震棚里，而我们那里，当时正是雨水频繁的夏季，没有搭建防震棚的材料，所以也没有人搭建防震棚，我们始终都睡在家里。

对唐山地震更多具体而微的了解，来自多年后读到的钱钢撰写的《唐山大地震》一书。从这本书中，我才知道当时的震灾是多么惨烈，人的生命在自然灾害之下是多么脆弱！我深深地认识到，灾难来临的时候，让全体人民了解真实的灾情是十分重要的。

又是多年后，我到香港工作，恰逢钱钢先生也在港工作，我与他商量，由香港中华书局修订重版了他的《唐山大地震》一书。也是在香港，2008 年汶川地震时，我第一时间向新华社《东方瞭望周刊》战地记者约稿，综合各方面第一手资料，在香港出版了《四川大地震》一书，当年 8 月，在香港书展上与读者见面，有很大的社会反响。

这里要补写一句的是，在这年的更早一点，7 月 6 日，德高望重的朱德委员长去世了。在几十年中国革命的风浪里，朱德这个名字一直都是与毛泽东并列的，尽管近些年露面少了，但大家都觉得是年迈的原因，就算知道得多一点的，明白老人家也曾受到过冲击，但四届人大，老人家毕竟还是委员长啊！这样一个伟人离开，没有隆重的追悼仪式，没有国丧，最高领袖也未露面，显然说明了很多问题。加上年初的周总理逝世，及随之而来的"天安门事件"，报纸上的许多文章，都给我带来很多困惑，引起我很多的想法。这些困惑和想法，我自己无法回答，也没办法请教别人，便只好自己读书。

哥哥早我三年中学毕业，没上大学前，是生产队里的民兵排长。1974年后，上面给各生产队配发了一批图书，大概有百十来本的样子，其中既有农业科技方面的，也有文学作品，还有马列原著。这些书生产队里没人看，全都放在我家，此刻便成了我的精神食粮，晚上和雨天就读这些书。

当时我认为，对我而言，农民的身份今生是不可能改变了，因此我要多学习一些农业技术，以便做个有文化的农民。因为心中存了这样的想法，所以我那段时间重点读了防止马铃薯退化、水稻育种、科学施肥等农业科技图书，只是当时已经是夏秋时候，农作物都已经耕种完毕，又没有成熟，所以我从书本上学到的知识也没机会在实际农事中实践。

比起这个，我更感兴趣的还是文学和历史书，但那年月新出版的小说很少，仅有的如《沸腾的群山》《金光大道》《虹南作战史》之类，充斥着阶级斗争的描写，人物的类型化色彩太浓，对我的吸引力不大，历史相关的图书则是少而又少，我就去读家里的《毛泽东选集》四卷，读发下来的马列著作。我读"毛选"，除了通读正文以外，对每一篇文章之后的注释尤感兴趣，因为注释中涉及古今中外、政治历史、文学艺术、人物事件甚多，从中可以学到不少知识。我尤其喜欢读"毛选"中的《中国革命战争的战略问题》《论持久战》《湖南农民运动考察报告》《评战犯求和》《别了，司徒雷登》以及关于解放战争三大战役的作战方针的文章，因为这些文章有具体的事件、战争分析，注释也更多，并且文字风格我也极喜欢。

由读"毛选"，我进而又向读马列原著方面努力。那时上面号召学一点马列原著，而配发给各生产队的图书里，还真有几本马克思、恩格斯、列宁的著作，如《家庭、私有制和国家的起源》《帝国主义是资本主义的最高阶段》《国家与革命》《反杜林论》《哥达纲领批判》等。说老实话，虽然中学时学过一点哲学和政治经济学，但对于这些马列原著中的理论叙述仍是懵懵懂懂，我最感兴趣的是其中历史事件的叙述，以及格言和注释。从这些著作中，我知道了巴黎公社、德国社会民主党、国家的起源和本质，知道了"为了一碗红豆汤而出卖了自己的长子权"的雅各，知道了印第安人的分布和社会形态，知道了摩尔根、对偶婚和普那路亚家庭，知道了斯芬克斯之谜，知道了希腊罗马神话、宙斯、阿喀琉斯和盗火的普罗米修斯，知道了奴隶起义领袖斯巴达克斯，知道了拿破仑和俄法战争。这些知识为我这样一个农村青年打开了更广阔的视野，驱使我想办法了解更多的相关知识，但农村的实际环境又无法让我的这个愿望得到满足，那个时候，心中的苦恼就别提了。

第一份入党申请书

沉浸在唐山大地震的影响之中，日子过得很快，转眼已是9月。9月9号这天，晚上收工回家，广播中传来哀乐声，我的直觉是：出大事了！果然，哀乐之后，广播里就传出了毛主席逝世的消息。

实际上，当时根据中央的决定，是下午三点就已经开始广播，但我们都在田里劳作，没有听到。晚上听到广播里传来的中共中央、全国人大、国务院、中央军委联合发出的《告全党全军全国各族人民书》，我们才得知了这一噩耗。《告人民书》高度评价毛主席的丰功伟绩，其中说："中国人民的一切胜利，都是在毛主席领导下取得的，都是毛泽东思想的伟大胜利。毛泽东思想的光辉，将永远照耀着中国人民前进的道路。"我们这么多年一直接受的是同样的教育，对这个说法，心中当然十分认同。

之后几天都是关于吊唁的报道。据说9月11日至17日，总共有三十多万人前往吊唁，瞻仰毛主席遗容。广播里说，吊唁人群"失声痛哭，许多人高喊着'毛主席呀毛主席，我们永远怀念您'"，最后一天，"恸哭之声整日不绝。人们在毛主席的遗体前，一步一呼'毛主席呀毛主席'，泪水沾满衣襟，久久不忍离去"。农村里的人，只有吃饭时才有工夫听一下广播。我听到广播里播音员沉痛的声音，觉得饭菜都难以下咽。

听着广播，看着报纸，我心里的感觉就是迷茫一片。我从上学到中学毕业，十年中，接受的都是"毛主席是大救星""四个伟大"的教育，如今毛主席突然去世，我的感觉就是天柱摧折，不知道未来中国会怎么样向前走。

这样过了几天，9 月 18 日下午 3 点，是全国追悼大会。我们全大队的成年人都来到大队部，一起肃立默哀，静听广播。后来知道，对毛主席的悼念，可以说创造了众多的世界之最，譬如佩戴黑纱的人数之多、佩戴时间之长（有的长达一个月）、灵堂之多（仅湖南益阳一县，就设灵堂 284 处，中心灵堂献花圈 271 个）、追悼大会规模之大（"分会场"遍布全国）都是世界仅见的，还有当天下午全国工厂停工、学校停课、商店关门，也是史无前例的。

开完追悼大会，我心中久久不能平静，回到家里，当晚就写了一份入党申请书。当时这入党申请书都写了些什么，现在已经完全不记得了，大概就是表示要加入中国共产党，继承领袖遗志，把共产主义事业进行到底吧。当时我就是一个热血青年，觉得自己想了许多事情，觉得这时自己一定要做一点什么，其实还是什么都不大懂的。第二天，我专门跑去大队部，把申请书交给大队党支部书记，回头还是继续在生产队里干我的农活。

沉浸在伟人离世的悲哀中，时间不知不觉已到 10 月。因为伟大领袖的去世，我对国家的未来发展走向十分关注，但身在农村，也没有什么权威的渠道，接触不到权威的消息，便只有每天注意听广播。10 月 4 日，广播中播放《光明日报》头版梁效的《永远按毛主席的既定方针办》的文章，那措辞令我十分惊愕，我觉得这似乎是宣战的味道。此后沉寂了十来天，10 月 18 日，广播里突然传出中共中央《关于王洪文、张春桥、江青、姚文元反党集团事件的通知》。这通知讲明是传达到全党和全国人民，全国立刻一片欢腾，城乡各地纷纷举行盛大的声讨"四人帮"的集会和游行，热烈庆祝粉碎"四人帮"的历史性胜利。

此时我们才知道，10 月 6 日晚，在华国锋、叶剑英等人主导下，中央已隔离审查王洪文、张春桥、江青、姚文元"四人帮"。我们处于偏僻的农村，只有等到正式公布，才获知消息。21 日，北京市 150 万军民举行声势浩大的庆祝游行，欢庆粉碎"四人帮"的伟大胜利。接着是庆祝晚会，晚会上一批老艺术家复出，其中最具标志性的是郭兰英，她在晚会上演唱了延安时的歌曲《绣金匾》。这些消息，我都是在报纸上看到的，这些内容也立刻出现在我编排的墙报上。

粉碎了"四人帮"，标志着"文化大革命"的结束，所以全国上下欢欣鼓舞。但我周围的农民们，包括整个社会的政治和经济层面其实没有什么变化。此时我心里还有一个非常强烈的想法：既然春天的"四五运动"是反对"四人帮"的，那么就应该对其加以平反，不言而喻的，邓小平应该复出。然而这些暂时都还没有消息。

带着这些郁闷，我感到 1976 年的冬天是又快又慢，一方面是整个社会的渐渐放开，不断有"文革"时被打倒的作家、艺术家露面；另一方面是宣传上仍有着那十年的印记，转过年来的 2 月 7 日，"两报一刊"社论还正式提出了"凡是毛主席作出的决策，我们都坚决维护；凡是毛主席的指示，我们都始终不渝地遵循"，这不能不使人忧心忡忡。

成为大队干部

　　大悲大喜的 1976 年终于过去了。我的哥哥已经在半年前入大连师范学院读书，此时家里就我与母亲相依为命。我在生产队里早出晚归，忙过秋收，接着就是元旦，时间已经进入 1977 年了。1977 年春节，因为哥哥刚上大学，春节也没回家，说是在学校里抓紧时间学习，这一年的春节家里就我和母亲两个人，过得冷冷清清的。春节刚过，大队党支部书记突然把我叫去大队部，和我谈话，告诉我，领导决定任命我为大队的团总支书记、民兵连指导员兼通讯报道员，也就是说，我成为大队干部了！当时，大队一级的干部，有党支部书记、大队长、大队会计、妇女主任、贫协主任等。而今我被任命为这三个职务，等于是进入了干部行列，听此消息，我心中当然是十分高兴，因为觉得我可以做一点更重要的事情了，还因为总算可以不干那些繁重的农活了！

　　为什么会选中我做这个，我当时其实是不太了解的。后来猜想，也许是上级有要求，必须配齐这个岗位？也许是我那个入党申请书递上去后，令大队党支部书记知道了我？也许是我在生产队自办的墙报给大家留下了印象？但不管我怎么想，在十九岁这一年的开始，我算是受到了大队领导的认可，从生产队的农田里向外迈出一步，成为农村里高级一点的人物了。想到这些，我心里还有些美滋滋的。

　　到了大队部上班，我才知道，对我的前两个任命其实是形同于无的。首先是民兵连指导员。这职务平时根本没有事情可做，

图五十九　今天的三尖泡村委会

三尖泡村的村委会、党支部已经不在原址。当年的大队部是同卫生所、广播站、铁工厂建在一起的，只有一间办公的地方，而今是大大改善了，可见农村干部的待遇也有很大提高。

每年只是在夏季民兵训练时，给大家讲几句话而已。实际工作中，我就真的是在这年7月，才在当年例行的民兵夏训中露了一下脸，之后没多久就被处理到小学校了。

　　而团总支书记一职也是形同虚设。我担任这个职务，既没有前任与我交接，也没有接收现有团员的档案花名册；上级没有对共青团的工作做过布置，平时也没有事情可做。我作为一任团总支书记，只是在开春时，到附近的牌楼大队，接受了一次公社团委的培训，培训的内容仍是学大寨。另外，在这年的春夏之交，我还到县城里出席过一次县团委的"青年社会主义建设积极分子代表大会"，然而会议日程是什么、会上说了什么，至今已是全无印象，甚至当时怎么去的、住在哪里，也都忘记了，可见是绝对没有进入角色。这次到县里开会，是我第一次来到县城，第一次住招待所。

除了以上两职，真正有意义的事情便是通讯报道员了，或者可以说，这个才是我的正职。当时尽管"文革"已经结束，但是承运动之余绪，地方上仍强调政治学习，仍在批邓，仍在反对资本主义。县和公社一级都设有广播站，每天按时在新闻联播之前

图六十　出席县团委会议的照片
这次会议的全称是"东沟县青年社会主义建设积极分子代表大会"。照片是小甸子公社代表的合影，其中有五位我的同班同学，后排右一是我。

的时间里播放节目，内容除了传达上级的文件精神，就是属下各公社、大队的学习、活动情况及好人好事。各公社、各大队为了在报纸上有字、广播里有声，就要设立通讯报道员一职，专门负责写新闻稿，宣传本公社本大队的政治、生产的闪光点。

当时我们公社的通讯员名叫汪希所。他是早我四年从小甸子中学毕业的，不知道后来还接受了什么培训，此时负责小甸子公社的宣传报道工作，每天都住在公社广播站，编辑处理各种稿件，指导下面各大队的通讯报道员。公社之下，不少大队也设置了报道员一职，除我以外，我们班还有几个同学担任大队一级的通讯报道员，比如后来在1978年考入辽宁大学的鞠兆喜就是胜利大队的报道员。尽管在中学里学过一点新闻写作知识，比如"五个W"之类，但真正做起这个事情来，我还是感到很不适应，有点儿无处下手。不过，因为在中学时我曾经自己单独当过"工作队员"，算是见过一点风雨，也就没觉得有什么压力，接受了这个角色，就在汪希所老师的指导下，开始努力地学着做起通讯报道的事情来。

新手通讯员

当上通讯报道员，当然就要尽责尽力。尽管我中学时上的是政文班，也学过通讯的写法，如标题、导语、主体、结尾、新闻背景等等，但真的写起来，仍是有些没头绪。为此我专门向汪希所请教。他告诉我说，撰写新闻稿，要做到层次分明，条理清楚，主题突出，结构合理，切忌冗长、啰唆。新闻与评论不同，因此不可用"表态式"语言；与文学作品不同，不应有抽象的内容。另外，他还鼓励我，要深入生活，深入田间地头，这样才能发现新鲜的题材，才能写出吸引人的稿子；又千万不能学生腔，不可堆砌词语，要多使用农民的语言，不妨有浓浓的土味儿。

在汪希所老师的指导下，我加强学习，逐步领会新闻通讯的要旨，渐渐地也能写出像样的稿子，我们三尖泡大队在公社广播站也开始有声音了。这样干了一段，我发现这个事情其实挺难的。其难点在于：第一，当时强调政治挂帅，强调学习带动，但当时的生产大队的领导人，充其量是几位略有点文化的农民，平时哪里有什么政治学习？更不要说学马列、读文件了！第二，农村的事儿就那么多，年复一年，日复一日，单调而平庸、劳累，许多农民一年中都不曾出大队的地界，哪里有那么多的新人新事？如果说踏实肯干就成了优点的话，这样的人是一抓一大把。

怎么解决这难题呢？我一方面经常到各生产队转悠，和大家一起干农活，希望能发现鲜活的人和事，成为报道的题材；另一方面，自己认真读报看书听广播，提高政治水平，然后根据上面精神，掌握宣传重点，把自己的理解替换成大队领导的认识，再把大队的日常安排上纲上线加以提炼，来写出新闻稿。这种稿子的内容八成都是虚的，但符合时代和领导要求，所以基本上都能播出。

我真心希望能写出几篇反映当代农民风貌的稿子，为此挖空心思，寻找闪光点，但效果不佳，还差点儿闹出笑话。讲一个我永生难忘的事例。我在前面提到过，农村插秧季节，水源极为宝贵，相邻的生产队为了多给本队的稻田灌水，负责放水的人甚至会发生打斗。我当上通讯员后，没过两个月就是插秧季节了。这一年的春天，旱象比较明显，因此水田灌溉用水很紧张。一天，我从大队部回家，发现我所在的生产队与邻近生产队之间，修了一条简易的水渠，两村共用水渠里的水。我心里很高兴，觉得这是个好题材，就构思细节，连夜写了篇名为"连心渠"的稿子，第二天送去公社广播站。汪希所老师看过之后，也觉得稿子写得很好，事情又鲜活，又很适合当前的生产，决定明天播出。然而，当天我从公社回到本村，就碰上两队又发生了争水事件，双方不仅动了手，刚修的水渠也被破坏了。见此情景，我马上给公社广播站打电话，说事情有变化，要求不要播那篇文章。当时此文已经录好音，马上就要播出了。为此，我受到汪希所老师的批评，他讲这个要算宣传事故，是本公社几年都没发生过的，要求我吸取教训，一定要保证新闻的真实性。这个事情出来，我自己也觉得很不好意思。通过此事，我得到深刻教训，切实明白了真实才是新闻稿的生命。

有人提亲

我的通讯员业务日渐熟习，所写的稿子采用率也比较高。感

生于 1958

受到小小的成功，我的积极性就更高了，不辞辛苦，时不时地就往公社广播站跑，有时是送稿子，有时是同汪希所老师以及其他通讯员学习交流。

初夏的一天，我又去公社广播站送稿子。从广播站出来后，在邮电所的路边碰到了一位中学同班同学。他见到我，连忙把我拉到一旁，神神秘秘地，说是要跟我讲一个事情。我问什么事，他的答案大出我的意料：原来他是要给我介绍对象！

他要介绍的姑娘我其实早就认识。进入高中的第一年，我被派去参加"批判资本主义工作队"，进驻这位同学家所在的生产队，那姑娘也是这个生产队的，还是他的堂妹。当时，工作队员都是在队里的各户社员家里轮流吃饭的，我在那姑娘家里前后吃过两天派饭；工作队员要参加日常劳动，我也在劳动时与她说过话。估计是她的父母当时就留了心，觉得我这个青年学生还靠谱，如今见我们已经毕业，而我也还算有一点出息，因此托我这同学来做媒人。平心而论，那姑娘长得算漂亮，其家庭，除了父母外，还有兄弟各一，家境在当时的农村来说算是不错的。

然而我却没有答应。没有答应的原因，固然不是如霍去病那样"匈奴不灭，何以家为"的雄壮，也不是觉得人家姑娘不够漂亮富有，而是觉得自己还太年轻，才刚刚踏上社会，还什么事情都没有做，怎么好此时就谈论终身之事？何况我的哥哥刚刚在去年上了大学，他都还没有考虑这个事儿，我又怎可僭越在先？

其实对于"找对象"这个事情，我是有一些恐惧之心的。我幼年失怙，家里在母亲的操劳之下，虽勉强能做到无冻馁之忧，

294

但多年来都是艰难度日，囊中羞涩的程度别人难以想象。对于我兄弟二人的终身大事，母亲一直是愁绪满怀。先是担心哥哥，后来哥哥上了大学，她又担心起我来，每天在我耳边唠叨说："你今生就只能是农民了，我们家这么穷，恐怕没有姑娘会愿意嫁到我们家啊！"这个话听得多了，我自然比较自卑，觉得将来找对象真的是难。

然而少年，哪怕是农村的少年，又怎么可能没有一点儿浪漫的想象？就算"文革"窒息了关于爱情的所有表达、八个样板戏看不到一丝的男女之爱，我却是读过不少"文革"前的文学作品的，这当中既有巴金的《家》《春》《秋》、茅盾的《虹》《蚀》中民国青年的爱情，也有《野火春风斗古城》《青春之歌》中革命青年的爱情，甚至有《红楼梦》《西厢记》中的封建时代青年的爱情。这些作品里对爱情的描写，启发我对男女之情更多了一点浪漫的幻想，和对于婚姻中郎才女貌、志同道合的憧憬。我们的中学时期，尽管是处于"文革"后期，"爱情"仍是犯忌讳的词语，毕竟少男少女们情爱之心已萌。我们的那个班级，女同学占了一半，其中相貌姣好者有之，能歌善舞者有之，肯吃苦耐劳者有之，并且也有或隐或显的相恋之人，我心中却没有什么情感涟漪产生，原因不是别的，我知道自己的家境，认为自己不能动这方面的心思而已。

这个提亲的插曲，倒是令我可以比较清楚地认识自己，使我意识到，即使家中不够富有，但只要自己足够出色，婚姻大事似乎也不是那么遥不可及。我这时刚刚迈出田埂，担任一个大队里的小干部，心中正有一点春风得意，觉得自己的未来也许未必像母亲所说的那么不堪，未来的幸福要靠自己去争取，因此大可不必这么早就找个姑娘拴住自己。有了这个认识，我在工作中也更加努力，写稿子更加勤奋，希望可以有更大的作为。然而，天有不测风云，此后没有多久，我的"干部"之途便戛然而止了。

从通讯员到民办教师

就在我踌躇满志、准备在通讯员这个岗位上大展身手的时候，时间已进入 1977 年 8 月。每到这个时期，都是基干民兵夏季训练的时间。8 月的一天，作为民兵连指导员，我正在和民兵一起训练，大队党支部书记派人找我，让我马上去他那里，说他有事同我谈。我来到大队部，找到书记，书记也不拐弯抹角，开门见山地告诉我，说根据工作需要，我不再担任大队里的这些职务，领导们研究决定，安排我到三尖泡小学去当民办教师。

这消息不啻晴天霹雳，一下子把我震晕了！我镇定了一下，问书记如此安排是出于什么考虑，书记却不肯回答我，只是说，到学校当教师也挺好，还要求我服从组织决定，尽快到学校报到。

这个变故确实令我不知所措。我前前后后地反复琢磨，也想不透其中的关节，后来随局势的变化，也经过别人的提醒，其中的原因我才有些想明白了。

原因大概有以下这么几个方面。

一是形势的变化。国家大政方面，尽管这年的3月，华国锋在中央工作会议上再次拒绝陈云、王震提出的让邓小平恢复工作的要求，邓小平仍在4月10日给中央写信，提出反对"两个凡是"的提法。7月16日，中国共产党第十届三中全会在北京召开。会议追认华国锋为中共中央主席、中央军委主席，做出恢复邓小平领导职务的决议，还有关于"王张江姚"反党集团的决议。复出后的邓小平，立即在8月4日主持召开科学和教育工作座谈会，决定恢复高考制度。在这样的大势之下，"文革"时的那一套做法已经无法继续，"批邓"也无法继续了，尤其是空口讲理论、不抓实干的作风已经没有市场，因此大队这一级继续设一个专门写稿子表扬自己的职务，似乎已经不合时宜。

二是大队领导的原因。当时大队里的主要领导，一个是大队书记，一个是大队长。大队书记是一位转业军人，长得浓眉大眼，为人很实在，也很豪爽。他是主管学习、政治、党务的，正是他从重视宣传工作的角度，把我用了起来。而大队长是地道的农民，此人个子矮小，但十分霸道。他主管生产，每天在大队的大喇叭里布置工作，说一不二，训斥别人，张嘴就开骂。我刚上任时，他就对我很不感冒，认为安排这样一个人没有什么用，还当面要求我不许待在大队部的办公室，要每天下去干活。我已经干满半年，并且做出了成绩，这位大队长大概仍是此意难平，此时借形势变化，又向书记提出让我回家。书记尽管不同意，但不好为了一个小年轻，同大队长硬争，只好做了一个折中，提出不如让我到学校当民办教师。大队长达到了"赶走这个人"的目的，我到哪里去他是不在意的，反正他眼不见心不烦就是，也就乐得顺水推舟，我的命运至此确定。

三是我自己的原因。我天生不善于同人攀交情，不会对人说奉承话，又加上没有社会经验，到大队上工作，觉得是自己有此才能，没有认真想一想，自己何以能走上这个岗位、今后应该注意些什么，只是想着以自己的表现来报答组织的信任。基于这种考虑，我没有对主要领导表示出足够的谢意，也没有注意同两位主要领导维持密切的交往、主动向他们请示汇报。当时确实是没有行贿的风气，但逢年过节、婚丧嫁娶，向领导送点礼表示一下还是很常见的，然而这些我全都不懂，也全无表示，因此，领导对我印象不佳，被赶到学校似乎也是理所当然的。

大概是"江山易改，本性难移"的缘故吧，不善于同领导密切关系这一不足，贯穿了我的整个职业生涯。参加工作以后，我始终认为，做好自己的本职工作是第一位的，至于其他的，不是我可以多想的，从这一想法出发，我的职业生涯中，涉及职务职称变化的，前后有十多次，我从来都没有主动去找领导，为自己谋一些什么；而每当上级交给我一项新的工作，我都是踏踏实实地做好就是。

从今天的角度看，让我到学校当教师其实是一个很好的安排。人民教师，尽管是民办教师，地位高于村干部，而且全部脱产，工作稳定，又能够发挥我爱看书学习的长处，其实挺适合我的。这当然是事后诸葛亮。当时社会上对教育和教师的重要性认识得还很不够，"文革"中教师被当成"臭老九"仍令人们心有余悸，何况我当时在通讯员的岗位上正打算一展所长，就觉得这个变动来得太不是时候了，对我也不公平！然而，即使是生产大队这样一个基层组织，个人对于它的决定仍是无法对抗的，我只有收拾心情，老老实实地到小学校去报到。

短命的教师经历

当时的三尖泡小学位于大队部的南边一点，距大队部只有百十来米的距离。我从大队部来到小学校，校长倒是极为热情。当时的校长名叫李广林，住家在本大队党家油坊生产队。他对我的到来表示欢迎，又向我介绍了学校的情况。其实也用不着校长怎么介绍，这时的我，也只是离开这学校三年多一点而已，教过我的老师还都在，所有的老师我也都认识；学校的校舍也还是那两排低矮的房屋，前排校舍的屋顶还是草苫的，后排的才用上瓦顶。操场没有变化，甚至篮球架子都仍是原来的那一副。教师办公室仍在我上学时的原处，学生仍是一到六年级，但数量少了，每个年级只有一个班。十几个教师就挤在两间低矮的打通了的办公室里备课、批改作业，校长、教导主任也和大家坐在一起。

对我这样的一个没有任何经验的新手教师，校长还真给我压担子，分配我负责的课程是五年级的政治课、六年级的地理课和物理课。听到这个安排，政治课和地理课我还觉得比较有把握，但物理课可令我犯了难了。前面说过，我的高中时期，全都分成专业班了，我上的是政文班，数理化的课程一点也没有学，所以，我的物理知识，也就是初中一年级的水平，而且成绩还不是很好，这样的知识积累，怎么可以去教六年级的学生呢？

我反复考虑，认为自己无法承担六年级的物理课，我不能误人子弟啊！我把自己的顾虑向校长反映，希望他慎重安排，不要因为我的水平问题而影响教学质量。然而校长不同意。他跟我说：现在教师力量缺乏，其他教师或者年纪比较老，或者没有这方面的训练，也都无法胜任；你虽说物理知识不够，但你年轻，可以一边教一边学习。他又鼓励我，青年人要勇于挑重担、不怕困难，要善于学习、努力取得好的成绩。我到底是年轻啊！当时被校长这么一说，似乎也有了勇气，就答应了下来。

这时距离秋季新学期开学已经不足半月了，而我这个新手教师甚至连如何备课都不知道！那一段日子，我是没日没夜地学习、备课、写备课笔记。地理和政治对我的压力不大，因此我把主要的精力都放到物理的备课上了，向有经验的老师请教如何备课、如何掌握重点、上课时应注意些什么，力求使自己的底气足一点。其他的老师也不藏私，可以说是倾囊相授，把他们的教学经验传授给我。这个也不奇怪，他们当中，有几位本来就在小学时教过我，比如李长以老师、贾保春老师、翟淑茹老师等，此刻我乍入这一行，向他们求教，也是理所当然的。

那几天，日子似乎过得特别快，9月1号，开学的日子转眼即到。学生进了教室，我这新手老师就要去给人家上课啊！

初次开课的时候，我走进教室，站上讲台，看着下面孩子们几十双明亮的眼睛，心里真有些慌，不过进入课程后，渐渐地也就忘记了紧张。我得承认，开始一个阶段，我的授课照本宣科比较多一点，后来有了些经验，也逐渐进入状态，尤其是地理和政治课，我会尽量讲得通俗有趣，地理课上我会使用一些"文革"前的教科书的内容；讲政治课时，我会穿插一些时政的东西，讲一点报纸上的国外的消息，引发学生的兴趣。然而物理就不同了，那是要实打实地介绍知识、定律和计算题的，所以开始时很让我头痛，但也只有硬着头皮讲下去，学生听得懂听不懂，在作业上看吧。

对新老师而言，课堂纪律是一大难题。1977 年前后，中小学的教育秩序还没有恢复正常，五六年级的学生散漫惯了，课堂上讲话、打闹是平常事。尤其是农村小学，学生上学都比较晚，六年级时，有的孩子已经十五六岁了。我当时也就刚满十九岁，又是刚出校门，所以那些大孩子根本不买我的账，课堂上总是乱说乱动，不认真听课。其中尤以一个男孩子更为严重，他住在我邻近的西岗生产队，家里与我家还有一点远亲，这年他已经十六岁了，长得又壮，课堂上根本无视我的存在，嬉笑打闹，真可以说是无恶不作，而且无论我怎么说他也不听。每到这时，我的心中真的是怒气冲天，很想揍他一顿解气，但转念一想，我自己当年是批过"师道尊严"的，此刻不管这孩子怎么调皮，我也绝不能出手教训，哪怕我真的揍他一顿，他的家里也不会说什么。忍住揍人的冲动，我下来注意和这孩子搞好关系，一起上学放学，路上和他聊天、交朋友，引导他往求知的路上走，渐渐地，后来我上课他也就不那么闹了。

正是由于我有教师的工作经历，对于教师体罚学生、打学生，有时候也有一点同情的理解，因为有些时候，那些学生的调皮程度，真的是令你气得牙根痒痒。不过，据我的观察，今天的小学生，比之于四十多年前的小学生，已经算是小绵羊了，毕竟社会风气、家庭对孩子的教育、学生间竞争的程度都已经完全不同了，所以对于今天的老师体罚学生，我是极为反感的。

在教学上，我算是渐入佳境，和其他老师的关系、师生关系也比较融洽。正准备今生就交给民办教师这个行当，到学期结束，变故又降临到我的身上了。

1978 年初，寒假开始后没几天，校长找到我，通知我说，上级要求整顿民办教师队伍，我们这个小学校教师超编，因此要辞退一名教师，因为我进入教师队伍最晚，所以学校无奈之下，只好把我辞退。这是七八个月内落到我头上的又一个霹雳。我很

图六十一　今天的三尖泡小学的教室和操场

是有一些想不通：整顿教师队伍，不是应该根据水平和能力来整顿吗？怎么可以按入职时间早晚呢？尽管想不通，但我也没有争辩，毫不犹豫地就收拾东西回家去了。因为这一次与上一次变化不同，我对前途已经不再迷茫，前方已经有一条道路在召唤我，等着我走过去。

初次参加高考

1977 年，农历是蛇年。在这一年之中，我运交华盖，先是被从大队通讯员的岗位上踢开，之后又被赶出小学民办教师队伍。如果说第一次的遭遇我还有一些郁闷，有些想不开，第二次的变化可说对我完全没有影响。之所以如此，是由于在 1977 年下半年，国家已经恢复了高考，我看到前面有一条光明大道。如果学校还让我继续当民办教师，考虑到母亲年老，我可能就不会有什么想法，但此路不通，我只有向这一条道路迈进。

1977 年 7 月 21 日，中共十届三中全会恢复邓小平的所有职务，8 月 4 日，他主持召开科学和教育工作座谈会，会上决定在全国恢复高考。8 月 13 日至 9 月 25 日，全国高等学校招生工作会议在北京召开。10 月 12 日，国务院决定高校招生实行统一考试，并决定从 11 月 28 日开始，举行全国招生考试。

在这个巨大的变化来临的时候，我还当着民办教师，哥哥仍在大学上学，家里只有我和母亲两个人。母亲当时已经五十多岁，故此，我并没有参加高考的意愿，打算这辈子就陪着母亲在农村务农了。这时母亲却动员我说："你一定要去考。你那么爱看书，说不定就考上了！考上了就去念，不要管我，我一个人能行！"其实那时候能不能考上大学，我自己心里也没底。前面说过，我们上高中时，基本上都批判资本主义、干体力活儿去了，什么知识都没学，不仅高中数学、物理、化学都没有学，外语更没有接触，一点史地、生物和语文知识都是自己胡乱看书积累的，尽管我自己认为读书不少，但靠着这一点知识积累，能成吗？

1977 年底，"文革"后的第一次高考开始，周围的很多往届中学毕业生都报名参加了。在母亲的一再动员之下，我想，这一次就先试试看吧，检验一下，看自己是个什么水平。在这个心态之下，报了名之后，我一天都没有复习，平时还在给学生上课，到了考试那一天，和校长说了一声，就去考场参加高校招生考试了。

1977 年高校的招生考试由各省自己出题。考试是在 12 月 1 日开始的，考场就设在小甸子公社的中学里。我阔别这校园刚刚一年半，今天又回来了！考试的场次安排是，12 月 1 日上午考数学，下午考政治；12 月 2 日上午考语文，下午考史地。由于是十多年来的第一次高考，所以考生很多，我们的那个考区大概有三四百人参加。因为之前没有任何复习，没人指导，也不懂任何答题技巧，考试的时候，我就是按自己的理解去回答试卷的题目，每一科考试都是时间不长就出了考场，因为我明白，不会的部分就是不会，耗在考场里也没有任何意义。

我对那一年的考试内容没有什么印象，考完试回到家里，第二天到学校，继续给学生上课，因为觉得自己肯定考不上，也不去管有什么结果。没想到，过了几天，竟然接到招生办的通知，让我参加体检，我大喜过望：原来我的成绩已经过了体检线！

体检是在公社医院做的，其实很不严格，然而体检后再无消息。这个事儿，我自己心里是有些明白的：肯定是由于我当初报的志愿太高，故此不大可能被录取。当初报志愿时，我对于大学教育全无了解，也不知有一些什么学校，就知道有北大、辽大，所以就填了北京大学。我很明白，以我当时的水平，北大是难以考上的，但我本就是为了体验一下高考的感觉，所以即使没有被大学录取，心中其实也没有什么遗憾之感。

本以为这一年高考的事情已经尘埃落定，不想几天后的上午，我突然收到了丹东五龙背师范学校的录取通知。这五龙背师范学校是一所中专，专门培养小学教师，学制似乎是两年，"文革"前后，我们那里的许多小学教师就是这所学校毕业的。八十年代后，这所学校改名丹东师专，就是今天的辽东学院的前身。我收到这个学校的录取通知的时候，刚刚被三尖泡小学辞退，心里正有些不痛快，现在又来了个这学校的录取通知，就使得我很拿不定主意：我打算去上这个学校，两年后再回来当小学教师吗？心中很是嘀咕。当时我已经知道，读师范，费用是可以全由国家负担的，这个对我确实有很大的吸引力，因为我家里穷啊！然而我又觉得，我随便一考，就能有这个成绩，表明我的水平还是过得去的，如果此时去上个师范，不是有一点"屈才"吗？这么想着，心中又真的是不大想去。

生于 1958

　　我自己想来想去，无法决定，就打算去请教我的中学班主任黄凤炎老师。我们毕业后，黄老师已经从我们小甸子中学调到县里，在东沟县教师培训班工作。当时的通讯条件很差，尽管大队里有电话，也可以花钱打长途，但我不知道黄老师的电话号码，要找他，只有自己去县城一趟。师范学校规定的报到时间很急，我同母亲商量了一下，决定当天就去找黄老师问计。

　　这时已经是下午，我家离县城有七十多公里的路程，当天已经没有公共汽车，我心急如焚，决定骑自行车赶去县城。母亲不放心我一个人夜间赶路，便求一个名叫徐金锋的青年邻居陪我去。这徐大哥二话没说，搬出自行车，就和我一起上路了。当时正是 1 月底，我们上路时天还没黑，骑到公社所在地时，天已经黑了，以后就是在黑夜中骑行。令人万分沮丧的是，我向别人借的那辆自行车，内胎漏气，走不了多远胎就瘪了，就要找地方打气。夜越来越深，找打气的地方成了难题。没有办法，我们只好顺着国道，一路走一路看，见到哪里有灯火，就打上门去，敲门找人家借打气筒。就这样，在寒冷的大冬天里，我们一路打气，一路前行，最终赶到县城，找到教师培训班时，已经是第二天的清晨了！

　　黄老师见我二人顶着寒风、风尘仆仆地赶来，大吃一惊，赶忙给我们安排洗脸吃早饭，吃了一点东西之后，就问我这么早赶来是什么事情。我把被五龙背师范学校录取的事情告诉黄老师，又说了我的犹豫，之后问他应该如何选择。黄老师坚决反对我去上师范学校。他说：你一天都没复习，已经取得了这么好的成绩，要是去读师范，你这一生可能都耽误了，要有一点远大的志向，争取上一个真正的大学。他还告诉我说，以后大学招生考试将常态化，马上小甸子中学就将举办高考补习班，帮助应届毕业生复习。他建议我去跟班复习一段时间，学习考试的重点和技巧，争取考出更好的成绩。黄老师还答应帮我在补习班报名，并鼓励我好好复习，争取考上北京师范大学，成为他的校友。

黄老师的话鼓舞了我，我决定不上这个师范学校了。我下定决心，要认真复习几天，踏踏实实地准备，一定要考出好成绩，踏进真正的大学校门！

考上了大学

从县城回来，和母亲说了我的决定，母亲也表示支持。1978年春天，我忙完队里的春耕，又种上自留地的玉米、栽完菜地的土豆，就在 5 月初，来到当年读书的小甸子中学，跟着中学的高考补习班复习，准备 1978 年的高考。

参加补习班的主要是应届毕业生，也有如我一样的往届毕业生，我的中学同班好友鞠兆喜也在这里。小甸子中学的领导对补习班的工作很重视，多位老教师出山，为学生们辅导高考科目。其中公认语文最权威的李信家老师为我们讲解高考作文，我上中学时最尊重的金志仁老师为我们补习地理，还有孙庆田老师为我们讲解古汉语，历史部分是哪位老师负责忘记了。我今天都还记得孙老师讲解范仲淹的《岳阳楼记》时，以浓浓的南方口音背诵

"予尝求古仁人之心，或异二者之为，何哉？不以物喜，不以己悲。居庙堂之高则忧其民，处江湖之远则忧其君。是进亦忧，退亦忧。然则何时而乐耶？其必曰'先天下之忧而忧，后天下之乐而乐'乎！噫！微斯人，吾谁与归？"时的神态。那神态使我油然想起鲁迅先生《从百草园到三味书屋》中的先生，感到真正的老师终于回来了！

参加补习班，是住在学校的，周六才回家。我们男生的宿舍是十几个人的大通铺，吃饭则是交一点钱，就在学校老师的食堂吃。由于机会难得，我们都很珍惜时间，希望学习得更扎实一点，对于不懂的东西，更是随时向老师提问请教，两个月下来，觉得自己的知识充实了不少。

时间过得飞快，在补习班学习了两个来月，1978 年高考就到来了。1978 年 7 月 20 日，恢复高考后全国统一出题的考试开始。考试共五门，分三天，但最后一天的英语不计入总成绩。由于整个小甸子中学考区的考生过去基本上都没有学过英语，也就都没有参加英语科目的考试。

由于这次复习了两个月，考试之时我觉得考题并不难。政治、语文、历史、地理我都是很快答完，又仔细检查了一遍，之后看时间还很充裕，闲着没事，就把语文和政治科考卷上的应由理科生回答的题目都给做了。然而数学就麻烦了。我们高中数学的内容一点都没有学习，复习的时候也打定主意，这一部分就不再从头学起，不做无用功了。结果考试的时候，高中的内容真的是一点儿也不会，无奈，把函数以下的题目做完，其他的就放弃了。数学考试，我只用了 30 分钟就答完卷，出了考场。

使我高兴的是，我这些年的读书还真是直接助力了我的高考。比如高考语文试题里，有一个填空题"披（　）"，我想起"毛选"的某篇文章中有"披露"一词，就写上了，而我那些补习班的同学这道题基本都没有答出来。还有一个词"盘桓"，也是如此。历史试卷中有"孟良崮战役"的释词，这个知识点老师的辅导根本没有涉及，我全靠"毛选"的注释和小说《红日》，把这道题答出来了。历史试卷中的"官渡之战"，也是结合《三国演义》的阅读，配合老师的辅导，完美地回答了出来。这点好处，至今回忆起来，仍感得意。地理科的考试就更是全赖平时的积累了。其他同学只是在老师帮助下，复习了一些纲要型的知识，而我全靠姐姐的高中地理课本，对于国内外的地理知识都很熟悉，所以答起题来，一点也不费劲。

考完试后，我像没事人一样，立即回家，继续下地干活，忙乎家里的杂事。后来公布考试成绩，我的几个科目，历史是 93.5 分，地理是 94 分，语文是 76 分，政治是 80 多分，数学却只有 38 分。我颇为吃惊，觉得我的语文和政治也回答得很完美，不应该分数这么低，这时才反应过来，问题可能出在我把只要求理科学生做的题也都答了，这种做法应该是被扣分的，真是傻极！不过没办法，当时是第一次全国统考，老师们也没有经验，没有提醒我们。我向学校的老师打听了，他们说，按录取分数线情况，以我的成绩，肯定可以考上一个大学。既然能考上，我就满足了，也就没有去多事要求查分。

即使是被扣了不少分，那年的高考，我五门考试的总成绩仍达到 380 分，在全县文科考生中排名第二，这个成绩真的令我很自豪！黄老师知道了我的考试成绩，也很是高兴，极力让我报志愿时，填报北京师范大学，说他会同学校招生办联系，争取让北师大录取我。因有此前提，填志愿时，我就填报了北京师范大学的历史系和中文系，也报了吉林大学的历史系，因为觉得 380 分的成绩，上北京大学有点不靠谱，所以没有报北大，当时其他还报了什么学校，则是早已经完全忘记了。

但实际上我的志愿档案根本没有到北师大的手上，而是先被吉林大学录取了，因为东北的学生，吉大的录取优先。吉林大学历史系考古专业的录取通知书由三尖泡小学的老师下班后捎给我的时候，我正在山坡的玉米地里收玉米呢。也许因为我是"文革"后本大队第一个被录取的大学生，通知书送到大队就被人拆开，知道我考上了哪个学校。带信给我的小学老师在山下兴奋地对半山坡上的我喊："你考上大学啦！是什么骨科！"这话搞得我很是迷惑：我没报医科啊！咋出来个骨科呢？等看到通知书之后，才知道是历史系考古专业。

尽管我当初填报的所有志愿全是历史系或中文系，但是被录取到考古专业，我心里还是蛮兴奋的：其实我当时并不确切地知道考古是咋回事，但那些年马王堆汉墓、满城汉墓、秦始皇陵兵马俑的发现，是全国人民都知道的，我还知道郭沫若是著名的考古学家，所以便以为那就是考古了，心里说，这样也挺好！做学术，离政治远点，何况考古是历史系嘛，距离我钟爱的历史也不远。

　　我觉得自己是幸运的。那一届参加高考的考生，光是我们小甸子中学考场，就有三四百人，最后只有六个人考上了大学，其中有三个人考取了全国重点大学，我是其中之一，是文科的，另外两位是理工科的，似乎分别是东北工学院和大连工学院。我的同学兼好友鞠兆喜稍后也接到录取通知，考上了辽宁大学。我家里，哥哥还在大学读书，这次我又考上了大学，一家之中出了两个大学生，在周围的十里八村传为佳话。

　　就我自己而言，本以为今生已经与大学无缘，而今经过努力，我真的考上了大学，而且是全国的重点大学，心中当然很是高兴，母亲就更为我高兴了，我们母子二人就紧锣密鼓地准备上学。当我真的准备离开母亲去上学时，心里却犯了难。说实话，在这样的时候，要离开家，离开母亲，我还是很有些不放心的。尽管母亲极力宽慰我，说自己在家里好对付，我又怎么能让她一个五十几岁的老人一个人在家"对付"度日呢？好在周围的邻居们都很热心，他们这时主动伸出援助之手，一个邻家的女孩说等我离家后，会每天来我家里睡觉，和母亲做伴；邻居的男孩说会来给母亲担水；生产队长也承诺，会帮助种好我家的自留地和菜地，让我放心去上学。这些事情有着落了，我的心里才踏实了一些。

　　这一年的10月12日，是吉林大学的报到时间。在这之前，母亲就忙坏了！她买了一块草绿色的的确良布，在缝纫机上为我赶做了一件新的制服上衣，又把旧衣服、旧鞋子洗刷得干干净净，还为我赶制了一套新的被褥。家里没有箱子，也买不起皮箱、行李箱之类，她就拆了一个家里的旧的木箱子，请木匠给我翻新，钉了个小木箱，用来装杂物。我也不知道上大学要用什么样的本子，何况也没钱买精美的笔记本，便去买了五十张五分钱一张的糊窗纸，裁成 16 开大小，装订起来，打算上学后作为笔记本。最难忘的是，母亲把家里唯一的一头猪卖了，得了一百四五十元钱，给我买了一块"上海"牌手表。那手表记得是一百二十元，剩下的二三十元钱便做了我上学的路费。

　　准备齐备，就是报到的前夜了。动身离家那天，一根扁担，这头是木箱，那头是行李，我自己挑着，赶去公共汽车站，母亲跟在后面，为我送行。那时我们大队还不通汽车，我家离最近的长途汽车站也有四五里地，在车站等了一会儿，车来了，我上了车，母亲就独自抱着扁担回家了。回家路上，她一路走一路哭。路旁收拾庄稼的人问她为啥哭，她说是送儿子上大学，人家就笑，说这是好事啊，干吗哭？母亲想想也是，就收涕为笑了。

　　虽是如此，由于我不在家，母亲一个人，且年近六十，又要照顾自留地，又要打理家里的鸡、鸭、猪、鹅，也真是够她辛苦的！好在一年后哥哥大学毕业，在城镇安了家，她才彻底脱离了那个环境，不用操劳生活了。

　　上大学，是我第一次走出我们那个省，也是第一次坐火车。没想到这一走，不光走进了大学校门，又走到了北京，最终成长为一个对社会还有一点用的人。

后　记

前面的文字回顾了我二十岁之前的农村生活，在这里似乎应该向大家简单报告一下我上大学以后的成长过程。

四年大学之后，我被分配到中国大百科全书出版社，成为一名出版社的图书编辑，在先后参加了考古学、外国历史、中国历史三个学科卷的编辑工作后，被任命为中国大百科全书出版社的副牌社知识出版社的编辑部副主任，三年后被任命为知识出版社副总编辑兼编辑部主任，主持具体出版工作，不久后又担任知识出版社社长兼总编辑。1994 年，在我三十六岁的时候，获"有特殊贡献专家"称号。1998 年，获得编审职称。到 2001 年，受国家选派到香港工作，先后担任香港中华书局的董事、执行总编辑，总编辑，总经理兼总编辑，任内出版了一批好书，又通过加强管理，使多年亏损的香港中华书局实现盈利。2010 年，我从香港回到内地，担任生活·读书·新知三联书店的副总经理兼副总编辑，期间兼任三联韬奋书店总经理，大力改革，强化管理，使书店扭亏为盈。2014 年，担任三联书店的党委书记兼总编辑，2019 年退休。

在小学的时候，我曾经读过李六如的自传体小说《六十年的变迁》第一部，而今回想自己的成长经历，掐头去尾，也是整整六十年了！尽管我也有写作我的"六十年的变迁"的想法，但不知何时才能实现，如今这第一部算是刚有个模样。回想人生前二十年的经历，我自问：苦不苦，累不累？答案是：苦，而且累！我所写的生活距今已经有四十五年以上了，然而提起当时，我最鲜明的记忆，就是家里家外农活的苦和累，以及读书之不易。也正因为如此，我的这部分记忆即使过了五十年，仍是历历在目。但是这种苦和累是没有选择的，也无法后悔。为什么这么说？因为在我出生和成长的那个年代，全中国都是如此，全中国的农村都是如此。不过令我庆幸的是，在这苦和累中，我还能感觉到希望，还有东西能让我时时想望快乐。

可能有人会问，在那样的生活重压之下，在那样繁重的农活之中，还会有快乐吗？我告诉你，有的！在 1977 年底之前，对于我而言，永远在农村，做一个农民，干一辈子农活，就是我唯一的选择。在这样的现实之下，农民的快乐就是我的快乐。比如，完成了一段繁重的农活，是放下重负的快乐；收工回家，是吃到母亲为我准备的可口家常饭菜的快乐；看着喜人的庄稼，是付出的劳动有所回报的快乐；秋天面对沉甸甸的玉米棒子和稻穗，是收获的快乐；满身汗水之时，跳进河塘里游泳嬉闹一阵，是洗涤的快乐。更有不同于传统农民的快乐，就是我可以读书。在那样苦累的时节，是书，给了我最大的快乐。当我在地里被繁重的农活累得直不起腰并因此而苦恼不已的时候，想到家里还有一本书在等着我，那苦和累的程度似乎也减轻了许多。

在那些日子里，我的读书没有任何功利的目的，就是一种纯粹的对文字的饥渴、对文学的饥渴、对知识的饥渴，万分庆幸的是，这种饥渴，为我打下了很好的基础，以至于真正需要的时候，我可以冲上去，完成自己所肩负的使命。

写到这里，我的这部私人生活史就结束了。我想说，在大时代的裹挟之下，一个卑微的个体是难以特立独行的，何况我那时还没有形成成熟的世界观和人生观，对世态、对人生的认识还十分浅薄，对外部世界变化的应对还只能是本能的、直观的。在那些年代里，我虽然吃了不少苦头、受了很多的累，但总算健康地走到今天。这，要感恩我的母亲、我的家庭，还要感恩那些帮助过我的乡亲、那些教育过我的老师、那些携手同行的中学好友。

我个人的经历说明，知识是可以改变命运的，然而这需要几个条件：一是你在成长的过程中，要有强烈的求知欲；二是不能被环境的艰苦和身体的疲劳压垮；三是要给自己制定一个比现实高一点的目标。其实，限于我成长的环境和所受的教育，我要说，即使我上了大学，我仍是一个农民，很多方面都很幼稚。我真正的心智成熟是在大学毕业以后。是大学期间的学习和工作之后的再学习，才使得我从知识的积累逐步转变为智慧的增长，才有了进步的巨大空间。当然这期间也伴随着挫折与惊喜，不过这些都是后话了。

我动笔写作这本书的时候，是 2019 年的年中，写完这本书的初稿，正是 2020 年的中秋国庆双节。人们受新冠肺炎疫情的荼毒，已有大半年无法自由行动，这次双节联袂而至，放假八天，城乡的居民遂纷纷出动，北上南下，东征西进，或个人旅游，或同亲友团聚，展开了一场大旅行、大迁徙。我一方面想出京散散心，另一方面也想为我的个人回忆补充一些材料，便驱车从北京返回我的老家辽宁省东港市，更抽出一天，回到我阔别四十多年的老屋之地——小甸子镇三尖泡村。

四十年后，再履旧地。当我站在老屋旧址的土地上，心中的感触是极为复杂的。这种感触可大要地分为以下几端。

　　首先，是感到故乡的天地竟是如此地狭窄。那一年冷得晚，已经"十一"以后了，旱田的庄稼还没有收，枯黄的玉米秸同田野上疯长的绿色野草形成鲜明的对比，人站在地上，觉得天也低了，山也矮了，少年时觉得很远的距离，此时竟是近在咫尺。当年挑土肥上山，寒风呼啸下，觉得遥远得总也走不到地头，而今却感到那片田地离我只有几步距离。我有时不禁疑惑，是本就如此，还是记忆欺骗了我，令我夸大了当年的艰难？

　　其次，是乡村中人气之缺乏。我走在当年的村子里，半天也看不到一个人影，问了老邻居，他说村里的年轻人或者到城市打工，或者到外村的大棚里帮工，现在村子里留下的，只是一些老年人，并且他们也要上山去收拾田里的玉米。我走近玉米地，发现现时的秋收同四十年前也没有什么区别，不同的是没有了那种热热闹闹的气氛。水稻尽管还没有收割，但从土地的分布形式，我可以看出，割稻子也不会有什么新的方式。我不禁为这些老年人担忧：他们劳苦一生，在衰朽残年里，仍要这样辛苦吗？

　　第三，是觉得乡村的环境比以前脏乱了许多。固然，现在的小学校比过去漂亮了许多，村委会的办公地也比以前宽敞气派，农民都住上了红瓦覆盖的新房，乡村间的道路也更宽敞，但由于农村的土地已经由个人承包，除了大田之外，感觉上是一片荒芜，往时规矩的田埂小径、整齐的菜园篱笆，而今都已不见，取而代之的是疯长的野草。我本打算爬到水塘的围堰上，拍一张今天的三尖泡水塘的照片，却发现水塘周围密布着不知名的带刺的藤蔓类野草，根本无法过去。这种野草我过去在当地并没有见过，是后来入侵的物种吗？

我还有一个发现，就是农村的土地撂荒现象比较严重，不少小块土地无人耕种，就那么荒废着。当年的农民是多么珍惜每一寸土地啊！如果让当年的那些老农看到今天的现实，他们会有何想法呢？今昔对比，我不禁喟然而叹。

我站在老屋的基址外围，望着我家当年那三间草房的位置，心潮起伏。我在前面讲过，在我家搬离此地后，不到半年，那三间土坯房子就被大水冲倒了。洪水十几年后，才有人在原址建起新房。为了抵御可能的大洪水，他们垫高了房屋基址。新的房基比原来高了两米多，为了取土，把我家旁边的一块玉米地生生挖低了一米多，原来的旱田就此改成了稻田。新建的房屋高高地立在人工台基上，周围再也没有可以耕作的菜地，当年我开荒的土地已经不见了，我常记心中的芍药花、百合花、蔷薇花更是早就没有了踪影。

我进到四十年前比邻而居的老邻居家里。他叫王明有，也快八十岁了，老伴已经去世了，和大儿子生活在一起。他家的房子也是垫高地面建成的，高大的院墙里，院子是砖铺的地面，正屋旁边的偏厦里摆满了各种农机具，他的儿子开着一辆三轮农用车，正准备上山拉回秋收的玉米。见我们到来，儿子赶忙喊回在山上田地里忙活的父亲。我怕耽搁了他们的秋收，与老人稍叙谈了一会儿就离开了。归途之上，我一边开车一边思考：我的家乡应该是早已经脱贫了，但他们的生活状态同四十年前到底有什么不同呢？他们是更幸福还是更辛苦了呢？今天的农民吃饭是没有问题了，花钱上应该也比以前好了许多，但他们的文化生活、养老和精神状态仍是令人担心。我认为，我们今天国家富强了，财富增加了，但不应忘记农民在这七十多年中的付出，要下气力补偿农村、农业和农民。不仅要在农业上加大投入，更要在农村建设等方面充分尊重农民的意愿。国家还应拿出资金，切实扶助、赡养农村里六十岁以上的老人。这些人正是四十年前农村的脊梁，他们承担着最繁重的农村体力劳动，而今他们都老了，国家应发给他们养老金，让他们享受医疗补贴。须知这些人的子女如今已大多生活在城里，是当今社会各行业的主要力量，父母在农村安妥，他们才不会有后顾之忧，如此才能有全社会的安定和繁荣。

我思绪奔腾，想了半天，心中暗笑：我这也算乡愁吗？我还应该寻找乡愁吗？

说回初心。我的这本小书，除了回忆自己的成长，告诉那些逆境中成长的人们，面对困境，要不懈努力，要保持旺盛的求知欲望，要对生活的前方充满期望之外，还想告诉人们，在历史上的很长时间里，农村、农民是生活得很不容易的。尤其是那十年的"运动"，即使是农村，也有着严重的后果。我自己有如此巨大的改变，农村有今天的改变，必须要归功于改革开放，归功于持续几十年的"以经济建设为中心"。即使如此，今天农村的种种现实，仍不尽如人意。要改变这种现实，需要从上到下，共同努力，国家要扶持，农人要自强。

不过，就算是"白头宫女话玄宗"，我的记忆毕竟是有限的，今天回到老家，本想重新寻找那些记忆，但四十年过去，世事几经沧桑，我想找的东西再也难以找回。我本想在书中用一些照片来复原当年的生活，但当年由于贫困，照片很少，而今留存下来的当年的旧物件就更少，最遗憾的就是，当年的高考准考证和录取通知书，是无论如何也找不到了。我想补拍一点当年的老物件，以聊胜于无，却不料今日农村弃旧图新的步伐是如此迅速，想找到当年的旧物已经十分困难，这不能不说是一件十分令人遗憾的事情。说到这里，还要感谢东港市教师进修学校的刘戈校长和东港市档案局卢军局长、秦迎春主任，由于他们的绍介，我得以结识栾春彦先生，并承他美意，提供了二十多幅当年的老照片，使得本书生色不少。

我还要万分感谢我在新浪微博的粉丝，当年我曾陆陆续续地把我的少年读书和农民生活的点滴，以微博的形式写出来，不料却得到大家的欢迎，有的微博阅读量竟达到一百多万！这也给了我写作这本书的勇气。在本书写成之后，我要感谢中华书局当时的掌门人周绚隆兄，他肯拍板接受出版这样一本可能没有多少销量的书稿。我更要感谢著名历史学家雷颐兄。雷兄是我大学时的历史系同年系友，看到我的微博后，就鼓励我把它们系统写下来，在我完成初稿后，又答应为这本不成熟的小书作序，雷兄的支持，也是我完成本书的动力。在本书行将付梓之时，尤其要感谢中华书局，感谢本书的责任编辑李若彬女士，她的工作使得这本小书更显成熟，具备了"书"的内涵。

限于个人记忆和表达水平，我只能希望本书达到了我写作的初衷，至于在多大程度上能够引起大家的共鸣，就不是我能把握的了。由于多是五十年前旧事，书中肯定有许多表达不当或记忆有误之处，愿读者诸君予以批评指正。

翟德芳

2023 年元旦之日